洪宪梦

HONGXIAN MENG

王燕琦 著

语文出版社·北京·

图书在版编目(CIP)数据

洪宪梦 / 王燕琦著. —北京：语文出版社，2011
ISBN 978-7-80241-275-0

I.①洪…　Ⅱ.①王…　Ⅲ.①历史小说—中国—当代　Ⅳ.①I247.5

中国版本图书馆CIP数据核字（2011）第244820号

责任编辑	李　勇
装帧设计	思想工社
出　　版	语文出版社
地　　址	北京市东城区朝阳门内南小街51号　100010
电子信箱	ywcbsywp@163.com
排　　版	思想工社
印刷装订	北京市兆成印刷有限责任公司
发　　行	语文出版社　新华书店经销
规　　格	787mm×1092mm
开　　本	1/16
印　　张	23.25
字　　数	279千字
版　　次	2012年9月第1版
印　　次	2012年9月第1次印刷
印　　数	1-5,000
定　　价	38.00元

本书如有质量问题请与本社发行部联系　☎：010-65251033

内 容 简 介

长篇历史小说《洪宪梦》是表现辛亥革命这一历史时期的作品，它反映了民国四年（1915年）夏秋之际至民国五年初春的一段政治变局，在此期间，北京政坛围绕着共和制度与君主政体孰优孰劣之争，即所谓"国体之争"，展开了一场云谲波诡的政治运动与权力角逐。

一百年前，武昌起义爆发，封建制度崩解，中华民国肇兴，中国社会产生了巨大的历史转折。辛亥革命之后，民主宪政筚路蓝缕，君主政体阴魂不散，皇权噩梦始终困扰着政治强人。《洪宪梦》描述了民国初年的一番风云变幻，刻画了一幕幕跌宕起伏的政坛权争。民国四年，正值第一次世界大战，胶州沦丧，危机四伏，民国总统袁世凯企图改变共和政体，实行君主立宪。君主立宪派在幕后操纵舆论，左右民意，鼓动支使政客、军警、乞丐、游民乃至青楼女子，演出了组织社团请愿、全国投票决定国体、参政院推戴皇帝等一出出政治闹剧。蔡锷、梁启超等人不顾生死，出走京城，南下兴师，讨伐独夫。日、英等列强为维护其在华利益，干涉帝制活动，袁世凯众叛亲离，内外交困，"洪宪帝制"终成春秋大梦，却为后世留下了镜鉴。

近年来，袁世凯一直是一个颇具争议的历史人物，他在辛亥革命中的历史作用，以及在"癸丑之役"（二次革命）与"洪宪帝制"中的表现，留下了一个个历史的谜局，史学界至今仍存争议。辛亥革命四年后的"洪宪帝制"，铸成了袁世凯的个人悲剧，此后一系列的政治变局与社会动荡，亦演变成为中国的悲剧。

《洪宪梦》人物众多，既有军阀、政客，亦有志士仁人，还有满清遗老、京城名妓各色人等，其中着力刻画的袁世凯、蔡锷、杨度、梁启超、袁克定等历史人物，尤为生动、传神。小说深入细致地描摹了京华风物，为读者重现了民国初年的一幅幅风俗画卷。

人 物 表

袁世凯 （清朝内阁总理大臣、民国总统、陆海军大元帅）
杨　度 （清末立宪派、"筹安会"理事长、国史馆代理馆长）
蔡　锷 （昆明"重九起义"领袖、原云南都督、陆海军大元帅
　　　　统率办事处办事员）
梁启超 （清末维新派与立宪派领袖、原司法部总长、进步党理
　　　　事）
袁克定 （袁世凯长子、"陆军模范团"团长）
黎元洪 （民国副总统、原鄂军都督、参政院院长）
徐世昌 （袁世凯旧友、清朝内阁协理大臣、民国国务卿）
杨士琦 （袁世凯幕僚、清朝邮传部大臣、政事堂左丞）
段祺瑞 （袁世凯旧部、原陆军部总长、陆海军大元帅统率办事
　　　　处办事员）
徐树铮 （段祺瑞亲信、原陆军部次长）
朱尔典 （英国驻华公使）
凤　仙 （"云吉班"姑娘）
花云仙 （杨度外室）
杨　氏 （袁世凯五姨太）

袁克文　　（袁世凯次子）

袁叔祯　　（袁世凯三女儿）

袁乃宽　　（袁世凯亲信、总统侍从武官、"拱卫军"军需长）

夏寿田　　（杨度师兄、内史厅内史）

蒋方震　　（蔡锷留日同学、陆海军大元帅统率办事处参议）

段芝贵　　（袁世凯旧部、督理奉天军务兼巡按使、"拱卫军"司令）

雷震春　　（袁世凯旧部、京畿军政执法处处长）

梁士诒　　（"交通系"首领、税务处督办、交通银行总理）

朱启钤　　（"大典筹备处"首领、内务部总长）

陆征祥　　（外交部总长、代理国务卿）

张镇芳　　（袁世凯表弟、原河南都督、盐业银行总理）

载　沣　　（宣统皇帝生父、清末监国摄政王）

世　续　　（清末军机大臣、清室总管内务府大臣）

溥　伦　　（清末资政院院长、民国参政院院长）

瑜太妃　　（同治皇帝遗孀）

瑾太妃　　（光绪皇帝遗孀）

"样式雷"　（清朝"圆明园楠木作样式房"掌案）

孟掌柜　　（"瑞蚨祥"掌柜）

薛大可　　（《亚细亚报》主笔）

孙毓筠　　（"筹安会"副理事长、原"约法会议"议长）

刘师培　　（"筹安会"理事、总统府咨议）

李燮和　　（"筹安会"理事、原吴淞军政分府总司令）

胡　瑛　　（"筹安会"理事、原山东都督）

戴　戡　　（清末立宪派、进步党理事、原贵州巡按使）

王伯群　　（贵州护军使署参赞、进步党人）

汤觉顿　　（清末立宪派、进步党人、原中国银行总裁）

寒念益　　（清末立宪派、进步党人）

叶恭绰　　（"交通系"成员、交通银行帮理、原交通部次长）

赵庆华　　（"交通系"成员、原津浦铁路局局长）

关赓麟　　（"交通系"成员、原京汉铁路局局长）

关冕钧　　（"交通系"成员、原京张铁路局局长）

蔡廷干　　（总统府副礼官、海军副司令）

顾维钧　　（总统府秘书、外交部参事、驻墨西哥公使）

林长民　　（参政院秘书长）

饶汉祥　　（黎元洪幕僚、副总统办公处秘书长）

瞿瀛　　　（黎元洪幕僚、副总统办公处副秘书长）

张　氏　　（段祺瑞大太太、袁世凯养女）

黎本危　　（黎元洪二姨太）

目　录

第一章·会贤堂　　　　　　　　001

第二章·克勤郡王府　　　　　　045

第三章·饮冰室　　　　　　　　097

第四章·社稷坛　　　　　　　　129

第五章·太极殿　　　　　　　　155

第六章·利顺德饭店　　　　　　181

第七章·六国饭店　　　　　　　207

第八章·正阳楼　　　　　　　　227

第九章·体元殿　　　　　　　　249

第十章·东厂胡同　　267

第十一章·府学胡同　　287

第十二章·居仁堂　　307

第十三章·广和居　　325

第十四章·石驸马大街　　343

第一章·会贤堂

1

民国四年,岁次乙卯,公历一九一五,节气正值中伏,北京城里暑气逼人。

袁世凯的长子袁克定急匆匆地走进了"居仁堂"的书房。他穿一套宝蓝色将军礼服,配带着勋章、绶带,头上的军帽装饰着一束鹭尾,俨然一副军人气度,只是三年前坠马受伤,落下了残疾,走起路来略显跛足。袁世凯在直隶总督任上,为袁克定捐过候补道员,光绪三十一年命他入盛京将军幕府。光绪三十三年,朝廷设立农工商部,袁克定充任右参议,署右丞。武昌起义爆发后,他协助父亲,纵横捭阖,暗中联络起义民军,在幕后左右"南北议和",民国二年远赴德国,治疗腿疾,作为袁世凯的私人代表,受到过德皇威廉二世的接见。

居仁堂位于"西御苑"的中海,原名"海晏堂",早年是"仪銮殿"旧址,曾经为慈禧太后的寝宫。明朝永乐年间,定都北京,承袭金、元故宫遗址,营建紫禁城和皇城,北海、中海、南海遂成为宫廷御苑,称之为"三海",又称西御苑。光绪十一年,西御苑大兴土木,为慈禧太后归政,营建颐养之所,前后十年，工程耗费六百余万两白银，其中挪用了海军经费四百余万两。庚子年七月，八国联军入侵京师，一场大火，仪銮殿毁于一旦。辛丑年间，"两宫回銮"，西御苑再度大兴土木，仪銮殿旧址上又兴建起了一所西洋式的宫殿，慈禧太后钦定为海晏堂。海晏堂分上下两层，东西两侧各有一座配楼，后面另有一座仿俄式洋楼，堂前建有水池子，蝙蝠形状，池子里有仿十二生肖的兽头人身铜像和铜胎珐琅狮子像。室内的家具陈设，仿效法国皇宫，全部购自巴黎。海晏堂建成后，慈禧太后常在这里举办宴会，招待外国驻华使节夫人。

民国元年二月，宣统皇帝溥仪逊位，按照"清帝辞位优待条件"，清室暂居紫禁城和西御苑。转年春天，清室迁出西御苑，总统府由铁狮子胡同陆军部旧址迁入，袁世凯便住进了海晏堂，此后这里更名为居仁堂。

居仁堂楼下正中是会议厅，西面是客厅和餐厅，东面是办公处和书房，楼上则是起居之所。

一进屋，袁克定先向袁世凯深鞠一躬，"爸，接见'模范团'和'拱卫军'的时间已经快到了，请更衣吧！"

袁世凯穿的是大襟长衫、对襟马褂。他平日装束刻板，或是穿中式礼服，或是穿德式陆军制服，逢到祭祀、典礼和会见外宾，才换上配以勋章、绶带的大元帅礼服。

依照民国三年的"新约法"，大总统为陆海军大元帅，统率全国陆海军。民国三年五月，设立"陆海军大元帅统率办事处"，陆军上将王士珍、陆军总长段祺瑞、海军总长刘冠雄、海军总司令萨镇冰、代理参谋总长陈宧、昭威将军蔡锷等军界要人担任陆海军大元帅统率办事处办事员，王士珍任坐办，主持常务，下设参议处、总务厅、军政所、军令所、军械所、军需处等机构，统揽陆军部、海军部职权，随后裁撤了段祺瑞兼任处长的总统府军事处。袁世凯早有改革北洋军的打算，但积重难返，阻力重重，设立陆海军大元帅统率办事处，就是为了要直接掌握兵权。

当初宣统登基，监国摄政王载沣代理全国陆海军大元帅，设立"禁卫军"，亲自统辖，又任用亲贵，力图集中军权于皇族。袁克定原本打算仿照此例，成立"模范军"，由袁世凯兼任军长，计划陆续训练新军八十个师。但袁世凯顾虑重重，担心招致北洋旧部不满，决定缩减规模，仅设立"模范团"，专门训练军官，隶属于陆海军大元帅统率办事处。民国三年十月，"模范团筹备处"挂牌，先是由王士珍任筹备处长，后来袁世凯亲自兼任团长，称之为"中央陆军第一期混成模范团"，自第二期起，改由袁克定任模范团团长。

模范团相当于一个混成旅的规模，设立步兵、炮兵、骑兵、工兵、辎重兵五科，以德国军事教科书和陆军操典为教材，预定训练五期，每期训练半年，两三年后训练出两万余名军官，可以编练十个师的新军。官佐从北洋军各部中选派，士官和士兵主要来自保定陆军军官学校毕业生和北洋军下级军官。模范团第一期结业，又设立了"新建陆军督练处"，将毕业的军官编练成"拱卫军"，共编成四个步兵旅、一个炮兵团、一个骑兵团、一个机枪营、一个辎重营，统一装备德式武器。

模范团办公处设在西御苑的北海，部队驻地在西安门内旧禁卫军兵营"旃檀寺"。无论再忙，袁世凯都坚持每周到模范团观操校阅一回，每逢星期五下午，他都要到北海召集模范团和拱卫军官佐训话。

当初袁世凯便是以练兵起家的。甲午之后，朝野上下，大声疾呼编练新军。袁世凯正以道员资格暂留京城，听候差委，他看准机会，上书督办军务处，陈述编练新军之法，并上下活动，打通门路。光绪二十一年，经督办军务处大臣荣禄等人保荐，朝廷委派袁世凯督练一支新军。这是头一年开始编练的"定武军"，队伍驻扎天津、大沽之间的"小站"，这里原名新农镇，是昔日淮军驻屯之所，当时已经招募了数千人马。此后四年，袁世凯埋头练兵，"定武军"更名为了"新建陆军"，聘请德国教官，设立德文学堂，采用德国陆军操法，一式洋枪洋炮。早期新建陆军选拔的军官，大都出身淮军，毕业于天津武备学堂。光绪二十四年，驻扎京畿周围的"武毅军"、"甘军"和"定武军"，统称为"北洋三军"，北洋军的名称便由此肇始，小站也成为了北洋发祥之地。二十年后，小站出身的北洋军人，大都已经位居要津。

光绪二十七年，袁世凯晋升直隶总督、北洋大臣，接管了前任存留的"淮饷"、各省汇归北洋的练兵经费和"顺直善后赈捐款项"，一共一千八百余万两银子，作为募练"北洋常备军"的军费，又设立北洋军政司为直隶军务总汇之所，自兼督办。光绪二十九年，朝廷设立练兵处，庆亲王奕劻挂名总理练兵事务大臣，袁世凯任会办大臣，练兵处提调和军政、军令、军学诸司，皆委派北洋中人。转年，各省设立督练公所，由督抚、将军兼任督办，计划全国扩编新军三十六镇，统一军制和武器，向二十一个行省摊派练兵费用，湘军、淮军及各省地方军经裁汰之后，编为巡防营，负责维持治安。但朝廷难以承担每年数千万两白银的军费开支，至宣统二年，各省新军只编练成军十七个镇，远未完成练兵计划。"北洋陆军"在光绪三十一年就已扩编成为六镇，约八万余人，占全国新军三分之一，分驻京畿、直隶、山东、奉天等地。

光绪三十三年,爆发"丁未政潮",这一年九月,袁世凯奉调入京,卸去直隶总督、北洋大臣的职务,出任军机大臣兼外务部尚书,就此解除了兵权。次年,光绪、慈禧先后崩殂,宣统即位。戊戌年间,曾传闻袁世凯出卖过光绪皇帝,由此接替荣禄,护理直隶总督、北洋大臣。当时清室准备惩处袁世凯,但对他亲手编练的六镇北洋陆军有所忌惮,最终使其逃过一劫,只是奉旨开缺回籍。

宣统三年九月,武昌燃起烽烟,袁世凯重新复出,起用为钦差大臣、湖广总督,他手中的本钱自然还是北洋六镇。南北议和之初,袁世凯主张君主立宪,后来政局逆转,南方承诺,只要清帝退位,临时大总统非他莫属。大清气数已尽,权衡轻重,袁世凯舍弃了清室,又迫使其接受城下之盟,终于登上了总统宝座,袁世凯凭借的还是北洋军。

北洋军既不同于湘军、淮军那种旧式武装,也远非新式军队,虽然改用西式武器,实行西式操练,但维系团体依然靠人身依附。北洋军人无论身居何位,都极力把持兵权,即使官至将军、巡阅使、护军使,仍然亲自领兵,兵权决定着权位和地盘。

袁世凯掏出来一块打簧金表,打开看了看,转过脸问肃立一旁的侍从官:"英国公使游三海的路程怎么走?车、船都备好了吗?"

侍从官回禀道:"英国公使马上就到,路程经春藕斋、纯一斋、静谷、颐年堂、勤政殿等处,登画舫游中海,穿行金鳌玉栋桥游北海,至漪澜堂登岸,大总统五点钟在漪澜堂接见,六点钟晚宴,路上乘坐的人力车和游湖的画舫都已经准备好了。"

袁世凯又问了一句:"由谁来陪同?"

"由总统府秘书顾维钧陪同。"侍从官又禀告道:"他已经去新华门接公使先生了。"

"您上楼更衣吧！"袁克定递上手杖，又提醒了一句："工夫不早了。"

袁世凯点点头，接过手杖来走出书房。袁克定转身吩咐侍从官："马上备车。"

父子二人沿着楼梯来到居仁堂楼上。一进卧房，一个丫头便从衣柜里取出一套佩带勋章、绶带的宝蓝色大元帅礼服，帮袁世凯换下了身上的长袍马褂。

换完衣服，袁世凯走出卧房，向等候在外屋的袁克定问道："一应赏赐用的物品都准备齐全了吗？"

袁克定连忙答道："人参、鹿茸和暑药等一应赏赐之物都备齐了。"

每回接见模范团和拱卫军官佐，必定会有所赏赐，袁世凯喜欢进补，常吃中药补品，也常常以此赏赐部下。

"晚上请朱尔典便宴。"袁世凯又嘱咐一句："你也过来作陪。"

"爸，"袁克定捧过来上面装饰着鹭尾的大元帅礼帽，一面给袁世凯戴帽子一面问道："朱尔典到底赞成不赞成改行君主立宪制？"

"晚上吃饭时候，再探探他的口风。"袁世凯接过袁克定递过来的手杖，"朱尔典还是要劝我入'协约国'参战，这倒可以再谈谈条件。"

"眼下英国正忙着'欧战'，哪有工夫管中国的事儿。"袁克定一面说，一面观察他父亲的脸色，"我看还是要摸摸日本人的底。"

民国三年七月，奥匈帝国对塞尔维亚宣战，欧洲列强分为了两大阵营,以英、法、俄为首的"协约国"集团和以德、奥为首的"同盟国"集团展开了一场旷日持久、惨绝人寰的厮杀,比利时、意大利、奥斯曼土耳其等国相继卷入战争,史称第一次世界大战,主战场在欧洲,故又称之为"欧战"。

"近来常看《顺天时报》吗?"袁世凯一面往外走一面说:"上面经常发表反对中国实行君主立宪的言论,这倒是要多加关注,你懂不懂?"

《顺天时报》是日本人在北京办的一份中文报纸,最初名为《燕京时报》,由日本外务省出资,光绪二十七年创刊,社址在宣武门内,光绪三十一年更名为《顺天时报》,在各大城市派有记者和通讯员,收集中国政局内幕。这张报纸尽量迎合中国读者的口味,除时政要闻之外,商业和娱乐新闻也有声有色。今年年初以来,中日关系趋于紧张,《顺天时报》上面的言论引人关注,销路由此大为增加,发行份数已达一万多份,跃居京城报馆之首。

袁克定应了一声:"是。"

父子俩一前一后,沿楼梯而下。

2

一艘带篷的画舫缓缓而行,湖面上波澜不兴。

两个船工持着长蒿,在船舷两侧来回撑船。船舱里放置一张圆桌,上面摆着果品、茶水,几名侍从垂手肃立,英国公使朱尔典和总统府秘书顾维钧坐在船上,一面品茗,一面聊天。

两个人交谈无需翻译,这位英国公使能说一口流利的汉语。朱尔典原籍爱尔兰,贝尔法斯特皇后学院毕业,四十年前来到中国,当时不过是英国公使馆的一名见习翻译,凭借其资历,光绪三十二年升为公使。朱尔典对中国的国情和政坛了如指掌,与袁世凯更是旧交,三十年前便有过从,当初他在英国驻朝鲜公使馆任职,袁世凯在"驻扎朝鲜总理交涉通商事宜"任上。光绪三十四年,袁世凯接到开缺的上谕,仓皇出走天津,经朱尔典出面交涉,担保他的人身安全,才返回北京谢恩辞行,回籍养疴。武昌起义爆发后,上海、南京先后独立,一时战火蔓延,英国政府为维护其在华权益,由朱尔典出面倡导"南北议和",与重掌朝政的袁世凯一唱一和,为其出任临时大总统,创造了难得的历史机遇。

顾维钧穿的是黑色燕尾服，白衬衫上系着黑领结，戴着黑色高筒礼帽，穿着黑色漆皮鞋，这是民国官方规定的西式大礼服。此人的英文名字叫惠灵顿，江苏嘉定人，年仅二十七岁。他十六岁留美，光绪三十一年入哥伦比亚大学，民国元年获法学博士学位，归国后担任总统府英文秘书，又兼任民国首任国务总理唐绍仪的秘书。两个月后，唐绍仪辞职，顾维钧随后递上辞呈，经袁世凯挽留，继续留任总统府秘书，又兼任外交总长陆征祥的秘书。民国二年，他参与中英西藏谈判，受命与英国公使朱尔典交涉，前后历时半年。民国二年六月，顾维钧与唐绍仪的女儿结为连理。

"我来中国已经四十余年了，其间中法战争、中日战争、戊戌之变、庚子之乱、辛亥之乱，都是亲身经历，这四十年风云变幻，中国大伤元气。"说到这里，朱尔典显得思绪重重，"每回游西御苑都让我感触丛生，回想起来，其中众多历史事件都与这里有关，沧桑之感油然而生。"

"公使先生对于中国的感情，维钧一直铭记在心。"顾维钧踌躇了一下，忽然压低了声音："尤其是今年春天，中日之间那番折冲樽俎，公使先生出自肺腑的忠告，让维钧尤为感动。后人一定难以理解当时的苦衷，'中日新约'签订之前，中日双方正式会谈二十五次，会外交涉不下二十余次，历时八十四天，由此可以看出其中的艰难。'中日新约'既是国家民族之奇耻大辱，每个参与此次谈判的中国人，也都蒙受了屈辱，可谓创巨痛深，但愿有朝一日能够洗雪这段历史。"

民国四年五月二十五日签署的"中日关于山东省之条约"、"中日关于南满州及东部内蒙古之条约"，以及十三项"换文协定"，统称为"中日新约"，史称"民四条约"。

民国四年一月十八日，日本驻华公使日置益晋见袁世凯，提交了一份秘密外交文件。这份外交文件合计二十一项条款，史称"二十一条"，其中包括中国政府承认日本继承德国在山东原有一切特权；山东土地及沿海岛屿，概不租借或让与他国；准许日本修建由烟台或龙口连接胶济线之铁路；尽快开辟山东省各主要城市为商埠；旅顺、大连租借期限及南满、安奉铁路交还期限，均延长为九十九年；日本人在南满和蒙古东部，享有土地租借权等各种权利；中日合办汉冶萍公司；中国沿海港湾及岛屿，不得租借或让与他国；中国政府聘用日本人为政治、军事、财政顾问；中国警察由中日合办；中日合办军械工厂。

日本人竟然具有如此大的胃口，这让袁世凯始料未及。对于"二十一条"，他既不敢断然拒绝，也不甘心轻易就范，希望通过交涉，讨价还价，化解这场外交危机。

山东问题由来已久。当初"马关条约"签署不久，俄、德、法三国提出交涉，要求日本放弃占据辽东。日本无力抗衡三国，又向清政府勒索了三千万两白银，归还了辽东，史称"三国干涉还辽"。两年之后，德国借"曹州教案"，出兵强占山东胶州湾。光绪二十四年二月，总理各国事务大臣李鸿章等人与德国公使签署了"胶澳租界条约"，准许德国租借胶州湾九十九年，并承办胶济铁路和山东矿务。此后，德国设立"胶州湾自治领"，任命德国远东舰队司令兼任胶州总督，隶属海军部。民国三年，"欧战"爆发，日本内阁和军方都认为"协约国"占有军事优势，借此机会，正可以扩张在东亚的势力，何况当初"三国干涉还辽"，已和德国结怨，国内未经争议，便加入了"协约国"集团。

对德国占据的胶州湾，日本政府觊觎已久，又担心作为"协约国"盟国的俄国出兵争夺，乘"欧战"之际，列强无暇东顾，就以参战为名，抢先下手，趁火打劫。民国三年八月二日，日本外务省宣称，英国如卷入战争，日本决不会袖手旁观，必将履行"英日同盟条约"义务，当时海军舰队已经在九州的佐世保港集结。两天之后，英国对德宣战，要求日本出动海军，攻击远东海域的德国军舰，协助保护英国商船，这正中日本人的下怀。

胶州湾是德国在亚洲的主要殖民地，青岛港作为黄海的天然良港，也是德国远东舰队最重要的基地。八月十五日，日本政府向德国政府递交了最后通牒，要求在九月十五日以前，将青岛港和胶州湾租界无条件地移交给日本，德国海军从中、日两国海域撤退或解除武装。与此同时，日本驻华使馆代办小幡酉吉，警告中国，不许从德国手中接受胶州湾，否则日本将视为中国自行破坏中立。八天之后，日本大正天皇下诏，对德宣战。

八月二十七日，日本海军数十艘舰艇封锁胶州湾海面，开始炮击青岛。日本陆军两万余人，在海军舰只护送下，于九月二日强行从山东的龙口、莱州海面登陆，又分兵数路，侵占莱州、招远、平度、莱阳等地。十六年前，英国强行租借威海卫，驻扎在此的数千名英军与进占胶东的日军，组成"英日联军"，由莱阳南下，迅速攻取即墨等地。英日联军又在青岛附近的崂山登陆，很快便占据了胶州湾周围地区。与此同时，英国远东舰队协同日本海军一起封锁了胶州湾，参战的日、英两国陆、海军达六万余人。

驻守胶州湾的近万名德国陆、海军陷入了重围，十余艘海军舰艇当中，装甲巡洋舰"沙恩霍斯特"号、"格奈森诺"号及轻巡洋舰"埃姆登"号、"莱比锡"号、"尼恩贝格"号，奉命离开胶州湾，冲破海上封锁，成为了漏网之鱼。日军还大举西进，相继攻占胶济铁路沿线的潍县、青州、济南等车站。中国驻军奉命节节退让，驻烟台的中国海军舰船，只能退缩于港口之内。

列强之间以中国领土为战场的战争，这是第二次，头一次是光绪三十年的"日俄战争"，两次战争，日本都是罪魁祸首。日本名为对德国宣战，却入侵中国山东，"项庄舞剑，意在沛公"。

"欧战"爆发后，袁世凯预料到参战双方将会以中国领土作为战场，尤其是日本会借此争夺德国在华利益，便与副总统黎元洪、国务卿徐世昌、外交总长孙宝琦等人秘密拟订了"局外中立条规"，由政事堂会同外交部、陆军部、海军部、交通部和参谋总部成立"中立办事处"，负责处理有关事宜。日、英、德三国为争夺山东胶州湾而大打出手，民国政府企图置身事外，不卷入武力冲突，对外宣布"局外中立"，请求同为中立国的美国，转告交战国双方，尊重中国的中立地位，不得以其领土、领海作为交战战场。

日军在山东登陆后，民国政府发表声明："参照日俄战争先例，所有在龙口、莱州及接近胶州湾附近地方，交战国军队的行动，本政府不负责任，此外各处仍严守中立。"并宣布山东潍县以东地区划作日、英、德的交战区，潍县以西仍为中立区，要求交战双方予以尊重，胶济铁路现归中国保护。德国政府立即提出抗议，表示不承认这个交战区，指出中国宣布划分战区，是在日、英军队登陆以后，此举便于德国的敌军行动，将来战事结束，德国在山东所受的损失，必须由中国赔偿。日本政府也宣布，今后行动取决于敌方行动，而不受交战区的限制。日本外相加藤高明竟然向中国驻日公使陆宗舆声明，日军所到之处，中国驻军倘不撤离，致使引起冲突，日方将视为帮助敌国。

十一月七日，困守胶州湾孤立无援近两个月的德军，终于升起白旗，两千余名幸存的德军官兵和德国胶州总督束手就擒，日军也付出了伤亡一千七百余人的代价。被德国占据十七年之久的胶州湾和胶济铁路全线，又沦入日本人之手。早在十月中旬，日本海军还先后占领了德国属地马绍尔群岛、马里亚纳群岛和加罗林等太平洋岛屿。

战事结束后，英国便从山东战区撤走了参战军队，但日本却拒不撤兵。十一月十一日，日本内阁作出决议，在"欧战"未结束前，日军将对青岛和山东交战区实行军事管制，山东的港口、海关、铁路、矿务均由日军管理。十二月七日，民国政府宣布，撤退山东战区的中国驻军，并通知日方，山东战事已告结束，立即撤退胶济铁路沿线的日军。此后又两次照会日本政府，宣布取消当初划定的交战区。日本通过情报得知，袁世凯准备变更国体，决定借此机会，攫取更多的在华权益，摆出了一副咄咄逼人的架势，提出了"二十一条"。

中日双方自民国四年二月初开始外交接触，至四月底一共会谈了二十五次，历时近三个月。

二月中旬，英国驻华使馆的外交官获悉中日密谈的内幕，《泰晤士报》披露了"二十一条"全文。消息一经传出，中外舆论一片哗然，英、法、美三国先后向日本提出质询。由冯国璋领衔的十九省将军，联名通电全国，请缨御侮。

日本政府指责民国政府泄露会谈秘密，对外只承认"二十一条"部分条款。为迫使袁世凯就范，三月十四日，日本突然向山东、辽宁、天津等地增兵数万人，日本舰队驶入渤海海域，日军在东北宣布戒严，日侨纷纷回国。中日两国关系，一时剑拔弩张。

日方在四月二十六日提出最后修正案。五月一日，中方也提出了最后修正案，要求日本无条件地交还胶州湾租界，赔偿因日本军事行动给山东平民造成的损失。日本公使日置益在五月七日向民国政府外交部递交了最后通牒，要求在四十八小时之内，即五月初九下午六点以前，对于日方所提的修正案作出答复。

在日本威逼之下，又经过英、美、法、俄的劝告，袁世凯最终接受了城下之盟。五月九日晚上十一点，外交总长陆征祥、次长曹汝霖把承认日方条件的答复书送交到了日本使馆。五月二十五日，签署了"中日新约"，日方提出的"二十一条"，除去第五号部分另行协商，第四号部分由民国政府以命令形式宣布，其余各部分都被包括进了"中日新约"。

"中日新约"签订的消息传出之后，上海、长沙等城市相继成立了"国民对日同志会"、"劝用国货会"、"救国储金会"、"排斥日货同盟"等民间抗日团体，掀起了抵制日货运动，民国四年上半年，日本对华商品输出比上一年同期减少了一千七百九十万美元。北京、上海、汉口、沈阳等地的市民、学生组织了大规模的集会游行，上海《申报》倡议开展救国捐献运动，随即成立了救国储金团，宣布该团预定筹备储金五千万元，为国家添设武备之用。北京储金事务所在中央公园召开了二十万人参加的储金救国大会。面对全国"不承认二十一条"、"出兵收复山东"、"诛卖国贼以谢国人"的舆论，陆征祥、曹汝霖通电请求辞职，肃政厅对曹汝霖提出弹劾案。

中日谈判期间，朱尔典紧急会见陆征祥，一再劝告，要忍辱负重，以防不测。英国担心日本乘机扩张势力，危及自身利益，不过至此已是鞭长莫及。朱尔典还向袁世凯表示，中国是中立国，日本已加入"协约国"，英国没有理由帮助中立国来对抗盟国，如果中国放弃中立，加入"协约国"，便可以获得更为有利的国际地位。

袁世凯表示愿意加入"协约国",同时又向朱尔典提出了条件,要求从"协约国"集团借款三百万元,扩建中国的兵工厂,由英、法两国派专家来帮助改进技术,中国将给"协约国"供应军火;"协约国"成员国,未经中国同意,不得签订与中国有关的条约;"协约国"成员国,在中国的租界不得包庇中国政治犯。英、法、俄三国政府同意这些条件,日本政府却极力反对,警告盟国,凡与中国有关的问题,须先与日本磋商。中国加入"协约国"之事,最终因为日本反对而搁浅。

顾维钧虽然未能参加中日秘密谈判,但一直与朱尔典和美国驻华公使芮恩施暗中接触,将谈判内幕披露给英、美报界,借此向日本施加压力。签署"中日新约"之前,顾维钧建议,应以外交部名义,对外宣布中日交涉始末,为后世留下历史记录。经袁世凯同意,他起草了"中国政府关于中日交涉始末宣言书",于五月十三日发表,其中陈述了"中国承认条款"、"中国不能允诺条款"、"问题尚在争执中之事宜"、"日本之新议案"诸多事项。

"中国只有放弃中立立场,加入'协约国'参战,等到战后召开议和会议,再将'中日新约'拿出来修改,'协约国'也可以出面在中、日两个盟国之间进行调停。"朱尔典又加重了语气:"顾维钧先生,你与陆总长都能理解其中的利弊得失,应该力劝大总统,尽早下决心。"

顾维钧听罢欲言又止,一名侍从突然插话:"公使先生,前面就是漪澜堂了,我们就从这里登岸。"

一行人缆舟登岸,拾阶而上。一进漪澜堂,袁世凯、袁克定便迎上前来,朱尔典向袁世凯行了个鞠躬礼。

"公使先生,"袁世凯满脸堆笑,"今天请你来西苑做客,我本应陪同游览,但是腾不出工夫来。"

宾主一番寒暄之后,进屋依次坐定,仆人端上了茶水、果品。

"正有事情准备向大总统请教。"朱尔典开门见山:"八月三日的《亚细亚报》,刊载了古德诺博士的《共和与君宪论》,这篇文章头两天又转载于日本报刊,据说古德诺博士的文章是受命于大总统?"

美国人古德诺是总统府顾问,原是美国哥伦比亚大学教授,担任过美国政治学会首任主席。民国二年,经"卡内基国际和平基金会"推荐,袁世凯聘古德诺为顾问,协助制定《中华民国约法》,授其二等嘉禾勋章,转年他回国就任霍普金斯大学校长。在华期间,古德诺曾经发表过《总统制与内阁制之比较》《中华民国的议会》《中国新约法论》等一系列政论文章。

清朝末年,各类专业人才缺乏,开始聘请外国人充任幕僚,逐步又担任海军、海关、邮政衙门顾问和军事学堂教习等职务。袁世凯向来十分注重延揽和使用外国人,从小站练兵到主政民国,一直重金聘用一批外国顾问,其中较为著名的有美国人古德诺、英国籍澳大利亚人莫里逊、法国人白里索和日本人有贺长雄、坂西利八郎。

袁世凯摸了摸上唇的胡子,思忖了一下,"古德诺博士担任顾问的合同期限未满,上个月又如约来华访问,我请他提交一份备忘录,论证一下共和制与君主制,再比较各国政治制度,以备考量。古德诺博士写的这份备忘录翻译出来,就是《共和与君宪论》,我也正想就此向公使先生咨询。"

古德诺在《共和与君宪论》中的观点是无论实行君主制或共和制,都应基于本国历史与社会经济情况进行考量;历史经验证明，君主制更便于政权轮替；结合欧洲、美洲各国政体变革与宪政历史，实行共和制需要开启民智和解决继承问题，否则将导致军政府专权；军政府统治一旦召致动乱，将会影响西方列强的经济利益，以至引发干涉；中国由专制变为共和，但尚未妥善解决政权继承问题；若改为君主立宪制，应避免引起国民及列强反对，关键是要确定君主继承的法律，并实行立宪政治。

"我与大总统三十年的交情，大总统垂询，我一定会知无不言。"朱尔典讲话颇具外交官风度，不慌不忙地说："不过我的观点并不代表英国政府，只是个人的看法。古德诺博士的《共和与君宪论》，主要谈的是权力继承，这也是目前中国政体的一个关键，君主立宪制的特点和长处，就是权位继承易于解决，并且是通过制度传承权位，由此保证了国家稳定。"

"辛亥之时，国人未及深思，仓促之中，创立共和国体，未必适合国情，由此埋藏隐患，今日看来，显见是操之过急。眼下所谓总统权力，其实尚不如当年我做直隶总督的权力便宜，办起事来处处掣肘，因此这些年办共和，也没有办出什么名堂来。"说到这里，袁世凯苦笑了一下，"依我看，国家犹如一个公司，国民就如同大小股东，总统便是这董事长，公司经营成败，固然要由董事长负责，若是能让董事长成为最大的股东，他自然会对公司更加尽心尽力。"

"大总统的比喻十分贴切。辛亥之后，一些民众以共和为口号推翻满清，南北议和之时，贸然采用共和政体，今天看起来，并非是长治久安之策。"朱尔典停顿了一下，忽然话锋一转："不过，目前世界各国，无论是君主制还是共和制，无论是德国皇帝还是日本天皇，乃至于美国总统，就其责任与权力之大，都比不上大总统，国家安危都系于大总统一身，若再骤然变更国体，是否会引起政局动荡？还望大总统三思。"

"眼下中国的局势都在掌握之中，即使变更国体，也不会引起政局动荡。"袁世凯毫不犹豫地说："这一点请公使先生放心。"

"当前正值'欧战'，英国希望中国及东亚局势稳定，这一地区若出现政治混乱，将会影响到'协约国'的利益，但英国决不会干预中国内政。"朱尔典摆了摆手，"国体还需从长计议，这是我个人的忠告，仅供大总统参酌。"

"我们是至交，公使先生这番话是肺腑之言。"袁世凯从容地笑了笑，"变更国体这等大事，我一定会慎重对待，各国在华利益也决不会因此而受到影响。"

"对于中日争端，英国政府目前确实是爱莫能助，中国暂时忍辱负重，从此整军经武，埋头十年，日后或许有机会洗雪山东之耻。"朱尔典胸有成竹地说："'协约国'取胜，应是不争之事实，当下中国应该力争加入'协约国'，日后可以共同分享战胜国权益，争取重新讨论'中日新约'与山东问题。事在人为，我可以断言，随着'欧战'的发展，国际局势的演变，相信中国一定能够加入'协约国'，希望大总统审时度势，把握时机。"

正在这时候，一名侍从进来禀告："大总统，晚宴已经准备好了。"

3

洪宪梦

　　什刹海这片湖泊，元朝时曾是大都城的漕运码头，名字的来历，一说是什刹海周围有"九庙一庵"，一共十座古刹，因此得名，另有一说，"什刹"不过是一句梵语。什刹海前海北沿，临街面湖坐落着一座砖木楼房，上下两层十二开间，磨砖对缝，红漆大门两侧，各悬挂着一块黄铜牌匾，铜牌上镌刻着"会贤堂饭庄"的字样，门楣之上写着"群贤毕至"四个描金大字，楼上的房檐底下挂着几块黑底金字招牌，这是京城饭庄的幌子。门前有上马石、拴马桩，进门之后，大影壁前面摆着一溜儿太平水缸。

　　除了临街的楼房以外，会贤堂有两进院子，几个跨院，百十余间房屋，西跨院里还有一座戏台子。京城头等饭庄子要能操办红白喜事和寿宴，还要能唱堂会戏，京城里的名角、名票，大都曾在会贤堂的戏台子上唱过。

　　光绪十六年，会贤堂开业，主要料理山东菜肴，以海味见长。最初的东家是清朝军机大臣张之洞的厨子，张之洞的宅邸就在什刹海前海南沿的白米斜街，与会贤堂隔湖相望。什刹海后海北沿是醇亲王府，宣统年间，醇亲王府和内务府一直照顾会贤堂的生意。从会贤堂楼上凭栏远眺，什刹海的景致尽收眼底。每年从旧历五月的"端午节"一直到七月中元的"盂兰会"，前海西沿的湖堤之上，都要搭起一溜儿天棚，茶灶、酒肆、粥铺、货摊，林林总总，此处称做"荷花市场"，眼下正是兴旺季节。往东眺望，便是"燕京八景"之一"银锭观山"的银锭桥，距此数百步之遥，耸立着钟楼和鼓楼。往南眺望，琼华岛和景山清晰可辨，绿荫映衬着气势嵯峨的白塔和黄琉璃瓦亭子。

夕阳余晖斜照会贤堂的门前，柳树荫下已经停满了各式马车、骡车。

一辆洋式四轮双套敞篷马车驶到了会贤堂大门口，一位身着长衫马褂、头戴礼帽的人撩起袍子下了马车，后面跟着一个一身戎装的军人。

穿长衫马褂的人叫蔡锷，后面的军人是他的副官。蔡锷原名艮寅，字松坡，籍隶湖南宝庆，十三岁应院试，取为生员。光绪二十四年，他考入长沙时务学堂，学堂总理是熊希龄，总教习是梁启超，深受维新思想影响。"戊戌变法"失败后，时务学堂解散，蔡松坡东渡日本，先入"大同学校"，又入横滨东亚商业学校，次年回国，参加自立军起义，失败后重返日本，更名为锷，投笔从戎，自费入成武学校。

庚子之后，学军事的留日学生增多，成武学校专门收中国学生，后来另设振武学校，毕业后进入日本陆军实习，称士官候补生，再入陆军士官学校，士官生毕业后回国，颇受朝廷和各督抚重用，人称"日本士官派"。光绪二十八年，蔡锷考入日本东京陆军士官学校第三期，补为官费生，光绪三十年毕业，一百余名毕业生中，考试排名第五，与另两名中国留学生蒋方震、张孝准，并誉为"中国士官三杰"。他归国后加入同盟会，先后担任江西将弁学堂监督、湖南新军教练处帮办、广西陆军小学堂总办和兵备处总办等军职，宣统三年转赴云南，任滇军三十七协协统。武昌首义之后，旧历九月九日，蔡锷率部在昆明举事，史称"重九起义"，昆明光复后，组成云南军都督府，蔡锷被推举为都督，云南各州府传檄而定。

武昌起义、重九起义等都由新军发动，新军军官主要由留日士官生和国内各式武备学堂毕业生充任。武昌起义前夕，滇军中高级军官当中，日本陆军士官学校出身的居于半数，下级军官则大多毕业于云南陆军讲武堂。当初朝廷送留学生官费出洋，留学生出国后，认清了中国的积弱与腐败，再经过一番新思潮熏陶，日后投身革命，方使存续二百六十余年的清王朝骤然倾覆。

"癸丑之役"中，蔡锷联合桂、黔两省调停，主张维护中央集权。民国二年十月，蔡锷奉调入京，先后任政治会议议员、参政院参政、陆海军大元帅统率办事处办事员、全国经界局督办、陆军部编译处副总裁、昭威将军。日本提交"二十一条"后，他在参政院发表演说，反对接受亡国条件，还制订了一份对日作战计划书，秘密呈送给袁世凯。最终，民国政府签署了丧权辱国的"民四条约"，蔡锷失望之至。

两个人疾步进了会贤堂，门口迎候客人的伙计，一直将他们带到了楼上包间。虽然已过立秋，但还没出三伏，早到的三位客人已经脱去长衫，都是一色短打扮，他们纷纷起身，与蔡锷相互拱手寒暄。

做东的叫杨度，字皙子，籍隶湖南湘潭，光绪二十年举人，早年师从名儒王闿运。光绪二十八年，赴日本留学，考入东京弘文师范学校，次年朝廷设立经济特科考试，杨度初试列一等第二名。当时慈禧太后询问特科考试，军机大臣瞿鸿禨与阅卷大臣不和，便奏称初试录取了康、梁余党，慈禧撤换了阅卷大臣，因此杨度复试落榜。为避免不测，他再度远赴日本，在东京创办《中国新报》，组织"宪政公会"，鼓吹君主立宪。光绪三十四年，经袁世凯和张之洞联名保奏，杨度派在宪政编查馆行走，候补四品京堂，参与起草《大清新刑律》和《九年预备立宪逐年推行筹备事宜清单》。宣统三年，"皇族"内阁成立，杨度出任统计局长，武昌起义后，袁世凯出山，执掌朝政，任命杨度为学部副大臣。杨度和同盟会的汪精卫共同发起"国事共济会"，呼吁南北停战，随后作为北方代表团成员，参加"南北议和"。民国以来，他历任政治会议议员、参政院参政、国史馆代理馆长。

其中一位客人叫蒋方震，字百里，籍隶浙江海宁，在军界颇负声望。光绪二十四年，院试取为生员，光绪二十七年赴日留学，与蔡锷是日本成武学校和陆军士官学校同学。留日期间，蒋方震主编《浙江潮》，鼓吹革命，光绪三十年毕业，在东京陆军士官学校第三期中，考试成绩名列步兵科榜首，被誉为"中国士官三杰"，毕业后以少尉军衔入日本陆军见习。光绪三十二年归国，盛京将军赵尔巽聘他为督练公所总参议，后赴德国，入陆军第七军实习，回国后任京城禁卫军管带。宣统三年，赴奉天再任督练公所总参议，武昌起义爆发后，参与谋划奉天独立未成，潜回南方，出任浙江都督府总参议。民国元年，蒋方震入京，任总统府顾问兼陆军部高等顾问，又调任保定陆军学校校长，陷入北洋派和日本士官派的门派之争，遭受陆军部官僚排挤，愤而自杀，获救伤愈之后，改任总统府军事处参议。民国三年，改任陆海军大元帅统率办事处参议，参与开办模范团，负责编制训练计划。

另一位客人叫夏寿田，字耕父，号午贻，籍隶湖南桂阳，光绪、宣统年间，父亲夏时官至江西和陕西巡抚。光绪十八年，他赴京应会试，取誊录，任刑部郎中、山西清吏司行走，光绪二十四年殿试中榜眼，授翰林院编修、学部图书馆总纂，因替父亲辨诬遭革职，宣统三年授朝议大夫，民国元年任湖北民政长。夏寿田与杨度既是湖南同乡，又是同门师兄弟。他们曾经在湖南衡阳船山书院，一同受教于王闿运，夏寿田是师兄，长杨度四岁。民国三年，官制改革，总统府秘书厅改称内史厅，北洋幕府中人大都调派升迁，经杨度举荐，夏寿田充任内史厅内史，参与中枢机要。

屋子当中，一张云石桌面的红木圆桌，围着桌子一圈儿八把红木灯挂椅，临窗一张茶几，两侧摆着一对南官帽椅。墙上挂着一副行书立轴，写的是道光年间《都门纪略》中一首竹枝词："地安门外赏荷时，数里红莲映碧池，好是天香楼上座，酒阑人醉雨丝丝。"

等蔡锷摘了帽子，脱去马褂，杨度招呼跑堂的伙计开席："还有几位客人，马上就到，先上酒和凉菜，人到齐了再上热菜。"

伙计先给每位客人递上了冰镇过的手巾把儿，又送上了"冰碗"。这是会贤堂的特色吃食，碗里盛的是什刹海就地取材的菱角、莲子、藕，还有取自于白米斜街冰窖的碎冰块儿。

随着门外伙计的招呼声，陆续进来了四个年轻女子，都是一身袄裙，还随身携带着乐器。

她们上身穿袄衫，高领缩袖，腰身细窄，式样又不雷同，既有大襟，又有斜襟，下身都穿黑色长裙，料子是纱、绸之类，这种时尚衣着据说是受留日女学生的影响。民国初年服饰，中外难分，官民难分，甚至烟花女子和女学堂学生在服饰上都互相效仿，仅观其衣着，难以辨认出究竟是女学生，还是风尘中人，不过这几位满头珠翠，与女学生毕竟不同。

大饭庄子也是烟花女子出没之地，客人常叫她们陪酒。今天杨度做东，事先吩咐会贤堂的伙计，持着写有自己名字的局票到南城八大胡同，点名请几个"清吟小班"里色艺出众的姑娘前来助兴。青楼也有贵贱之分，清吟小班属于京城头等风月场所，都声称卖艺不卖身。客人点名传唤，付给费用，民间另有一种俗称，称之为"叫条子"，妓女外出陪客，则称为"出条子"。

杨度起身向众人介绍："这几位都是清吟小班的红姑娘。"

这几位姑娘依次鞠躬，随后分头坐在四个人身旁。等众人坐定之后，伙计已经端上酒和凉菜，热菜也一道一道地上来了。

"在座的诸位大人都通晓音律，你们一会儿要拿出真本事来。"杨度接着又向姑娘们吩咐："先给大人们敬酒。"

姑娘们忙起身斟酒。杨度指着坐在他身边一位梳着大辫子的姑娘说："先有劳'栖凤阁'的映雪姑娘奉献一段，映雪姑娘是北地胭脂，擅长北京说唱。"

这位姑娘上身穿红色绸衫，下身穿玄色绸裙。她回过头向上菜的伙计招呼道："劳驾，看看跟我来的弦师在哪儿？快请他进来。"

一直候在门外的弦师听到召唤，忙抱着一把三弦琴进了屋，在临窗的茶几旁坐下来，随手和了和弦。

她从随身带来的鼓囊中取出一面八角型羊皮面手鼓，上面系着铜钹、缀着穗子，款步走到窗前，面向众人，先鞠了一躬，抬起头来，未曾开口，又是嫣然一笑，一双眼睛顾盼多情。

"映雪先伺候各位大人一段儿新学的'子弟书'，这段儿书的名字叫《白帝城托孤》。"她说罢便一面摇动着八角鼓，一面扭动着腰肢唱了起来。

映雪一口京腔京调，口齿伶俐，嗓音甜润，韵味十足。弦师的弦子应和的相得益彰，众人都停住了杯箸。这是一个长段子，说得是三国时刘玄德败于东吴之后，在白帝城向诸葛亮托孤的故事。

一曲唱罢，众人都喝彩道好，其他的姑娘又忙着斟酒。

杨度久居京城，见闻甚广，便娓娓道来："'子弟书'最初乃是八旗军旅音乐，乾隆年间，八旗子弟参照民间鼓词又别创新声。演唱用的八角鼓和鼓上缀的穗子象征满洲八旗，所以穗子颜色分红、黄、蓝、白。当年聚演'子弟书'，需由内务府发放龙票，作为演出执照，'票房'和'票友'也由此得名，好此道者称为'票友'，票友聚会演出之所称为'票房'，票友赴票房和堂会演出，称之为'走票'。'子弟书'又称作'段儿书'，分单弦、岔曲、大鼓等等。京城里的'子弟书'分'东城调'和'西城调'两个流派，又称'东韵'、'西韵'，映雪姑娘唱得是'东城调'，曲调慷慨激昂，多唱历史故事，'西城调'则婉转缠绵，多唱才子佳人。'子弟书'工于表演，难得映雪姑娘的唱做功夫俱佳。"

听到这里，映雪拿手绢掩住嘴，妩媚的笑了笑，"让各位大人见笑了，还是杨大人讲得精辟透彻。"

"映雪姑娘的书固然精彩，"蔡锷又调侃了一句："皙子兄更是堪称知音。"

"松坡，"杨度意味深长地说："但愿在眼下这场风云变幻之中，你我二人也能够成为知音。"

"本以为今日相聚，属知音雅集，正可多叙风月之事。"说到这里，蔡锷付之一笑，"未曾料到，皙子兄还另有弦外之音。"

"松坡，你我不妨坦言，我请你列名'筹安会'发起人，你说武人不干政，一口给回绝了。"杨度又加重了语气："可是自从古德诺博士发表《共和与君宪论》之后，这几天君主立宪的行情又见涨了！"

"一谈到政治，我最缺乏兴趣。"蔡锷收敛了笑容，"作为武人，不应干政，这原是我的一项宗旨。"

"松坡，云台托我转告你，他一向对你抱有厚望，将来在军事上还要借重，还希望你能规劝规劝任公。"杨度颇为感慨地说："任公究竟是宪政的先行者。光绪三十一年，五大臣出洋考察宪政，任公当时旅居日本，经熊秉三举荐，邀请他起草立宪奏折，转年朝廷便颁布了'预备立宪诏书'。时光荏苒，弹指之间，这已经过去十年了！"

袁克定字云台；已卸任的国务总理熊希龄字秉三，光绪三十一年随端方、戴鸿慈出洋考察宪政。

梁启超字卓如，号任公，籍隶广东新会，光绪十五年举人，投到康有为门下。他先后主持《万国公报》，《中外纪闻》，《时务报》笔政，兴办"时务学堂"，鼓吹维新变法，一时为舆论领袖。戊戌年四月，光绪皇帝颁布"定国是诏"，实施新政，史称"戊戌变法"，又称"百日维新"，届时召见康、梁，赏梁启超六品衔，办理译书局事务。是年八月，朝局逆转，爆发"戊戌政变"，慈禧太后重新垂帘训政，幽禁光绪皇帝，"百日维新"失败，康、梁逃亡日本。旅日期间，梁启超创办《清议报》《新民丛报》《新小说报》，并在汉口、上海创办《江汉日报》《国风报》，又兴办"政闻社"，掀动宪政波澜。民国元年十月，梁启超返国，次年共和党、民主党、统一党三党合并为进步党，他出任理事，又先后担任司法总长、币制局总裁、参政院参政。

杨度与梁启超相识于甲午年春天，当时"马关条约"签订，举国震惊，在京参加会试的十八省一千三百余名举人，向朝廷递交要求"拒和、变法"的请愿书,这便是震动朝野的"公车上书"。戊戌年间,梁启超、杨度先后避难东瀛,光绪三十二年,朝廷宣布预备立宪,他们在日本成立"宪政会",最终因权力之争而分手。宣统二年,掀起立宪风潮,杨度乘机上书,一篇《奏请赦用梁启超折》,传布朝野。

"承蒙云台厚爱,一定尽力而为。不过,卓如先生是个书呆子,书呆子哪里能劝得过来?"蔡锷显出为难的样子,"旧如先生一介书生,又何必难为他呢?"

"毕竟任公和你师生一场,总不能眼看着他固执己见,以至在眼下这场大变局中落伍。"杨度摇了摇头。

"南海和卓如先生也是师生。"蔡锷一时感触丛生:"如今不是也各执己见吗?"

"南海"是指康有为,他籍隶广东南海。光绪十六年,康有为在广州设馆办学,名为"万木草堂",先后写成《新学伪经考》《孔子改制考》,分别于光绪十七年、光绪二十四年刊行。光绪二十一年,康有为赴京会试,正值甲午之役惨败,朝廷与日本议订《马关条约》,消息一传出来,他联络在京举人,联名上书,即"公车上书"。会试发榜,康有为中进士,充任工部预衡司主事,六品职衔。他先后创办过《万国公报》《中外纪闻》《强学报》《知新报》,兴办"强学会"、"保国会",又接连七次上书,呼吁变法。戊戌年四月,康有为应召入清漪园,与光绪皇帝商讨变法维新,遂调任总理衙门章京行走,专折奏事,此后三个多月,颁布诏书、谕旨二百余道。"百日维新"终结,康有为逃亡日本,继而周游列国,组织华侨成立"保皇会",后改为"宪政会",民国二年返国。

康有为、梁启超既是师生,也是政友。自光绪十六年投到康有为门下，梁启超一直追随老师，政坛沉浮，海外亡命，历经二十余年，师生之间逐渐显露出了政见分歧。武场首义之后，康有为仍主张君主立宪、"虚君共和"，但保皇派已势单力孤，梁启超则提出"和袁、慰革、逼满、服汉"的策略，并请求老师隐退，至此师生二人分道扬镳。

"我和任公都生逢乱世，也都曾为宪政付出了半生心血。"说到这里，杨度又话锋一转："切望任公能够与时维新。"

蔡锷勉强地应允道："既然皙子兄殷殷嘱托，一半天之内，便去天津拜望卓如先生。"

"松坡，当初大总统调你入京，便是看中了你的军事才干，至于职位，一度曾有陆军总长和参谋总长几个位置可以安排，我一再向大总统举荐，由你主持陆军部，但因为北洋派抵制而作罢，他们的理由是要改革军事体制也只能用北方军人，而不宜用南方军人，而且不能操之过急，没想到竟然耽误了你两年的工夫。"杨度推心置腹地说："不过云台已经发话了，等帝制实施之日，还须由松坡主持陆军。"

蔡锷不温不火地说："还要仰仗皙子兄。"

蒋方震听了杨度、蔡锷的一番交谈，感觉如梗在喉，不吐不快，便单刀直入地说道："皙子兄、午贻兄，目前舆论莫衷一是，国体变更的局势尚不明朗，大总统也尚未公开表态，此等大事还需他乾纲独断，不知大总统对此持何种态度？"

夏寿田毫不迟疑地说："大总统一定不会辜负了全体国民的意愿。"

听完这话，蒋方震默然片刻才点了点头，"大总统也要顺应民意。"

"君主立宪大业有赖于在座诸君鼎力相助。"杨度举起了酒杯,"来!让我们满饮此杯。"一时觥筹交错。

蔡锷含笑提议道:"还是让姑娘们再奉献几段词曲,以助酒兴。"

"松坡说的对。"杨度指着陪坐在蔡锷身边的一位姑娘说:"下面该让'云吉小班'的凤仙姑娘奉献一曲了。"

这位姑娘上身是白色高领绸衫,下身一袭黑裙,举止却不染风尘气息。她半低着头走到众人面前,深鞠一躬,"今天出门没带弦师,只好清唱了,请各位大人担待,下面让凤仙伺候各位大人一段昆腔,唱的是一阕宋词。"

她抬起头来,眉梢入鬓,顾盼神飞,"何处望神州?满眼风光北固楼。千古兴亡多少事,悠悠,不尽长江滚滚流!年少万兜鍪,坐断东南战未休。天下英雄谁敌手?曹、刘。生子当如孙仲谋。"声腔清柔婉转,却蕴涵着一股慷慨之情,众人都屏住了声息。

凤仙唱罢,蔡锷叹了一口气,"不是今日目睹,怎么能相信青楼中竟有这等人物。"

她转过脸来,恰巧与蔡锷四目相投,赧然一笑,翩然退下。

"千古知音难觅。"杨度一面指着蔡锷,一面笑道:"凤仙,蔡大人才是知音。"

回到圆桌前,凤仙端起酒壶,逐一斟酒,"各位大人过奖了,在座几位姐妹的才艺要远胜于我。"她给蔡锷斟满酒,又双手持杯,"承蒙蔡大人错爱,我敬您一杯。"

"多谢!"蔡锷摆了摆手,"我有喉疾,不宜多饮。"

"没想到松坡既是知音,又具慧眼。"杨度调侃了一句,接着又举起了酒杯,"诸位,值此良宵,再共饮一杯。"

4

"少川,当下的政体问题,国人莫衷一是。"袁世凯看了看顾维钧,"你也是哥伦比亚大学的博士,古德诺博士是你的师长一辈,既是同出一门,学理也应当相近,今天倒是想听听你的意见。"

顾维钧字少川,他一时难以回答,斟酌再三才开口:"大总统,古德诺博士确实是维钧的前辈师长,他在哥伦比亚大学教授宪法和行政法,维钧有幸选修过他的课程,至于《共和与君宪论》,其学术观点值得国人参考,不过古德诺博士毕竟一介学者,论述也仅限于学理。"

"眼下中国到底是应该维持共和制?还是应该改行君主立宪制?古德诺博士并没有说清楚。"说到这里,袁世凯摇了摇头,"当初辛亥之后倡导共和,国人实在是不知共和为何物啊!"

民国元年二月十二日,宣统皇帝颁布退位诏书,诏书中已经承认共和国体:"今全国人民心理,多倾向共和,南中各省,既倡议于前,北方各将,亦主张于后,人心所向,天命可知,予亦何忍以一姓之尊容,拂兆民之好恶,是用外观大势,内审舆情,特率皇帝将统治权归诸全国，定为共和立宪国体，近慰海内厌乱望治之心，远协古圣天下为公之意。袁世凯前经资政院选举，为总理大臣，当兹新旧代谢之际，宜有南北统一之方，即由袁世凯组织临时政府。"

退位诏书由责任内阁总理大臣袁世凯和署理外务大臣胡惟德、民政大臣赵秉钧、署理度支大臣绍英、陆军大臣王士珍、署理海军大臣谭学衡、学务大臣唐景崇、司法大臣沈家本、署理邮传大臣梁士诒、农工商大臣熙彦、理藩大臣达寿副署。当天，袁世凯通电全国："共和为最良之国体，世界之所公认，今由帝制一跃而跻及之，实诸公累年之心血，亦民国无穷之幸福。大清皇帝既明诏辞位，业经世凯署名，则宣布之日，为帝政之终局，即民国之始基，从此努力进行，务令达到圆满地位，永不使君主政体，再行于中国。"

孙中山辞职后，南京临时参议院补选袁世凯为临时大总统。民国元年三月，临时参议院通过并公布了《中华民国临时约法》，规定"中华民国主权属于国民全体"，由此确定了共和国体。袁世凯宣誓就职的誓词申明："民国建设造端，百凡待治，世凯深愿竭其能力，发扬共和之精神，涤荡专制之瑕秽，谨守约法，依国民之愿望，蕲达国家于安全强固之域，俾五大民族同臻乐利。"

革故鼎新，不过才三年的光景，身为民国大总统，竟然说出"国人实在是不知共和为何物"的话来，这般翻云覆雨，着实令顾维钧匪夷所思。

"大总统手创共和，力任艰巨，维钧对此只能略陈管见。"顾维钧踌躇了一下，接着又说："古典共和制源自欧洲古罗马，权力分立制衡；十七世纪，英国实行君主立宪制，宪法与议会成为其政治基础，承认法律的权力高于君权；美国共和制度乃是源于英国宪政，北美独立之前，各地议会制度和自治制度已趋健全，独立之后，建立共和政体水到渠成；法国原来长期实行君主制，十八世纪末，大革命之后，尽管首倡'自由、平等、博爱'，但始终内战不已，社会动荡，党派林立，致使其共和政体曲折反复。现代共和制应有之义是实行宪政，国家权力公有，实行权力制衡。"

"中国要健全共和制究竟需要多少年？"袁世凯又追问了一句："会不会也和法国一样，前后要拖延上百年的工夫？"

"在中国结束数千年专制，健全共和政体，还需要相当长一段时间，这不仅因为中国幅员广大，人口众多，主要还是由于历史传统和国民素质，囿于国情，推行宪政，只能自上而下，循序渐进。"顾维钧接着又解释道："中南美诸邦独立之后，都效仿美国共和制，但莫不党争不绝，动乱不已，都是由于民众缺乏参政经验和自治能力。"

"少川，"袁世凯一副礼贤下士的神态，"依你看，眼下到底该如何推行宪政？"

十年前掀起宪政风潮，当时身为直隶总督、执掌北洋兵权的袁世凯，俨然是君主立宪的急进者，赢得了朝野上下立宪派的青睐。

光绪三十年，在中国领土上爆发了日俄战争，最终是已实行君主立宪的日本，战胜了欧洲列强之一的沙皇俄国，这个结局形成了专制不如立宪的社会舆论。转年朝廷便颁发上谕，派五大臣分赴东西洋考察政治。光绪三十二年，朝廷又发布了《仿行立宪上谕》。当时在王公大臣会议上，对于推行宪政产生了缓急之争，袁世凯慨然表示："各国之立宪，因民之有知识而使民有权，我国则使民有权之故而知有当尽之义务，其事之顺逆不同，则预备之法亦不同。"他主张宪政从速实行，并力主以责任内阁取代军机处。

"戊戌政变"后，袁世凯一直有一块心病，当初传闻因他告密，致使光绪皇帝身陷囹圄。一旦慈禧太后崩殂，光绪皇帝再度亲政，戊戌年那桩公案必定颠覆。实行君主立宪，皇权必然受制于议会和内阁，日后政坛即使发生变局，皇帝也不能为所欲为，擅自杀戮大臣，因此宪政与袁世凯命运攸关。

一番折冲之后，经慈禧太后钦定的新官制仍然是换汤不换药，责任内阁并未取代军机处。此后宪政风潮却是一浪高过一浪，在朝野舆论的影响下，光绪三十四年，朝廷先后颁布了《各省咨议局章程》《咨议局议员选举章程》《资政院章程》《钦定宪法大纲》和《九年预备立宪逐年推行筹备事宜清单》，将为期九年的预备立宪方案公之于众。

回首前尘往事，顾维钧不禁感慨系之："大总统作为宪政先行者，曾经为此呕心沥血，身体力行，深知个中三昧。过去朝廷迟迟不进行政治改良，一拖再拖，迫不得已才宣布预备立宪，至光绪三十四年才颁布《钦定宪法大纲》，已经为时晚矣。宪政制度乃是一种合理有效的治国方式，宪法作为政府与民众之间的一种社会契约，可以依此限制国家权力。维钧留美期间，经常旁听法庭和议会辩论，美国人通过辩论，张扬公理，推动社会逐步健全完善宪政体制。"

"当今世界上既有美国和法国式的共和制，又有英国式的君主立宪制，另外还有德国、日本式的君主立宪制。"袁世凯又问："到底是哪种政体更适合中国国情？"

听完这话，顾维钧暗自吃惊，看来变更国体的舆论并非是空穴来风。

"选择政体,总要着眼长远。"顾维钧一面说,一面观察袁世凯的脸色,"维钧以为,中国宜采用美国式共和制,总统与议会都由选民直接选举。美国共和政体成功之处,就在于具有健全的选举制度,从而合理地解决了公民权利与国家权力的问题。辛亥之后,共和政体在中国已是既成事实,只能顺应历史潮流,实行选民直接选举制度,这样可以避免中央政权受制于地方或军人,其实无论是共和制还是君主立宪制,实行宪政是殊途同归。"

袁世凯听罢,绷着脸不言语,过了一会儿才开口:"自甲午至今,中国远远落后于列强,国情不同,政体不能勉强移植,无论何种政体,都要力求稳定,决不能酿成内乱。"他忽然又话锋一转:"若是日后变更国体,不知西方列强将持何种态度?"

一听这话,顾维钧愣住了,沉默了片刻才说:"大总统,当下'欧战'之际,西方列强无暇顾及中国。可一旦变更国体,致使局势动荡,影响到列强在华利益,它们便会在权衡利弊之后进行干预。"

"先不去说它了!"袁世凯摆了摆手,"少川,眼下对美外交日益重要。前者,美国政府一直明确抵制'二十一条',对我国抱持友善态度;当下,'欧战'如火如荼,美国引而不发,举足轻重。我想让你先到驻墨西哥公使任上历练一下,增加资历,日后再转任驻美国使馆参赞,专门主持使馆馆务,为日后担任公使奠定基础。"

顾维钧赶忙起身,诚惶诚恐地说:"承蒙大总统栽培,维钧一定不辱使命。"

正在这时候,侍从官走进居仁堂客厅禀报:"大总统,杨参政已到,正在'大圆镜中'等候。"

5

走进六国饭店,大堂里已是灯光璀璨,迎面过来一个年轻人,杨度以前见过他,此人是袁克定的秘书。

"杨大人、蔡大人来啦!"秘书一面招呼,一面走到杨度和蔡锷的面前,摘下帽子又深鞠一躬,"袁大人已经到了,正在二楼等两位大人,让我在此恭候。"他说罢转身在前头引路。

两个人跟着他上了二楼,楼道里肃立着几名戴礼帽穿长衫的侍从,见到客人,一名侍从赶上前去,轻轻敲了敲一个房间的门。

屋里应了一声,等侍从推开门后,只见袁克定穿一套白西装,正坐在沙发上看报。

他一见两个人,忙起身招呼:"蔡将军、杨参政,"又扬了扬手里的报纸,"'筹安会'这出打炮儿戏,可是唱红啦!"

"今天报上登的这篇'筹安会宣言书',只能算是开场锣鼓。"杨度满面春风,向袁克定拱了拱手,"云台,'筹安会'下面有许多事情还需仰仗。"

"二位,请坐。"袁克定将两个人让到沙发上落座,转脸又吩咐侍从:"快去叫侍者来。"

这是一个大套间，外间是起居室，里间是卧室，附带浴室，一式英国家具。

六国饭店所在的东交民巷，原名"江米巷"，元代曾是南粮北运的集散之地，明代修建棋盘街，截断了江米巷，就成为了"东江米巷"和"西江米巷"，明、清两朝的吏部、户部、礼部、兵部、工部、宗人府、鸿胪寺、太仆寺、翰林院等衙门，以及办理外国事务的会同四译馆、蒙古馆、高丽馆、安南馆等，均设在东江米巷附近。咸丰八年，中英、中法签订《天津条约》，英、法、美、俄、德、日、奥地利、意大利、西班牙、葡萄牙、荷兰、比利时诸国，先后在这里设立使馆。

"庚子事变"中，东江米巷一带，大都毁于战火，"辛丑条约"签定后，周围一千余亩土地，辟为外国使馆地界。东江米巷附近的官衙，均夷为平地，中国人一概不准在界内居住，都被强行迁出。各使馆自行管理和防卫，各国陆续在这里修建兵营，使馆地界建有围墙、炮台、碉堡，设立警察局、洋行、饭店、教堂、医院也随之出现，还开办了汇丰银行、花旗银行、道胜银行、德华银行、正金银行，俨然是"国中之国"，东江米巷改称东交民巷，亦称"使馆街"。六国饭店太仆寺衙门旧址，当初是英、法、美、德、俄、日六国商人合资，因此得名，一共四层楼房，京城里的新奇设施，电话、自来水、抽水马桶、浴缸等等，一应俱全。

身穿白制服的侍者进门后递上一本菜单，三个人各自点了菜肴。

"要一瓶德国白兰地。"袁克定放下菜单，又吩咐了一句："酒、菜都送到房间里来。"

"云台，"杨度不无得意地说："大总统昨天召见我，还给了我一张条子，让我到大元帅统率办事处军需处领取二十万元，作为'筹安会'的活动经费，借此机会，我又劝谏了大总统一番。我对大总统说：'北洋诸将，从公多年，所为何事？只不过攀龙附凤，求子孙富贵耳，如大总统犹豫不定，将来北洋诸将又将如何？'"

听到这里，袁克定忙问："大总统怎么说？"

杨度诡秘地笑了笑，"大总统点头了。"

"一语中的。"袁克定连连点头。

片刻工夫，侍者端着一个银托盘进来了，上面放着酒瓶、冰桶和餐具。

"请！"袁克定站起身来，让杨度、蔡锷去餐桌就座，

三个人落座后，侍者摆上了餐巾、杯、盘、刀叉，又托着白兰地酒瓶，走到袁克定面前，请他看过上面的商标，随后启封倒酒，放上冰块。

等菜肴和面包上齐了，袁克定挥了挥手，秘书、侍从和侍者便悄然退出，轻轻地关上房门。

"杨参政、蔡将军，"袁克定举起酒杯，"为'筹安会'成立，先干一杯！"三个人一饮而尽。

"既然大总统拨了经费，我准备过几天就召开'筹安会'成立大会。"杨度兴冲冲地说："到时候包下几个饭庄子，再包下一个戏园子，把京城里的名流、政要都请来，好好地造造声势。鄙会事务所已经租下了石驸马大街的克勤郡王府，选择吉日就挂牌开张。云台、松坡，到时候还要请你们大驾光临。"

"好！先把'筹安会'这块牌子挂出去，把声势造起来。"袁克定又加重了语气："将来'筹安会'就作为帝制的筹备机构。"

"云台，你说的对！"杨度一拍桌子，"时不我待，接着再在报上发表启事，宣布成立'筹安会'理事会。"

袁克定忽然问了一句："严几道答应列名'筹安会'了吗？"

严复，字几道，籍隶福建侯官，十二岁考取福州船政学堂，同治十年以优等成绩毕业，分发"建威"、"扬武"等军舰实习。光绪三年，严复作为首批海军官费生，派往英国留学，入格林尼茨皇家海军学院，毕业归国充任福州船政学堂教习，次年调任天津水师学堂，升任总教习、会办和总办，曾经辗转福建和顺天府，四次乡试不第。甲午之役后，他发表《原强》《救亡决论》等一系列政论文章，在天津创办《国闻报》，翻译《天演论》《原富》等著作，鼓吹改良维新。庚子之变中，严复脱离海军，避难上海，此后历任京师大学堂译书局总办、复旦公学校长、学部编译局总纂、宪政编查馆咨议。宣统元年，朝廷赐他进士出身，转年授海军部一等参谋官，钦选资政院议员。民国元年，严复任京师大学堂总监督，同年改任北京大学校长，又受聘为总统府顾问，民国三年先后出任约法会议议员、参政院参政。

"严几道总算点头了。"杨度苦笑了一下，"颇费了一番唇舌。"

"能把严几道请出山，杨参政还真有面子。"蔡锷佩服地点点头。

"老头子脾气古怪。"袁克定又加了一句："可大总统一直很看重他。"

"眼下'筹安会'已经具备了政党雏形。"杨度兴致勃勃地说："宪政离不开议会，议会则离不开政党。"

"共和制权力操于国会，美国、法国莫不如此，但国会选举取决于国民程度，若是如民国二年之议会，不能图治，反而滋乱。"袁克定起身取过报纸，一面指着报纸一面说："'筹安会宣言书'中这番话，尤为中肯。"他俯身在报纸上念道："'我国辛亥革命之时，国中人民，激于情感，但除种族之障碍，未计政治之进行，仓促之中，制定共和国体，于国情之适否，不及三思。一议既倡，莫敢非难，深识之士，虽明知隐患方长，而不得不委屈附从，以免一时危亡之祸，故自清室逊位，民国创始，绝续之际，以至临时政府、正式政府递嬗之交，国家所历之危险，人民所感之痛苦，举国上下，皆能言之，长此不图，祸将无已。近者南美、中美二洲共和各国，如巴西、阿根廷、秘鲁、智利、犹鲁卫、芬尼什拉等，莫不始于党争，终成战祸。'后面又说到中外国情殊异，不可强为移植云云。"

"内乱乃共和之流弊，中美、南美诸邦之乱，亦源自共和，画虎不成反类犬。前车之覆，可谓殷鉴。"杨度毫不犹豫地说："惟有改为君主立宪制，变选举为世袭，使元首地位不可竞争，方能长治久安。"

蔡锷问道："如今若是改行君主立宪，英国、德国、日本诸国，政体各不相同，究竟是哪种政体最更为合理？"

"君主立宪政体分'二元制君主立宪政体'和'议会制君主立宪政体'两种。前者是君主与议会分权并立，政府对君主负责；后者是议会为最高权力机构，政府由议会里多数政党组成，君主只是徒具虚位，故又称'虚君共和'。德国、日本都算是'二元制君主立宪政体'；英国最初也是'二元制君主立宪政体'，前后经过一二百年，最终才改为'议会制君主立宪政体'。"说到这里，杨度拿起餐巾拭了拭嘴，"选择何种君主立宪政体，取决于国民程度，就中国国情而论，国民程度尚未及格，还是以'二元制君主立宪政体'为宜。"

"你的想法与我不谋而和。"袁克定猛然一拍巴掌,"中国必须仿效德国、日本的政体。"

"皙子兄不愧为中国宪政的保姆。"蔡锷莞尔一笑。

"清末立宪,不过顺应潮流,假宪政之名,实权仍操之于皇室,若是真行宪政,必定可以免除辛亥之乱。民国之初,民党亦假共和之名,滥行民权,削减国权,阻碍统一,实谋一党之私利。"杨度不假思索地说:"君主立宪的根本是建设责任内阁和召开国会,既有国会,就不患无宪法,既有责任内阁,就不患不实行宪政。"

"推行君主立宪,正要借重杨参政和蔡将军的长才。"袁克定不无遗憾地摇了摇头,"几回入阁的机会,二位都失之交臂。"

"为宪政效力,我辈当然责无旁贷。"杨度委婉地说道:"不过大总统用人,向来看重资历。"

"光绪三十四年,大总统回籍,只有你一路送到保定,可谓国士风范。"袁克定指着杨度,毫不含糊地说了一句:"这回务必请你入阁。"

宣统即位后,隆裕皇太后及监国摄政王载沣、肃亲王善耆、恭亲王溥伟、镇国公载泽等亲贵皆要诛杀袁世凯,为光绪皇帝报仇。这桩公案错综复杂,牵涉到戊戌年的历史旧帐,涉及慈禧太后的功过是非,当初载沣的岳父荣禄亦参与宫廷政变,支持慈禧重新训政,因此加官晋爵。袁世凯作为位高权重的汉大臣,暗中遥控北洋诸镇,这让载沣等皇族亲贵难以容忍。

当时朝廷仿照欧洲君主立宪制度,规定发布谕旨必须经军机大臣副署。军机大臣商议此事时,庆亲王奕劻、张之洞都认为主少国疑,不宜诛戮大臣,建议将袁世凯开缺回籍,以示体恤。究竟如何处置袁世凯,载沣难以独断专行,又密电北洋各镇,征询意见。第四镇、第六镇统制竟然回电自请革职,以免士兵有变,致辜天恩。

载沣刚刚主政,威望不足,北洋各镇多驻近畿,投鼠忌器,权衡利弊,最终选择了谨慎处理,谕旨宣称:"内阁军机大臣、外务部尚书袁世凯,夙承前朝屡加擢用,朕御极复予懋赏,正以其才可用,俾效驰驱。不意袁世凯现患足疾,步履维艰,难胜职任。袁世凯着即开缺回籍养疴,以示体恤之至意。"

听到摄政王等亲贵要诛杀他的传言,袁世凯方寸大乱,最初要潜逃外国使馆,又恐外国人未必收留,并且会授人以柄,仓皇之间,便逃到天津避风,等接到了开缺回籍的上谕,他才返回京城,向朝廷谢恩。既是奉旨回籍,不能多做勾留,铁路局调拨专车,袁世凯先行出京,家眷后走。正值隆冬腊月,世态炎凉,送行者寥寥,只有在宪政编查馆行走的杨度和学部侍郎严修陪同出京,送至保定。

"云台,"杨度矜持地笑了笑,"不过我还是那句话,帮忙而不帮闲。"

民国二年八月,熊希龄组阁,提名杨度为交通总长,遭到阻挠,又改为教育总长,他愤而拒绝入阁,当时就是这句话:"帮忙而不帮闲"。

"先生不出,如苍生何?"袁克定快人快语:"到时候内阁的差使由你挑,若依照我,就由你来组阁。"

袁克定头一句用的是"三顾茅庐"中刘玄德劝说诸葛亮出山的典故,听他的口气,俨然以主公自居。

杨度又给三个人的杯子里都倒上酒,"云台,改变国体的关键,还是要抓住兵权,模范团和拱卫军日后就是你的本钱,另外还要尽力笼络各个派系,各类人才都要兼收并蓄,像松坡这样的军事长才，决不能再投闲置散了。"

这一席话，使蔡锷回想起诸多往事，这位同乡一直与他惺惺相惜。民国二年，蔡锷卸去云南都督的职务，奉调进京，杨度极力向袁世凯推荐，希望能结之以恩，展其所长，使之为中央效力。

"蔡将军，当初大总统一直想楚材晋用，安排你做陆军总长或参谋总长，以替代桀骜不驯的北洋旧将，还嘱咐我要向你请教练兵之法。"袁克定倒很干脆："等君宪成功了，由我向大总统举荐，一定让你主持陆军部。"

蔡锷暗想，这位大公子颇具乃父之风，让人常有知遇之感，只是多了几分纨绔气，到底还是欠缺阅历。

"全要仰赖云台兄。"蔡锷的神情从容淡定。

"蔡将军，有工夫你去天津劝劝梁任公。任公一直为君主立宪奔走呼号，这回怎么反倒落伍了？"袁克定一面说一面摇头。

蔡锷点点头，"我一定把云台兄的话带给卓如先生。"

袁克定叮嘱一句："务必转告任公，实行宪政，正要借重他。"

"我想任公不会不识时务，宪政是他多年的抱负。"杨度端起了酒杯，"来！为了君宪，再浮一大白。"

放下酒杯之后，袁克定已经满脸通红，"今天约你们来，还另有一件事。"他说罢便站起身来，拉住了两个人的袖子，"闲白少叙，现在我们就下楼去看看。"

"云台，"杨度满脸疑惑，一面起身一面问："到底是去看什么？"

"到了楼下，你们就知道了。"袁克定一跛一跛地出了屋门，冲外喊了一声："来人！"

秘书、侍从应声而至，一行人下楼来到六国饭店门前。袁克定吩咐一名侍从:"去把那两辆'亨斯美'招呼过来。"

侍从忙去招呼,一会儿工夫,两名车夫牵过来两辆西洋马车。车前头各有一匹英国种高头大马,双轮敞篷马车,橡皮轮胎,钢丝辐条车轮。这种欧洲人专用于竞赛的马车,京城人称为"亨斯美"。

"看看这两辆'亨斯美',这是特地从'骏利马车行'为二位订购的,上午刚刚到货。"袁克定一面指着马车,一面说:"回头你们就坐'亨斯美'回去吧。"

"云台,"杨度赶忙拱拱手,"愧不敢当。"

"杨参政、蔡将军,"袁克定摆了摆手,"我们之间就不必见外了!"

蔡锷也拱了拱手,"那就恭敬不如从命。"

第二章 · 克勤郡王府

6

洪宪梦

掌灯之后，天津旭日街的汤宅来了三位客人。

这所洋房的主人叫汤叡，字觉顿，籍隶广东番禺，早年与梁启超一同在广州"万木草堂"读书，师从康有为。光绪二十四年，旅日华侨筹建"大同学校"，汤叡担任教习，"戊戌政变"后，陪同康有为赴新加坡，协助办理"保皇会"事务。光绪二十六年，他回国布置武装"勤王"，起义败露，逃亡日本。光绪三十三年，"政闻社"成立于东京，汤叡担任政闻社总务员马相伯的秘书，回国鼓动立宪，运动权贵，次年朝廷下令解散政闻社，他又隐遁海外。民国元年，汤叡回国任财政部顾问，次年署理中国银行副总裁，熊希龄内阁成立，又出任总裁。转年二月，熊希龄下台，汤叡遭受排挤，便以养病为名辞职，隐居天津。

三位客人是梁启超、蔡锷、蹇念益，汤宅的仆人把他们让到了客厅。

梁启超蛰居津门已经大半年了，归国三载，国内政坛变幻无常。

民国元年秋天，已阔别家国十四年的梁启超，乘坐"大信丸"

号海轮，抵达海河码头。当年的天涯亡命客竟然遇到了意想不到的场面，造访者络绎不绝，直隶都督冯国璋派遣专使，在海河码头迎候；国务总理赵秉钧、陆军总长段祺瑞等军政要员皆派出代表，赴津问候；北京大学学生代表赶赴天津，请求他出任校长；进京之后，袁世凯极尽笼络，准备安排他入住晚清名臣曾国藩、李鸿章旅居过的贤良寺；国务总理及各部总长都前来拜会，北京商会、广东公会、直隶公民会、军警俱乐部、佛教会、八旗会等团体相继举办欢迎会。

民国二年初，国会选举，国民党获得多数席位，梁启超所属的共和党竞选失利。经过一番合纵连横，共和党、民主党、统一党合并成进步党，在国会居第二大党，梁启超当选理事，成为进步党领袖，主张维护中央集权、倡导政党内阁。"癸丑之役"中，进步党反对南方"武力讨袁"，敦促政府迅速戡乱，在袁世凯支持下，几经折冲，组成了"人才内阁"，近半数为进步党人，熊希龄任内阁总理兼财政总长，梁启超出任司法总长。为尽快登上正式大总统座位，袁世凯指使地方军政官员及部分国会议员，提出先选总统、后制宪法，又动用军警胁迫议员，干扰选举，乃至解散国会。熊希龄内阁一再委曲求全，不过面对总统专权、财政危机等重重压力，已经无力支撑下去。

上台仅仅五个月的"人才内阁"于民国三年二月寿终正寝，梁启超先后辞去司法总长和币制局总裁，隐居清华学堂，潜心著述，不久举家迁至天津。新年伊始，他重操旧业，受聘于中华书局，担任新创刊的《大中华》月刊总撰述，宣布脱离政界，回归舆论界。"民四条约"签署之后，梁启超当即撰写"痛定罪言"一文，指责政府"割臂施鹰，舍身饲虎。"

蹇念益号季常，籍隶贵州遵义，光绪二十六年东渡日本，入早稻田大学，研习法政，曾经担任中国留学生总会干事，旅日期间，他与梁启超都主张立宪，遂成莫逆之交。光绪三十一年，中国留日学生达八千人，因不满日本文部省颁布的"清国人入学规程"，爆发罢学归国运动，寒念益等人组织维持会，说服中国学生留下来读书。光绪三十三年，寒念益归国，任职度支部，转年又调河南，任财政副监理官，提出财政整治方案，至宣统二年，河南库存余额超过了二百万两白银，当时用于推行新政、兴办教育。辛亥之后，他入统一党，民国二年当选国会议员，后来转入进步党。

汤叡一身短打扮，匆匆地赶了进来。一见面宾主相互拱手，汤叡马上问道："松坡、季常，什么时候到的天津？都用过饭了吗？"

"火车上已经用过饭了。"蔡锷顺手摘下了礼帽，"我与季常是一个钟头前下的火车，先到先生家，又一同赶到府上。"

"都立秋了，天气还这么热。"汤叡忙招呼道："先宽衣吧！"

三位客人都脱去了马褂、长衫，仆人又递上手巾。

"荷庵，"梁启超开门见山："看没看昨天的报纸？"

汤叡号荷庵。他一面笑一面说："任公，你指得可是昨天报上登的'筹安会宣言书'？我知道你们三个人就是为了'筹安会'而来。"

"你说的正是。"梁启超连连点头。

"今天要做竟夜长谈，焉能无酒？"汤叡吩咐仆人："快去把酒取来，再看看有什么下酒的菜肴。"

"荷庵，"蔡锷摆了摆手，"清茶足矣。"

汤叡笑着说："茶、酒自便。"

说话之间，仆人已经将酒、菜和茶水分头端了上来，又一一斟上。

"你下去吧，锁上街门。"等仆人出去后，汤叡又关上屋门，转过身来才问道："松坡、季常，'筹安会'还有什么新闻？"

"杨皙子果真是个脚色。"蔡锷一面说一面不住地摇头，"近日大小官吏都得了一本'帝制秘籍'，这便是杨皙子的'君宪救国论'。这篇煌煌大作分为上、中、下三篇，上篇论证君宪救国；中篇指摘总统制之流弊；下篇论述晚清立宪与民初立宪。杨皙子居然有如此妙论：'今欲救亡，先去共和。何以故？盖欲求富强，先求立宪，欲求立宪，先求君主故也。'一句话，就是只有君主立宪才能救中国。袁项城对此大为欣赏，亲笔题字：'旷世逸才'，制成金匾，颁赠给杨皙子，还命令秘密印刷这本'君宪救国论'，要求全国官吏都要阅读。"

袁世凯籍隶河南项城，故称袁项城。梁启超听罢，放下了酒杯，"我与杨皙子算是知交，王壬秋曾授杨皙子'帝王之学'，所谓'帝王之学'，不过是辅佐非常之人，成就帝王之业，只讲利害，不论是非，以官场为人生出路，以纵横捭阖为政治手法。"

杨度的老师王闿运字壬秋，湘潭人，早年入曾国藩幕府，返乡隐居衡阳，设立私塾授徒，相继受聘为成都尊经书院、长沙思贤讲舍、衡州船山书院，出任主讲、山长，民国三年出任国史馆馆长并参政院参政。

汤叡望着蔡锷问道："松坡，杨皙子竟然将严几道也请出了山，必定费尽周章？"

蔡锷答道："袁项城器重严几道，'筹安会'也要借重他的声望。辛亥以来，严几道一向主张君主立宪，他曾经对总统府英籍顾问莫里循说过，中国不适合美国式共和制，至少要三十年后，才能建立共和政体。"

"严几道以为今日民智尚未开启，若效仿西方共和制，国情殊异，必致大乱。"梁启超不以为然地说："但环顾世界，未见万事具备之后再实行宪政者，如同一个人不可能学会游泳之后再下水。"

"前两天，云台邀约杨皙子和我，算是露出了庐山真面目。"蔡锷冷笑了一声，"'筹安会'一应经费，全是由袁项城支付，杨皙子还劝谏项城，改朝换代不要再犹豫不定，北洋诸将追随效忠，都只为攀附权势富贵。他又向云台表示，若请他入内阁，帮忙而不帮闲。"

"杨皙子争抢拥立之功，早已急不可待，竟然还开出了价钱。"梁启超长叹了一口气，"人心如此，乃乱世之兆。"

"云台要我转告老师。"蔡锷一面给梁启超斟酒，一面说："他说若实行宪政，还要借重您。"

梁启超苦笑了一下，"云台和'筹安会'诸君，以君主立宪为旗号，实则图谋在政坛上有一番作为。谁能保证国体改变之后宪政便能实行？如不能保障实行宪政，再以种种不得已之理由仍行专制，此等伎俩，恐怕难以蒙骗天下之人。"

"行君主制而不行宪政，乃真专制也；假共和制之名，而不行宪政，乃伪共和也。"蹇念益意味深长地说："假君主立宪之名，而行专制之实，此前清之所以崩溃也。"

"世人常说我一生多变、善变，我常常自谓'不惜以今日之我，难昔日之我。'"梁启超感慨系之："光绪三十一年，与同盟会那场笔战中，我主张近期实行'开明专制'，远期则实行'君主立宪'；宣统元年'预备立宪'，我以政治改良为宗旨，力倡速开国会；至辛亥之乱，已损伤国家元气，应防范暴民政治，况且列强环伺，瓜分之祸就在眼前，所以力主'虚君共和制'。"他呷了一口酒，接着又说："虚君共和制如英国，虽设虚位君主，但行宪政，国会由国民公举，统治权归国会，实际与美、法等共和政体无异，但君主不必公举，或可减少动荡，最适宜中国国情。共和与君宪，只是国体不同，立宪党人一向不争国体，只争政体，清季主张君主立宪，入民国后则维护共和，皆不主张颠覆，政府既经国民承认，应抱持徐图改良之心，实行宪政才是立宪党人最终的政治理想。"

"光绪三十四年，朝廷颁布《钦定宪法大纲》，宣称预备九年立宪。宣统元年至二年，各省代表三次赴京请愿，呈请召开国会，地方督抚联名赞同速行宪政，立宪呼声遍及朝野，方才换来了改成宣统五年立宪的上谕。宣统三年九月，资政院拟定《宪法重要信条》，规定实行宪政之后，皇帝之权力，由宪法限定；宪法由资政院起草、议决，由皇帝颁布；修改宪法之权力，属于国会；总理大臣，由国会公选，国会有弹劾之权力；缔结国际条约，要经国会议决。"说到这里，汤叡的脸色异常沉重，"若如此实行，必达虚君共和之政体，最终却功亏一篑，未能挽狂澜于既倒。"

立宪派前后三次上书请愿，最终朝廷表示妥协，颁布上谕，宣称俯顺臣民之请，将光绪三十四年颁布的预备九年立宪，改为宣统五年开设议院，并预备组织责任内阁。宣统三年四月，朝廷依照修改后的预备立宪清单，裁撤旧制内阁、军机处、会议政务处，颁布《内阁官制》，成立以庆亲王奕劻为总理大臣的新内阁。但新内阁十三个内阁大臣，满员占了九个，其中七个皇族宗室，只有四个汉员，人称"皇族内阁"，一时举国哗然。至宣统三年，局势已经刻不容缓，立宪政潮如火如荼，保路风潮、广州起义、武昌起义又接踵而至。

"清室不肯让渡既有之权力，汉满之间又积怨甚深。"蹇念益连连叹气，"辛亥之后，已经丧失了改行君主立宪的历史机遇，中国人真是命途多舛。"

"自中英战争，至今七十余年，为数千年来之大变局，历经欧风美雨之震荡，君主制早已如同一座危楼，武昌枪声，唤醒了国人千年噩梦，顷刻之间，皇权土崩瓦解。"蔡锷一面说一面皱紧了眉头，"当初骤行共和，犹如给体质虚弱之人下了一剂猛药，而今天恢复君主制，又是下了一剂'虎狼之药'。"

"若说共和制必招致动乱，而君主制一定能导致安定，难道波斯不是君主国？难道土耳其不是君主国？难道俄罗斯不是君主国？其近数十年之历史，不乱者能有几何？彼等国家并无选举总统之事，仍动乱不已，又如何解释？若论国民程度不高，官吏亦同为国民，同受一国历史风俗感化，官吏可以入政府，国民难道不可以入议会？难道不可以监督政府？美国为世界上最大之共和制国家，一百四十年前独立之初，即选定宪政共和制，当初其国民程度与今日中国比较，亦难分高下。"梁启超摇了摇头，"况且近十余年来，中国一直矫正舆论，启发民智，发扬民权，国民程度也在提升。"

"民国以来，袁项城一直是在变戏法，自举总统，自定宪法，岂非咄咄怪事？废除《临时约法》，使国会、内阁各项权柄集于总统一身，自民国元年至民国三年，内阁频繁更迭，两年多的工夫，不算两任代理总理，前后换了四届内阁，唐绍仪、陆征祥两届内阁，都只有三个月的工夫，最长的是赵秉钧，也仅有十个来月，责任内阁去年寿终正寝，其实在撤消国务院之前，责任内阁制已经形同虚设,国务总理和国务员早已沦为了袁项城的幕僚。"汤叡无可奈何地说:"国会也是短命,寿数还不到一年,'政治会议'、'约法会议'更是来去匆匆。"

所谓自举总统,是指袁世凯凭借武力胁迫总统选举。按照民国二年十月制订的"总统选举法"规定,总统选举要选举人总数三分之二以上出席;使用无记名投票;满投票人数四分之三者当选;若两次投票无人当选,第二次投票得票较多二人决选,得票过投票人半数者当选。民国二年十月六日这一天是总统选举日,为确保袁世凯当选总统,拱卫军和京师警察厅派遣军警,荷枪实弹,在国会内外维持秩序,还有上千名军警改穿便衣,号称"公民团",宣布为保证法定选举人数,围困国会,限制议员自由出入。经过三次投票,两万余名军警和"公民团"不断施加武力威胁,最终袁世凯当选总统。

所谓自定宪法,是指袁世凯于民国三年五月制订出一部"新约法",称为《中华民国约法》,同时废止了《临时约法》。当初南京临时政府成立伊始,召开制宪会议,仿照美国、法国等国宪法,制订出《中华民国临时约法》。《临时约法》规定"中华民国主权属于国民全体",由此确定了共和国体;实行立法、行政、司法三权分立;规定国家政权形式为责任内阁制,而非总统制,限制了总统权力。"新约法"一改《临时约法》中参议院、总统、国务员、法院共同行使国家统治权,变为由总统总揽统治权,并有权解散立法机构;"新约法"规定立法机构采用一院制,定名为立法院,不再拥有弹劾权;"新约法"取消了责任内阁制,撤消国务院,设立国务卿赞襄总统行政。

国会于民国二年四月开幕,直到解散,前后不过九个月的工夫。民国二年十一月,袁世凯下令解散国民党,警察立即查封了北京彰仪门大街国民党本部，又包围国会众、参两院，追缴所有国民党籍国会议员的证书、徽章，勒令离京，并要求担保离京后无反政府言论和行动，随后又取消了各省议会的国民党籍议员资格。国会因不足法定人数而不能开会，已经名存实亡。民国三年一月，袁世凯下令解散国会，停止议员职权。

陆征祥、赵秉钧是民国元年的前后任国务总理。陆征祥字子欣，籍隶江苏太仓，三度出任外交总长。他自幼入基督教，二十一岁考进总理各国事务衙门主办的同文馆，学习法语，光绪十八年赴俄国，充任驻俄、德、奥、荷四国公使许景澄的翻译。光绪二十五年，陆征祥在彼得堡娶比利时籍夫人，又皈依天主教，先后任出使荷兰和俄国大臣。民国元年一月，陆征祥领衔，驻外使臣联名通电，劝告宣统皇帝退位，袁世凯出任临时大总统后，任命他为外交总长，又代理国务总理，因在参议院演说及内阁名单未获通过，相继辞去总理和外交总长。民国二年，他再度出任外交总长，奉命与英、法、德、日、俄五国银行团签订《善后借款合同》，又因《中俄草约》未获参议院通过，再度辞职。日本提交"二十一条"之后，陆征祥重掌外交，主持对日交涉。

赵秉钧字智庵，河南汝州人，光绪四年投左宗棠，充任杂佐，随军入新疆，光绪二十五年捐候补知县，充任直隶保甲局总办，转年受直隶总督李鸿章委派，任淮军前敌营务处兼统巡捕营。光绪二十七年，袁世凯署理直隶总督兼北洋大臣，次年任命赵秉钧为保定巡警局总办，创办保定巡警学堂。光绪二十八年，八国联军交还天津，《辛丑条约》规定，天津租界区二十里内不许中国军队驻防，三千名北洋新军改编为巡警，换上巡警制服，奉命接管天津，设立天津南段和北段巡警局，赵秉钧出任南段巡警局总办，又创办天津巡警学堂，后与保定巡警学堂合并，改为北洋巡警学堂,由他兼任总办。光绪三十一年,增设巡警部,徐世昌出任尚书,赵秉钧任右侍郎。武昌起义后,袁世凯组阁,任命他为民政部大臣,民国元年改任内务部长,继陆征祥任国务总理。下一年,因"善后借款"遭国会弹劾,调任步军统领,兼北京警备司令,袁世凯就任正式大总统后,又改任直隶都督兼民政长。民国三年二月,赵秉钧突然中毒身亡,成为民国史上一桩公案。

"民国二年的'宋案',至今仍是黑幕重重。"蹇念益仰头长叹,"如今只有民国元年挂出的五色旗还没有更换罢了,国人已失望之至,有诗为证:'无量金钱无量血,可怜换得假共和'。"

"宋案"即刺杀宋教仁一案,民国以来最大的政治谋杀案。宋教仁字遁初,号渔父,湖南桃源人。光绪二十九年,他与黄兴在长沙创办"华兴会",被举为副会长,次年策划在长沙、岳州、衡阳、宝庆、常德五路起义,举事未遂,流亡日本,先后入政法大学、早稻田大学。光绪三十一年,宋教仁参与筹办同盟会,被举为章程起草人,担任湖南分会副会长,又任《民报》庶务干事兼撰述。宣统二年,他归国担任上海《民立报》主笔,辛亥年春天,赴香港准备参加广州起义,失败后组织中部同盟会,武昌起义爆发,与黄兴抵达武汉,起草《中华民国鄂州约法》,由湖北军政府颁布。上海、南京相继光复,孙中山归国,宋教仁主张内阁制,限制总统权力,南京临时政府成立后,他任法制院院长,起草《中华民国临时约法》。民国元年三月,宋教仁出任民国首届内阁农林总长,三个月后辞职,又当选同盟会总务部主任干事,参与组建国民党,代理理事长职务,全力组织国民党参加国会议员选举。

民国二年初,国民党人当选议员已近国会半数,民国首届国会预定四月八日开幕。三月二十日，宋教仁准备北上赴京，筹组新内阁，在上海沪宁火车站遇刺。凶耗传出，举国震惊，出殡当天，从沪宁铁路医院至湖南会馆的路上，素车白马，绵亘数里。二十余天后，南京路张园又举行公祭大会，参加者共有三万余众。

孙中山献了两副挽联，分别是："作民权保障，谁非后死者；为宪法流血，公真第一人。"、"三尺剑，万言书，美雨欧风志不磨，天地有正气，豪杰自牢笼，数十年季子舌锋，效庄生索笔；五丈原，一杯土，卧龙跃马今何在，冠盖满京华，斯人独憔悴，洒几点苌弘血泪，向屈子招魂。"黄兴献的挽联是："前年杀吴禄贞，去年杀张振武，今年又杀宋教仁；你说是应桂馨，他说是洪述祖，我说就是袁世凯。"

吴禄贞是官费留日第一期士官生，籍隶湖北云梦，先后入兴中会、华兴会、同盟会，武昌起义时，任陆军第六镇统制，朝廷任命他为山西巡抚，率第六镇进剿山西民军。他秘密联络第二十镇和晋军，谋划共同举兵，辛亥年九月，被部下刺杀于石家庄。

张振武是发动武昌起义的共进会首领，籍隶湖北罗田，光绪三十一年留学日本，入同盟会、共进会，武昌首义成功后，参与组建湖北军政府，任军务部副部长，遭副总统兼湖北都督黎元洪嫉恨，民国元年八月，进京筹划边疆屯垦事宜，被京畿军政执法处以破坏共和的罪名处决。

应桂馨、洪述祖均系"宋案"要犯。究竟谁是刺杀宋教仁的主谋，全国舆论众说纷纭，袁世凯被国民党人认定为幕后元凶，梁启超因为与国民党是政敌，当时也蒙受了不白之冤。"宋案"发生后，经上海英、法租界巡捕房侦缉取证，凶手武士英与赵秉钧、洪述祖、应桂馨同谋，因此拘捕应桂馨、武士英。案发后，洪述祖潜逃青岛德国租界，被德方拘捕，但拒绝引渡，只提供了"胶澳租界"法庭庭讯的口供；武士英被上海警方从法租界巡捕房接收不久，便在狱中暴毙；赵秉钧公然拒绝上海审判厅的传票，致使"宋案"的审理搁置。

法律解决不成，南北调和受挫，"癸丑之役"爆发。民国二年六月，江西都督李烈钧、广东都督胡汉民、安徽都督柏文蔚相继被袁世凯免职，国民党人不得不背水一战，江西、安徽、江苏、广东、福建、湖南六省及上海、重庆、宁波等地先后独立。北洋军分数路南下，段芝贵、李纯、王占元、曹锟等部入湖北、湖南、江西；冯国璋、张勋、倪嗣冲、雷震春、杨善德等部入江苏、安徽；刘冠雄、汤芗铭等海军将领率领舰队，分头前往上海、湖口、九江，协同北洋陆军进攻讨袁军；川军、滇军、黔军分别奉命进攻重庆的讨袁军；驻广西的龙济光部也奉命进入广东。前后不过两个月工夫，各地讨袁军便陆续土崩瓦解，纷纷取消独立，北洋军乘机席卷了大半个南方。按照干支纪年，民国二年为癸丑年，故称"癸丑之役"，主要战场在江西、江苏，又称"赣宁之役"，或"二次革命"。

"'筹安会'这些货色，若没有袁项城在幕后操纵，他们又能翻起多大的风浪。"蔡锷愤慨地拍了拍桌子，"袁项城既是治世之能臣，更是乱世之枭雄。"

听完了这番话，梁启超又想起了一桩事。一个多月前，回广东省亲之后，他专程赶赴南京，拜访督理江苏军务的宣武上将军冯国璋。

冯国璋字华甫，籍隶直隶河间，光绪十一年入淮军直字营，又考入李鸿章创办的天津北洋武备学堂第一期。光绪二十六年秋操，德国驻胶州湾总督受邀观操，见"武卫右军"队伍整肃，又得知"秋操"指挥官冯国璋、段祺瑞、王士珍都受过德国军官训练，故当面称赞他们三人为"北洋三杰"。民国三年，冯国璋获陆军上将军衔，袁世凯把家馆教师周砥礼聘给他作继室，又帮助操办婚事，陪送了一大笔嫁妆，还派三姨太太金氏和长子袁克定送亲至南京。

冯国璋与梁启超在南京见面之后，直截了当地说："我的辩才不如你，你的实力不如我，我们一起前往北京，你向大总统反复陈说变更国体的利害，我做你的后盾，或许能挽救这场危机。"

一旦帝制复辟，帝位子孙相传，便牵扯到北洋旧部的前程，冯国璋此次北上是想探听虚实。两个人一拍即合，商定联袂入京，当面劝说袁世凯。

居仁堂里袁世凯的一席话，使冯国璋、梁启超二人如坠五里雾中。袁世凯对他们如诉家常："袁家没有过六十岁的人，我今年五十八了，就是做皇帝能有几年？我现在的地位与皇帝又有何区别？况且做皇帝无非是为子孙计，我的大儿子克定是个残疾，二儿子克文是个假名士，三儿子克良不通时务，其余的则年幼，岂能付以天下之重？何况帝王家从无善果，我既为子孙计，亦不能贻害他们。我有个儿子在伦敦求学，已叫他在那里购置薄产，倘有人再逼我，我便远走海外，从此不问国事。"

冯国璋虽然跟随袁世凯多年，今天也被这一番话迷惑，一时无言以对。当时梁启超暗想，历经晚清至民国几十年宦海沉浮，想必袁世凯是能够权衡出变更国体的利弊得失。今天看来，此人确属枭雄，这番表演就可以见出功力来，倒是自己未免太书生气了。

想到这里，梁启超起身踱蹀，"袁项城真可谓不学有术。"

蹇念益连连点头，"若论权谋，张香涛难望其项背，项城与张香涛皆为亦新亦旧的人物,但两个人的学养出身毕竟不同。"

袁世凯科场蹉跎,屡试不第,二十二岁到山东登州投军。驻登州的水师提督吴长庆系淮军宿将,属袁世凯父执辈,不久便擢拔他为营务处帮办。袁世凯族中长辈都是征剿太平军、捻军起家,与淮军渊源甚深。叔祖父袁甲三是道光十五年进士,累迁至江南监察道御史,其戎马生涯始于咸丰三年,他奉命到安徽兴办团练,历任安徽团练大臣、漕运总督,曾督办安徽等省军务。袁世凯的嗣父袁保庆随叔父袁甲三剿捻,官至江南盐巡道。袁甲三病故后,其部属归入了淮军。

光绪八年,朝鲜因宫廷政争及俸米事件引发兵变,王妃潜逃出宫,请求清政府出兵救援。这一年是壬午年,史称"壬午兵变"。朝廷命令北洋水陆军赶赴朝鲜,吴长庆率两营陆军两千余人,乘兵舰渡海东征,在马山浦登陆,袁世凯领先锋营五百人进军汉城,他由此崭露头角,博得了直隶总督兼北洋大臣李鸿章的赏识。光绪十年,经李鸿章奏荐,袁世凯会办朝鲜防务,总理驻军营务处。是年又爆发"甲申政变",朝鲜亲日派占领王宫,挟持国王李熙,成立亲日政府,同时伪称中国驻军作乱,请日本派兵保护。袁世凯立即率兵弹压,驱逐日本公使及其驻军,保护国王回宫,重新组织政府。"甲申政变"之后,李鸿章奏请朝廷,由袁世凯接替商务委员,头衔改为驻扎朝鲜总理交涉通商大臣。自光绪八年入朝鲜,二十余年间,袁世凯一路扶摇直上。

张香涛指的是张之洞,字孝达,号香涛,籍隶直隶南皮,咸丰三年应顺天乡试,名列榜首,同治二年会试一甲第三,称"探花",进士及第,历任翰林院编修、侍读学士,早年为"清流派"健将,有"翰林四谏"之称。"清流派"形成于光绪初年,以抨击时弊、纠弹大臣为己任。光绪十年,张之洞署理两广总督,已成封疆大吏,袁世凯尚在驻朝鲜的淮军中当差,职衔只是五品同知。不过十几年光景,至光绪二十七年,袁世凯已经实授直隶总督、北洋大臣,俨然疆臣领袖,他与张之洞于光绪三十三年同时奉调进京,入军机处。

袁世凯对张之洞表面恭敬,暗中轻蔑,他曾对德国驻华公使说,张中堂是讲学问的,我是不讲学问,我是办事的。张之洞进京后,与早年的幕友见面,说到外面的议论,幕友告诉他:"人皆谓岑西林不学无术,袁项城不学有术,老师则有学无术。"

岑西林是指岑春煊,因籍隶广西西林,故称岑西林,张之洞进京前,他任邮传部尚书,因卷入"丁未政潮",被慈禧太后免去官职。听到"有学无术"的议论,张之洞无可奈何地对幕友说:"项城不但有术,且多术矣。余则不但无术,且不能自谓有学,不过比较岑、袁,多识几个字而已。"光绪三十四年底,袁世凯听到摄政王要诛杀他的传言,仓皇逃到天津。张之洞闻讯,与幕僚调侃道:"人谓袁世凯不学有术,予谓不独有术,且多术,但此次仓皇出走,何处可匿?几不知何者为术。"

"辛亥之际,项城挟持人主,天下侧目,其权力远胜前辈李鸿章、荣禄,适逢新旧更替,本可以承前启后,却与历史机遇失之交臂。"梁启超不停地摇头,"回想当年游历美洲,在美国首都看到了一八八五年建成的华盛顿纪念塔,上面的一百九十余块石碑当中,有一块是清政府所赠,碑上刻着这样一番话:'华盛顿,异人也!起事勇于胜、广,割据雄于曹、刘,即已提三尺剑,开疆万里,乃不僭位号,不传子孙,而创为推举之法,几于天下为公,浸浸乎三代之遗志。'原来我辈一直力促袁项城弃旧图新,但终非可与华盛顿相比,实在不具备那种胸怀气度,却成为历史之怪胎。"

"去年出笼的《修正大总统选举法》，仿效清朝秘密立储，规定由现任总统推举继任者，名册藏之'石室金匮'。"蹇念益的脸色沉重，"简直荒谬至极。"

依据民国二年的《大总统选举法》，总统任期十年，可以连选连任，还有权推荐三名候选人，参政院、立法院组织选举会，从候选人中选举下届总统。候选人姓名写在嘉禾金简上，加盖国玺，称为"承继书"，密藏在"石室金匮"里面。"石室"设在居仁堂与万字廊之间，高九尺，内有"金匮"。"石室"的钥匙由总统、国务卿、参政院院长分别掌管，"金匮"的钥匙则由总统一人掌管，只有总统下命令，才能开启"石室金匮"，公布"承继书"。按照这个章程，总统不但可以终身，而且可以"世袭罔替"。

"汉族君主多采用嫡长子储君制，满人改行秘密建储制，君主囿于见识所限，难以匡正失误。"梁启超思忖了一下又说："中国数千年之历史，皆流血之历史也，异族入侵，揭竿草泽，成王败寇，王朝更替之事，不绝于史简。专制政体之稳定，皆须杀人流血，经祸乱屠戮，方能聊安一时，君主制亦未必传承有序，长治久安，历代皇室骨肉相残之事，不乏其例。"

"甲午、庚子之后，中国元气大伤，辛亥之变，至今创痍未复，国民莫不翘首以祈望太平，不可再有第二次破坏。赣、宁独立，同室操戈，兄弟阋墙，当初支持政府戡乱，实出于万不得已，不幸竟成一场劫难。"蔡锷痛心疾首地说："眼下的袁项城，已经是人在江湖，身不由己，自辛亥至癸丑，多少仁人志士丧身于北洋屠刀之下，当今海内外政敌环伺，他已欲罢不能，只有牢牢地抓住权力不放，窃国称帝也是其必然结果。政治强人拥兵自重，实乃宪政之主要障碍，辛亥之后的最大失误就是未能变革军制，未能将一人一姓之家丁、家奴，改造成为宪政国家之军队，袁项城专制独裁的本钱，无非是数十万北洋军而已，国民服役纳税，而国家军队反倒变成了袁氏豢养之鹰犬。"

民国二年二月，由身为云南都督的蔡锷领衔，南北方八位都督联名，倡议民国宪法宜巩固国权，组建内阁无须经国会同意，大总统应拥有解散国会权。"宋案"发生之初，蔡锷主张勿挟成见意气，严禁军人干预，悉由法庭裁判。黄兴等国民党人联名致电蔡锷，请求参加讨袁，被他断然拒绝。"癸丑之役"爆发，民国二年八月，重庆镇守使熊克武率川军第五师，响应赣、宁、皖、粤，宣布独立。蔡锷遵照袁世凯命令，派兵入川，与此同时，云南为北洋军汇济了巨额粮饷。滇籍贵州都督唐继尧指挥的滇、黔联军，于九月击败熊克武部，占领重庆。蔡锷既反对分裂、维护中央集权，亦呼吁为国家保留元气，避免因内战招致外人瓜分。十九世纪中叶以来，仁人志士就一直忧虑于瓜分豆剖、亡国灭种之祸，对于排满革命，他们义无反顾，舍生忘死，但却不愿陷于内战，以致发生列强干涉、瓜分和国家分裂的悲剧。

"诚如松坡所言，袁项城手里的本钱就是枪杆子，国内的军人政客都被他收买的差不多了，而国民党军人也已经逃亡海外了。"汤叡两手一摊，问了一句："我辈一向持论稳健，避免动荡，可眼下应该怎么办？"

"国际上列强环伺，强邻胁迫。"蹇念益皱着眉头说："一旦因变更国体引起国内纷争，列强若趁火打劫，中国将由此陷入分崩离析。"

"离滇之前，我曾对滇军将士吐露肺腑，'袁世凯原是我们的政敌，戊戌年因为他的告密，我们的师友，死得死，逃得逃，至今回想起来，犹有余痛。但衡量中国现在的情势，又非他不能维持。我此次入京，只有捐弃前嫌，帮助袁世凯度过目前的难关。'当时真有些痴心妄想，还想推动袁世凯，走上共和宪政的轨道，替国家做出一些建设，没料到又空掷了一腔热血，最终竟成了一场春秋大梦。"说到这里，蔡锷的声音已经嘶哑了："眼看着不久就会有成千上万的人上劝进表，要求变更国体，袁项城便安然登基，这叫世界上看着中国人是什么东西？我们以一隅抗衡全局，明知不能取胜，但我们所争者乃四万万同胞之人格，与其屈膝而生，毋宁断头而死。"

梁启超猛然一拍桌子，"松坡，我就等你这句话了！由我来鼓动舆论，由你在军界发挥作用，眼下先要暂行韬晦之计。"

忽然间，条案上的自鸣钟响了，汤叡抬头看了看，"兹事体大，还要从长计议，现在都已经是子时了，我们还是先用些点心吧！"

7

袁世凯与徐世昌出了春藕斋正厅,顺着游廊,缓步前行。

春藕斋坐落在西御苑的南海北岸,和居仁堂比邻而居,与遐瞩楼遥遥相望,民国政府的国务会议常在这里召开。

徐世昌字卜五,号菊人,籍隶河南汲县,早年和袁世凯在陈州义结金兰。光绪八年,他进京应试,袁世凯曾助其川资,光绪十二年应礼部会试,殿试二甲,朝考一等,朝廷授翰林院庶吉士,三年之后,晋翰林院编修,转国史馆、武英殿协修。光绪二十三年,袁世凯奏调徐世昌来新建陆军,担任参谋营务处总办,他以翰林身份,弃文修武,屈尊至天津小站,襄助袁世凯练兵,是想有一番作为。光绪二十九年,朝廷设练兵处,经袁世凯保荐,徐世昌任练兵处提调,从此平步青云,历任巡警部尚书、兵部尚书、军机大臣、民政部尚书、东三省总督、邮传部尚书、内阁协理大臣。武昌起义后,袁世凯组阁,徐世昌改任弼德院顾问大臣,民国肇始,他辞官引退。民国三年,按照"新约法",撤消国务院,设立政事堂,又设置国务卿一职,经袁世凯一再敦请,年近六旬的徐世昌出任国务卿,上下尊称为"相国",但他不领民国官俸，由总统交际费拨付专款，权作俸禄。袁世凯腾出了自己原来的办公处遐瞩楼，将其改为政事堂办公处。

"菊人，"袁世凯头也不抬地说："刚才会上，缉之已经说了，今年的财政赤字得有几千万之巨，国内公债发行也还没有眉目。"

财政总长周学熙字缉之，其父周馥曾入李鸿章幕府，出任过山东巡抚及两江、两广总督，与袁世凯是儿女亲家。废除科举之前，官场看重师生、同门之情，一旦成为乡试、会试考官，门下弟子盘根错节，往往荣辱与共。袁世凯并非科场正途出身，自然未曾派过考官，没有门生为其羽翼，但儿女亲家都门当户对，在官场上结成势力，彼此呼应。长子克定娶的是曾任河南河道总督的吴大澂之女，老三克良娶的是曾任户部尚书和邮传部尚书的张百熙之女，老五克权娶的是清末"出洋考察五大臣"之一的端方之女，老六克桓娶的是曾任江苏巡抚的陈启泰之女，老七克齐聘的是曾任代理国务总理的孙宝琦之女，老八克轸聘的就是周学熙的妹妹。

光绪二十五年，周学熙入北洋幕府，历任直隶银元局总办、直隶工艺总局总办、天津官银号督办，将官督商办公司改为官商合办或官助商办，又经袁世凯保举，先后署理天津道、长芦盐运使、直隶按察使。进入民国后，他致力于实业，担任过开滦矿务总局董事、京师自来水公司总理，民国元年七月接替熊希龄，任财政总长兼税务处督办，次年划分国家税与地方税税目，准备由财政部直接征收国家税，由于各省都督消极抵制，这次税制改革无疾而终。民国二年四月，周学熙与英、法、德、日、俄"五国银行团"签署两千五百万英镑的借款合同，当时舆论哗然，备受责难，遂辞职离京。民国四年四月，周学熙再掌财政。

民国政府财政一直捉襟见肘，积欠巨额外债，只能依靠继续举借外债和发行国内公债来维持支出。南北议和告成，唐绍仪内阁成立，为解燃眉之急，拟向比利时银行借款一百万英镑，遭美、英、德、法四国联合抗议而搁置。当初宣统三年，美、英、德、法曾和满清政府签订借款合同，"四国银行团"为垄断借款权力，排斥日、俄两国，对华借款附有不得向四国以外银行借款的条件。为比利时银行借款一事，唐绍仪向四国公使道歉，保证不向四国以外任何一国借款，并同意将民国政府财政预算交付四国公使审阅，"四国银行团"遂与其签订了一千二百万两白银的垫款合同。

民国元年六月，英、法、美、德、日、俄六国代表先后举行伦敦、巴黎、北京会议，议定由英国汇丰银行、法国汇理银行、美国花旗银行、德国德华银行、日本正金银行、俄国道胜银行组成"六国银行团"，在五年之内，"六国银行团"陆续对华借款六万万两白银，由其监督借款用途和民国政府财政及裁军事项。民国二年三月，美国政府宣告"不愿干涉中国行政主权"，退出了"六国银行团"。

民国政府与英、法、德、日、俄"五国银行团"签下的《善后借款合同》，总额为两千五百万英镑，约合两亿五千万银圆，借款期限为四十七年，年利息五厘，累计利息约四千二百八十九万英镑，本金加利息约六千七百八十九万英镑，以中国的盐税、关税及直隶、山东、江苏、河南四省的中央税作为担保。

《善后借款合同》还指定借款用途，包括偿还已经到期的民国元年和民国二年的庚子赔款、六国银行团等项垫款，约五百七十万英镑；赔偿各国因辛亥革命所受损失，约二百万英镑；赎回各省政府所欠英、法、德、日、俄五国旧债，约二百八十七万英镑；各省军队遣散费用，约三百万英镑；民国二年的中央政府部分行政费用，约五百五十万英镑；全国盐务整顿费用，约二百万英镑。"善后大借款"名为两千五百万英镑，按八四折实收，只有两千一百万英镑，再扣除各国的赔款、垫款、借款、赔偿、旧债，只剩下一千余万英镑。

《善后借款合同》中，另有附带条件，在借款期内，中国政府不得向"五国银行团"之外的银行团借款；由审计院稽核外债室中、外稽核员会同签押，领款凭单才能核准；盐务署特设稽核总所，由中、外人员分别担任总办、会办及稽核员；提用盐税必须由总办、会办会同签字。

外交总长陆征祥奉命以秘密函件方式，承诺"五国银行团"提出聘任外籍顾问的条件，其中聘任一名法国人和一名俄国人担任审计院顾问，聘任一名英国人担任盐务署稽核总所会办，聘任两名德国人分别担任审计院稽核外债室稽核员和盐务署副总稽核，以此监督借款用途和民国政府的财政、税务。

当时国会议员以这一借款合同未咨交国会核议为理由提出质问，代理国务总理段祺瑞表示："木已成舟，毋庸再议。"袁世凯甚至以辞职为要挟手段，逼迫国会就范。

借款合同签字后，民国政府便提取二百万英镑作为军费，当时袁世凯与国民党掌握的南方各省关系日趋紧张，筹措到这笔军费，便增强了北洋的实力。当年六月，袁世凯对南方各省用兵，遂爆发"癸丑之役"。

民国三年，纸币贬值，民国政府准备进行币制改革，又向"五国银行团"商借两千五百万英镑。当年八月，"欧战"爆发，参战国军费开支急剧膨胀，借款谈判终止。

民国政府为解除财政危机，于民国三年设立公债局，首次发行国内公债,称为"民三公债",用京汉铁路营业利润担保,当年计划发行六厘公债一千六百万元,实募资金两千五百万元。民国四年四月,英国汇丰银行与中国银行、交通银行三家银行同时被中国公债局指定为"民四公债"的发行机构,计划发行公债两千四百万元。

徐世昌沉吟了一下才开口:"'欧战'期间,向欧洲列强借款非常困难,今年的公债发行受'欧战'影响,结果如何,都是难以预料的事,若要维持财政预算,还需要交通银行筹资垫款。"

"交通银行虽然由财政部监督,但缉之主持财政不久,让交通银行垫款一事,还得找燕孙。"袁世凯抬起头来,"可近来燕孙一直在京西养病。"他说罢又摇了摇头。

燕孙是指税务督办梁士诒,他字翼夫,号燕孙,籍隶广东三水,光绪二十年进士,历任翰林院编修、国史馆协修。光绪二十九年,他参加新开设的经济特科考试,初试列一等第一名,却节外生枝,被军机大臣瞿鸿禨诬陷为康、梁同党,后来经天津海关道唐绍仪介绍,入北洋幕府,被袁世凯聘为北洋编书局总办。光绪三十一年,唐绍仪任外务部侍郎,兼任督办京汉、沪宁铁路大臣,任命梁士诒为铁路总文案。次年设立邮传部,统管铁路、邮政、航运、电报、电话,唐绍仪转任邮传部侍郎,又委任梁士诒提调芦汉、沪宁、正太、汴洛、道清五条铁路事务。邮传部成立铁路总局,梁士诒出任局长,奏准成立交通银行,官商合资,邮传部承担交通银行官股,所管邮、路、航、电四政收入归交通银行管理,他兼任交行帮理。宣统三年,盛宣怀出任邮传部尚书,一接手便参奏梁士诒,将其撤职查办。武昌起义爆发,清廷再度起用袁世凯,出任内阁总理大臣,梁士诒任邮传部副大臣,署理大臣,他多方奔走,协商清室退位条件。民国二年,梁士诒出任总统府秘书长，代理财政总长，兼交通银行总理，人称"二总统"，又出面组建"中国公民党"，自任总裁，为袁世凯竞选正式大总统助阵。民国三年，裁撤总统府秘书厅，梁士诒调任税务督办，仍兼交通银行总理。

徐世昌沉默了片刻，意味深长地说了一句："维持财政，毕竟离不开'交通系'。"

"交通系"形成于光绪末年，既是一个政坛派系，也是一个财团，最初的首领是唐绍仪，梁士诒也是其头面人物，他们先后掌管邮传部、交通部，"交通系"由此得名，其留学生居多，又多为粤人，故又称"粤系"。

由清朝至民国，从邮传部到交通部，尚书、侍郎、总长、次长频频更替，但"交通系"始终把持着全国的铁路、邮政、电报。当时邮政、电报收入有限，轮船航运主要为私营，铁路则财力雄厚。进入民国后，江苏、安徽、浙江、河南、湖北、湖南、四川、山西等省铁路先后收归国营，全国铁路管理逐步统一，交通部管理着京汉、京张、京奉、沪宁、津浦、正太、汴洛、道清、株萍等十余条铁路，其经营收入便成为了政府的重要财政来源。"交通系"亦官亦商，势力遍及交通部、财政部、税务处等衙门，至民国四年，在总统府任职的有十余人，在交通部任职的有四十余人，在财政部、外交部、农商部任职的有十余人，在全国税务处任职的有三十余人，在北京各税务局任职的有三十余人，交通银行、中国银行、新华储蓄银行也都在其掌握之中，同时大力经办煤矿、铁矿、货运。

袁世凯停下了脚步，"菊人，到底是老成谋国。"

徐世昌忙说："大总统过奖了。"

到了春藕斋院门口，袁世凯冲徐世昌点点头，"菊人，我还有些公务要料理，先回居仁堂了。"

"大总统，"徐世昌拱拱手，"请！"

两个人分手后，袁世凯径直进了居仁堂东头的书房。他甫一坐定，政事堂左丞杨士琦便走了进来，手里拿着几张报纸。

杨士琦字杏城，籍隶安徽泗州，光绪八年举人。庚子年间，八国联军攻占北京，两宫出亡，李鸿章奉旨进京，与各国公使议和，杨士骧、杨士琦两兄弟充任幕僚。辛丑年，李鸿章病殁，杨氏兄弟又入袁世凯幕府，杨士骧历任直隶布政使、山东巡抚、直隶总督，但寿数不长，宣统元年亡故。杨士琦任袁世凯的总文案，遂成为心腹人物，北洋的文电奏章，多出自他的手笔，经袁世凯保荐，历任轮船招商局总办、商部右参议、会办电政大臣、编纂官制局提调。"丁未政潮"爆发，他参与谋划，贿赂言官，弹劾政敌，武昌起义后，入袁世凯内阁，任邮传部大臣，又参加"南北议和"。民国三年，设立政事堂，杨士琦出任左丞，总统府、政事堂上下都称之为"左相"。

"大总统，"杨士琦递上了手里的报纸，"您昨天谈话已经见报了。"

"杏城，坐。"袁世凯先戴上一副花镜，接过报纸，翻开看了看，"'予所居地位，只知民主政体之组织，不应别有主张，且帝王、总统均非所愿恋，汶上秋水，无时去怀！'这两句说得倒是十分得体。"接着又问了一句："这两天报纸上有没有反对实行君主立宪的文章？都是哪些报馆？"

杨士琦略想了一下才开口："这两天报纸上倒是有这类文章，仅北京的报馆，就有《新中国报》《国民公报》《天民报》。"他跟着又说道："不如就此统一舆论，除了外国人办的报纸，凡是言论过激的报馆一律查封，这可以先从北京做起，作为全国的表率。"

"好！可以给一些报馆支付特别经费，让它们鼓吹君主立宪，这笔用项先由陆海军大元帅统率办事处拨付。"袁世凯一面说一面打开烟盒，抽出一支雪茄烟，"杏城，回头你拉个单子，各个报馆的具体数目，也由你来酌定。"

杨士琦划着洋火，上前给袁世凯点着雪茄，"士琦立即着手去办。"他正欲告辞，袁克定又进来了。

"云台来啦！"杨士琦冲袁克定拱了拱手，"我先走一步。"他说罢便转身而去。

"爸，"袁克定先鞠了一躬，随后递上一份文稿："您早晨交派的德国皇帝的电报，翻译出来了。"

袁世凯接过文稿，反复地看了看，"威廉皇帝倒是真痛快，不但答应承认中国的君主制，还承诺给予财政和军事方面的援助，去年胶州湾战事，看来并未影响到中德两国关系，这也证明，自'欧战'以来，采取'局外中立'政策还算是妥当，你懂不懂？"

"欧战"愈演愈烈，持久的消耗战需要巨大的人力、物力资源，几个主要交战国的力量难以承受这种世界规模的战争，交战双方都需要扩大盟友，孤立敌人。"协约国"和"同盟国"集团在战场上打得难解难分，一场异常紧张的外交角逐也在国际上展开，北京也成为了各国外交官折冲樽俎之地。

袁克定连连点头，"'欧战'的局势还不明朗，我们先不必急于加入'协约国'，究竟鹿死谁手，一时还难以逆料。"他思忖了一下，鼓起勇气问道："爸，我昨天在您书案上放了一张诗笺，您看了吗？"

袁世凯反问了一句："那首诗是谁写的？"

"那是克文写的。"袁克定赶忙答道。

克文是袁世凯的次子,字豹岑,生于朝鲜汉城,他的母亲是三姨太太金氏,后来又过继给大姨太太沈氏为养子。他自幼聪颖,颇受袁世凯和生母、养母的钟爱,但却澹泊功名,不治经济致用之学,但擅长词章、戏曲、金石、书画。光绪年间,袁克文曾充任法部员外郎,眼下挂名陆海军大元帅统率办事处总稽查。

"克文实在荒唐。"袁世凯立刻沉下脸来,在烟缸里摁灭了雪茄,"一准又是受他身边的文友煽动。"

"克文这回居然与君主立宪唱反调。"袁克定又趋前两步,"这首诗要是传出去,又会引起许多谣言。"

"你先下去吧!"袁世凯说罢,起身出了书房。

走进居仁堂西头的餐厅,屋里坐着的五姨太太杨氏和二女儿仲祯、三女儿叔祯,都起身向袁世凯鞠躬。

袁世凯一妻九妾,除了元配于氏,另有九房姨太太,都是在民国以前娶进门来的,四姨太太和七姨太太已经亡故,余下还有七房姨太太。

大姨太太沈氏是苏州人,出身娼门,袁世凯早年与她相识于上海青楼。沈氏曾经随袁世凯出使朝鲜,一度以"太太"的身份出入内外,一直未生子女,由她抚养长子克定,又收次子克文为养子。袁家的子女们都称大太太于氏为"娘",称其他姨太太为"妈",而沈氏则被称为"亲妈",足见她在家里的地位。

二姨太太李氏、三姨太太金氏、四姨太太吴氏都是朝鲜人,是袁世凯出使朝鲜时娶进来的。金氏原是朝鲜皇族,人称"高丽公主",而李氏、吴氏则是其陪嫁的侍女,后来却依照年龄大小排列位子。

五姨太太杨氏是天津杨柳青人,袁世凯在山东巡抚任上娶进门来，她理家办事的才干深得袁世凯赏识，日常饮食起居都由她来照顾，还让她管理内外一应家务和贵重财物，袁家子女、几位年轻的姨太太以及各房的丫头、女佣，也都由她管教。

六姨太太叶氏和七姨太太张氏都是在直隶总督任上娶的，八姨太太郭氏是在军机大臣任上娶的，九姨太太刘氏则是在退隐彰德时娶的。

三女儿叔祯与二哥克文一母同胞，都是三姨太太金氏所出，二女儿仲祯是四姨太太吴氏所出。

杨氏一脸浓妆，穿一件绣梅花寿字的粉纱衬衣，下面是条白绸子绣花襕杆裙，颈上戴着一串珍珠项链。

她粲然一笑，操着天津口音问了一声："大人，开饭吧？"

袁世凯点点头，便扶着饭桌居首坐下。一个丫头转身出门，去招呼厨房上菜，另一个丫头递上了手巾把儿。

"二爷来啦！"门外的仆人招呼了一声。

"爸。"袁克文进屋后深鞠一躬，便在一旁垂手肃立。

这时候，两个男仆提着大食盒进了餐厅，丫头赶忙上前，把食盒里的菜肴一一端上桌子，大约有二三十样。

"克文，"袁世凯随口吩咐道："你也一起吃吧。"

袁克文这才和两个妹妹一起坐下。袁世凯胃口过人，吃起饭来很少停箸，片刻工夫，便吃下了半只清蒸鸭子，半笼屉银丝卷子。杨氏从火锅里舀了一碗汤，端给袁世凯，等他喝完之后，又用手巾在他脸上、衣服上擦拭了一番。

"克文，等你吃完了，到书房去一趟。"袁世凯起身出了餐厅。

袁克文赶忙放下筷子，跟了出去。回到书房，袁世凯伸手从书案上捡起一张便笺，递给袁克文，"这首诗是你写的？"

他接过便笺,看了一眼,赶忙答道:"是一时涂鸦之作。"

一听这话,袁世凯忍不住无名火起,"混蛋!你倒是真有个名士派头,说什么'绝怜高处多风雨,莫到琼楼最上层。'看你这话,像是袁家的子孙吗?我告诉你心里话,无论是总统,还是皇帝,皆非余所愿也,眼下这个位子,我本无意恋栈,但既然是全体国民的重托,我只有牺牲自己,而别无选择。学者研究国体问题,并未扰乱国家治安,应属公民权利,我作为总统,对此也不便干涉。"说到这里,他冷笑了一声,"看看你这身纨绔气,现在给你挂了个总稽查的头衔,为的是让你多历练历练,可你到底穿过几天军装?住过几天兵营?自己心里还不清楚吗?这还不是依仗你老子,你懂不懂?"

袁克文脸都吓白了,"克文知罪了。"

"你先闭门自省吧!"袁世凯气冲冲地指着他说:"不许再出西御苑一步,以后言行要检点,不许再与往日的文友们交往。你出去吧!"

8

这是一所小四合院,正房三间,两侧各有一间耳房,倒座五间,另有东西厢房。早已过了掌灯的工夫,正房里面隐隐地传出了弹奏古琴的声音。

正房东屋的书案上点着一盏煤油灯,花云仙正坐在北墙下的琴桌后面,俯首低眉,轻轻地弹拨一张古琴。她脸上未敷脂粉,挽着一个发髻,穿一身浅藕荷色丝绸裤褂,领子、袖子、衣襟、下摆都镶滚着浅绛色花边。

"云仙姑娘,"丫头在院子里喊了一声:"杨大人来了!"

猛然听到丫头的喊声,花云仙的神色有些惶张,赶忙起身走到帽镜前面,正要梳理一下鬓发,杨度已经掀起门帘进了堂屋。

"云仙,"杨度转身又入东屋,满脸堆着笑容,"我已经在门外听到琴声了,'今夜闻君琵琶语,如听仙乐耳暂明。莫辞更坐弹一曲,为君翻作琵琶行'。"

"不过是消闲解闷罢了。"花云仙低下了头。

杨度上下端详了她一下,"这一阵子一直忙,都没工夫来看你。"

花云仙听罢便转过身去,杨度上前几步,双手把她抱入怀中,但却被她轻轻地推开了。

"云仙,你不要误会,我何尝不想来看你,近日一直忙于公务,连丰盛胡同都不能每天回去。"说到这里,杨度皱了皱眉头,"老太太那里,我一直在耐心劝说,这件事真是急不得,还要再等待一些时日。"

花云仙本是苏州人,自幼落入青楼,长成后色艺出众,后来便自赎自身,离开了家乡。前几年她辗转到了天津,依然是艳帜高张,常被商贾、名士所包养。去年经人介绍,和杨度相识,彼此相见恨晚,随后就一同进京。

杨度曾经纳过一个妾,生有一个女儿,住在丰盛胡同。携花云仙入京后,另外租下这所房子,添置了家具器物,算是又安了一个外宅。从此二人遍游京华名胜,双双出入饭庄、戏园子,丰盛胡同的家就很少回去了。久而久之,杨度的姨太太便打听出了眉目,却又无可奈何。自从杨度把寡母、结发妻子和妹妹都从家乡接到京城,一起住在丰盛胡同,他再去看花云仙,要声称是公务外出。日后姨太太向婆婆诉说出了来龙去脉,杨度的母亲听说儿子竟和烟花女子同居,自然不能接受,训斥了儿子一番,声言花云仙永远不能进杨家的门儿。杨度不愿让母亲为家务事操心,再加上近来终日忙于"筹安会"的事务,来看花云仙的工夫便少多了。

花云仙转过身,略显伤感地说:"这个我明白,您是至孝之人,当然不愿让令堂为我这个出身低贱之人着急生气了,她老人家干涉儿子纳妾的事儿,还不是为了自家的名声和您的前程吗?"她的口音南腔北调,吴侬软语当中还夹着京腔京韵:"但令堂进京不久,还是老脑筋,依然用旧式眼光来看待京城的事物，许多事情一时半会儿想不通，眼下官场中纳妾嫖妓，早已是司空见惯了。自津门结识以来，跟您也快两年了，至今仍是不明不白，难道我就如此命苦，竟然甘居侧室都不成，当初我可是自由之身，与您也是两情相悦，并无任何功利之心，这个您应该明白。"她说罢，脸上一红，眼眶潮湿了，转身坐到一张扶手椅上掩面而泣。

杨度赶忙走上前去，抚摩她的双肩，长叹了一口气，"我知道这太委屈你了，可是当下我正忙于'筹安会'，无暇他顾，等干成了这桩大事，一定给你一个交代。"

花云仙渐渐止住了抽泣，从腋下掏出绣花手绢擦了擦眼睛，又起身到西屋去洗脸。

杨度踱步回到堂屋，环顾一下屋里的陈设，看到条案上又新添了几件瓷器，既有青花，也有五彩。他不禁暗自思量，花云仙居然还有闲心摆弄上了古董，看来近日真是过于寂寞了。

花云仙走出西屋，递给他一条湿手巾，又轻声问了一句："用过晚饭了吗？"

杨度一面擦脸，一面坐到八仙桌旁的太师椅上，"与几个报馆的朋友一起用的晚饭。我的《君宪救国论》过几天便要在《亚细亚报》上刊载，这篇文章虽然得到大总统的青睐，已经刊印，但还只是在官场上流传，眼下一经登报，就要在全国风行。晚饭之后，他们还要去听戏，我就告假了，特地前来看你。"

花云仙打开桌子上的一盒纸烟，抽出一支先递给杨度，自己也拿了一支，划着洋火，点着了两个人手中的烟卷，坐在另一张太师椅上。

她深深地吸了一口烟，"眼下您可是个大人物了，经常能从报上看到您的新闻，您正在干的这桩大事，云仙也略知一二。若是改回到帝制去,是不是要把这社会风俗也再改回到大清去?自从民国以来,风俗习惯也为之一变,旧式的礼法改了不少,虽然我也说不清楚这民国的风气算不算文明,可是男人不留辫子,女人不裹脚,总算是一种文明,政府明令禁止女人缠足,便有许多开明的家长不再让女儿裹脚,我要是晚生二十年,也不至于受这般苦了。眼下开办了女子学堂,女人能受教育,这也是过去不敢想的。帝制那会儿,老百姓都如同奴仆一般,即便是旗人,对主子也要自称奴才,民国以来,大家都是国民,一般高下,就连娼优的身份也与过去有所不同,官员反倒要自称公仆,声称是为国民办事。"说到这里,她又问了一句:"再改回帝制,难道是还要国民重做奴仆不成?"

杨度望着她笑了笑,"倒是没有看出来,近来你对政治居然如此上心。"

"云仙所言,都是这几年亲身经历的。"花云仙斟了一碗茶,起身端给杨度,"方才这番话,乃是发自肺腑。"

"虽说你肚子里有些文墨,但毕竟是个妇道人家。"杨度摇了摇头,"君主立宪并不是要改回到大清去,更不会要国民重做奴仆,共和制度的本意是主权操之在民,但中国的百姓,民智未开,长年习惯于封建皇权制度,民国以来,各派政客争权夺利,局势混乱不堪,民众难以适应,以致人心惶惶,中国的宪政,只能借助开明君主实施。"

"自民国元年到如今,光是总理就换了有六、七任,如同走马灯一般。解散国会之后,当初选大总统的议员们也都打了饥荒。早年有一首歌谣,歌词大概是:'六君子,头颅送;袁项城,顶子红;卖同党,邀奇功;康与梁,在梦中;不知他,是枭雄'。"花云仙皱着眉头又说了一句:"袁大总统一旦做了皇上,辅佐过他们的功臣也未必上得了凌烟阁。"

话没说完,杨度便打断了她的话:"眼下正是国体变更之际,以后对外人可千万不要再发这种议论,要知道祸从口出,这会引来无妄之灾。"

"云仙毕竟见识短浅,人家劝您的一席话,是惟恐您一腔热血付诸东流。"花云仙一面说,一面观察他的脸色,"听苏州老乡说,那位跟着袁二公子进了西苑三海子的薛丽清眼下已经离宫出走了,说起来我们都是苏州人,她当初也是京城里清吟小班的红姑娘,孰料进宫数载,她不单没熬上个王妃的封号,竟连个侧室的名分也没混上,最终还是个白丁,还白白地为二公子生了个儿子,名分不定,又身处帝王之家,必定是滋味儿不好受,只好另想出路了。"

"云仙,你说的这些,都是民间传闻,薛丽清出走其实另有隐情。深宫之内,礼法森严,风尘出身的薛丽清当然难以适应了,袁二公子又倜傥风流,放浪形骸,恐怕薛丽清也不能得其专宠。历代帝王之家,手足相残之事也是屡见不鲜,当年雍正皇帝和他的兄弟们不就演出过夺嫡的惨剧吗?高处不胜寒,才是实情,你这位贵同乡还算是有见识,下决心自己出宫,把儿子也丢在了宫里,话又说回来,她既不能与袁二公子甘苦共尝,又何必当初?"杨度说罢,摇了摇头。

"想必当初她是为了钟鸣鼎食之家的荣华富贵,才高攀上了袁二公子。"花云仙的神情又变得有些凄然,"日后您若是真成了新朝的开国元勋,官居一品,那时候怕是都要再按着大清的规矩来了,岂能再纳风尘女子为妾?"

"袁二公子原是个纨绔公子,倘若登了帝位,也不过是李后主之流。薛丽清又如何能与你相比?你我同是天涯沦落之人,本是惺惺相惜，即使有朝一日，我能一展抱负，又岂能忘了曾经相濡以沫的日子。"杨度一面说，一面掏出一个锦盒递给她。

打开锦盒一看，花云仙暗自一阵欣喜，盒里是一枚钻石戒指。

"下午特地跑了一趟前门大街，转了三家首饰店才挑上的。据掌柜说，这枚钻石有三个克拉，是名匠所制。"杨度一面指着戒指一面说："你先戴上试试。"

花云仙伸出涂红了指甲的无名指，戴上了钻石戒指，杨度抓住她的手，仔细端详了一番。

"该如何谢您呀？"花云仙脸颊上显露出两个浅浅的酒窝。

"你唱的曲子最让人销魂。"杨度从烟盒里又抽出了一支烟卷。

花云仙拿起洋火来，给杨度点着了烟卷，"那就为您唱一个新段子，这是近日按照昆山腔的曲调，试着为柳永的《雨霖铃》谱的曲子，算是古词新唱，回头您给指点指点。"

她起身牵着杨度的手，转身入东屋，又坐在琴桌前，重新弹唱起来。灯光之下，花云仙一双眼睛风情万种，杨度一时目不转睛。

唱罢《雨霖铃》，杨度连连点头，"闻弦歌而知雅意。听了你唱的曲子，真令英雄气短。"

花云仙的脸颊上飞起一片红晕，杨度上前一把攥住了她的手腕儿，二人携手进了西屋。

9

临近傍晚的工夫,锡拉胡同袁府的客厅里正在唱堂会。

光绪三十三年,袁世凯奉调入京,锡拉胡同这所宅院便成了北洋公所兼他的府邸,一直到就任大总统,才迁到了石大人胡同外交部迎宾馆。

当下袁世凯一家老小都住在西御苑,锡拉胡同的旧日府邸便空闲下来,只有大公子袁克定偶尔在此小住,借以会会朋友,唱唱堂会,他的家眷则住在西御苑福禄居。

垂花门内的客厅里烛光高照,炉烟绺绺,靠东墙摆设着两张桌子,围着红缎子绣花桌围,桌子当中立着一面紫檀木框镶嵌象牙的水牌,约一尺来高,上面写着当天晚上演出的剧目,桌子上左右各放着一盏桌灯,罩着绘有仕女和花卉的绢纱灯罩。南窗下摆放着两个红木柜子,里面堆满了碎冰块儿,还放着装有酒水饮料的瓷缸子和手巾把儿,客厅内散发着缕缕凉意。桌子两侧坐着五、六位乐师,各自操着笙、管、笛、箫诸般乐器,正在悠然地演奏。

一位唱旦角儿的伶人在婉转清唱,他没有上戏妆,也没有穿行头，脸上只是淡淡的施了薄粉、胭脂，身着一袭浅灰色长衫。

"原来姹紫嫣红开遍，似这般都付与断井颓垣。良辰美景奈何天，赏心乐事谁家院。朝飞暮卷，云霞翠轩，雨丝风片，烟波画船。锦屏人忒看的这韶光贱。"唱的是昆曲《牡丹亭》中《游园》一折，他一边唱，一边做身段，顾盼之间，人物的荡漾春心表露的淋漓尽致。

这位男旦是当红的京剧名伶，叫王瑶卿，京剧演员都有些昆剧底子，他更是家学渊源，其父是著名昆剧男旦王彩琳。王瑶卿自幼在北京学艺，本工青衣，兼演刀马旦，蜚声梨园之后，曾入选清廷供奉。京剧青衣原来都偏重唱工，而疏于做工，王瑶卿则唱做并重，青衣、花旦、刀马集于一身，并在唱腔上能革旧创新。辛亥之前，他与著名老生谭鑫培合作，一直相得益彰，近几年来在舞台上更是名声大噪。

袁克定未穿长衫，仅着一身白色丝绸裤褂，闲适地坐在一把明式黄花梨木圈椅上，身旁相伴而坐的还有四、五位伶人，都是一色的男旦，个个衣着光鲜。

一个仆人匆匆走到了袁克定面前，低声禀报："《亚细亚报》的薛大人来了。"

"今天先唱到这儿吧！"袁克定对众位伶人说道："有位客人，我先去应酬一下。等我回来一起吃晚饭，稍候片刻，我去去就来。"他随即起身出了客厅。

来的这位客人留着中分头，穿一套青色西装。此人叫薛大可，字子奇，湖南益阳人，曾留学日本，入过同盟会。进入民国后，他在北京开办报馆，担任《亚细亚报》主笔，民国二年当选过众议院议员。薛大可办的《亚细亚报》，得到了袁克定的财力支持，眼下已经成为了鼓吹帝制的喉舌，十几天前，古德诺博士的

《共和与君宪论》便刊登在这张报纸上。

二人拱手致意之后，袁克定说道："子奇，我们去书房里叙话。"他说罢转过身便跛着脚往后院走去，仆人在前头持着灯笼。

东耳房是通向后院的门道，一行人穿过门道，沿着抄手回廊走到了后面一个院落的正房门前。

仆人掀起门帘，薛大被让进了正房西屋。这间屋子是书房，屋里陈设为中西合璧，满墙的紫檀木书架子，上面线装、洋装书籍参半，洋装书籍中以外文书居多。袁氏父子的科场生涯十分相象，袁克定蹉跎多年，依然名落孙山，失望之余，竟然将读过的经史子集付之一炬，从此专注于经世之学，尤其专攻英文和德文。

西墙上是一张袁氏兄弟的合影照片，他们一色戎装佩剑，穿的是德国陆军制服，北京城里几家大照相馆都挂着这张照片。民国新贵崇尚德国已成一种风尚，北洋军成军之初，便接受德国教官训练，上下都信奉德国，袁世凯聘请晚清留学德国的总统府侍从武官长荫昌，作为自己几个儿子的德文老师。

北墙上挂着一幅宋徽宗的《雪江归棹图》。薛大可暗想，这幅丹青不知是真迹还是摹本，但毕竟出自于亡国之君的笔下，并非吉瑞之兆。

宾主在沙发上落座之后，仆人递上了手巾把儿，又端上了冰镇酸梅汤和果品。薛大可察觉到袁克定身边的仆人个个都面目清秀，举止风流。

袁克定冲仆人挥挥手，吩咐一句："都退出去，任何人不准进来。"

薛大可不明白他的用意，顿感诧异。袁克定打开了茶几上的一个烟盒，拿出一支吕宋雪茄向客人让烟，薛大可忙摆了摆手，从身上取出纸烟。

"子奇，"袁克定说话向来是开门见山："今天请你来，正是有一事相求。"

"云台，"薛大可堆下了一脸的笑容，"有事只管吩咐，一定效力。"

"你是当今舆论界巨子。"袁克定打量了一下薛大可，"请你帮忙自然还是办报的事情。"

"云台过奖了！"薛大可颇有意外之感，往前探了探身子，"难道您也要办报？《亚细亚报》一向是您的喉舌，有什么事情，吩咐一声就行了，鄙报一定照办。"

"子奇，《亚细亚报》办得不错，我倒是经常看，近来鼓吹君主立宪，更是成为国民先驱。"袁克定又问了一句："你平时常看《顺天时报》吗？"

"我倒是天天都看这张报纸。"薛大可试探着问道："您为什么问到这个？"

"大总统每天必读《顺天时报》，十分注意上面的言论，可是这份报纸近来经常发表一些反对君主立宪的报道和评论，这更引起了大总统的关注，由此来判断日本官方和舆论界对于变更国体的态度，《顺天时报》对大总统的影响太大了。"说到这里，袁克定点着了一支雪茄，深深地吸了一口，矜持地笑了笑，"我想再办一张《顺天时报》。"

"您的意思？"薛大可不解其意："是不是想新办一份报纸？"

袁克定沉吟了一下，"我是想仿照《顺天时报》，再办一张报纸，名字还叫《顺天时报》，只是内容不一样，一定要删除有碍君主立宪的言论。"

薛大可一听便愣住了，"云台，那岂不是要惹来官司？日本人是不会答应的。"

"这张《顺天时报》并不向社会上发行。"袁克定狡黠地笑了笑，"每天印出来以后，只需送到总统府，每期只印百十份就够了，不能让日本人看到这张报纸。"

一听这话，薛大可目瞪口呆，迟疑了一下才问了一句："您这是唱的哪一出啊？"

"这张报主要是供大总统阅览。"袁克定又说了一句："当然了，日本人的《顺天时报》要严禁进入总统府。"

薛大可恍然大悟，鼓起勇气问了一句："这么做是为了使大总统不受日本人的干扰？"

"子奇，告诉你一桩往事，当初辛亥年为了劝说清室退位，大总统和徐相国曾经交付给我一个差使，就是编印几份报纸，送进宫去，吓唬隆裕太后。"袁克定吐出了一口浓浓的烟雾，"明跟你说吧！这回还是照方抓药。"

薛大可暗自思忖，这位袁大公子想登皇太子宝座的心情也过于急切了。他一面说一面看着袁克定的脸色，"英国人办的《京津泰晤士报》《字林西报》近来也常和君主立宪唱反调，又如何能不让大总统受到这些报纸的干扰呢？"

袁克定摇了摇头，"英国人卷入'欧战'，自顾不暇，他们的话已经难以左右大总统了，可是日本人的态度，大总统却不能不顾及，尤其是在签署了《民四条约》之后。"

"可这移花接木之计万一要让大总统发现了呢？"薛大可的脸上显出了难色。

"没有大事，大总统不出西御苑，日本人的《顺天时报》送不进去，就不会有闪失。这件事关系到大局，眼下还只是对你一个人谈了我的想法。"袁克定似笑非笑地瞅着他，"我是想请你帮忙来办这张报纸。"

"您对我如此信赖，理当效力。"薛大可欲言又止，踌躇了一会儿才说："可这却有欺枉之嫌，日后一旦传出去了，我实在承担不起。"

一语未毕，袁克定便打断了他的话："眼下不能再犹豫彷徨啦！政坛有如赌场，从来只重结果，必要时就要敢于下赌注，将来君宪大功告成之日，自然要论功行赏。办这张报纸所需的经费都由模范团支出，你先做个预算。"

"您既然将如此重大的担子托付给我，大可一定不负重托。"薛大可硬着头皮答应下来。

"好！咱们同舟共济，肝胆相照！"袁克定不假思索地说道："我先给你拨过一笔款子去。"

"承蒙抬爱。"薛大可勉强地点点头，"我现在初步有了一个想法。《顺天时报》用得是日本铅字模，其它印刷局都难以模仿，《亚细亚报》与《顺天时报》的社址近在咫尺，彼此也常有联系，每天这张新《顺天时报》的稿件编辑出来之后，可以到《顺天时报》印刷局租用所需要的铅字模，再在《亚细亚报》印刷局里排版印刷，这样印出来的报纸就可以天衣无缝了。"说到这里，他又笑了笑，"说句题外话，将来这张报纸在中外报刊史上可谓绝无仅有，若是收藏下来，日后可以进博物馆了。"

"子奇，"袁克定叮嘱道："这件事只有你我清楚，一定要严守秘密，切不可与外人道。"

薛大可立刻收敛了笑容，"您放心，我知道事情的轻重。"

"你尽快着手，我们可以随时商量。"袁克定随手摁灭了雪茄，"子奇，我们净顾说话了，该用晚饭了。前面客厅里有几位朋友，都是梨园界的名角儿，你也是个戏迷，我一起给你们介绍介绍。"

薛大可刚才已经隔着窗户看到客厅里俱是名伶，忙笑着说道："您这里一向是名角儿荟萃，幸会！幸会！"

"正要借重《亚细亚报》捧捧他们，机会难得！"袁克定说罢，便站起身来。

10

"《亚细亚报》的薛大人来访!"差役匆匆忙忙地走进克勤郡王府的后殿通报。

坐落在石驸马大街的克勤郡王府分东、中、西三路,中路郡王府大门三开间,左右各有角门,大门对面有砖影壁,长约七丈,门外有石狮子一对儿,高达八尺,银安殿五开间,东西翼楼两层,正殿后面是内府门,后殿也是五开间,另有东西配殿,东、西两路还有若干院落。克勤郡王属清朝初年册封的八个"铁帽子王",传了十三代,一共十七个郡王爵位。清朝宗室封爵,分"世袭罔替"、"世降一等"两种体例。世袭罔替是指亲王、郡王爵位代代承袭,俗称铁帽子王,至清朝末年,铁帽子王有十二个;世降一等是指铁帽子王之外的亲王、郡王后代,降一等袭爵。

进入民国之后,克勤郡王一家没了俸禄,已然入不敷出,只好靠出租房产度日。眼下"筹安会"租用了克勤郡王府,府门口挂着"筹安会事务所"的招牌,京师警察厅派来值勤警察,担任警卫。头一天下午,"筹安会"举办成立仪式,包下了京城里几家大饭庄子和戏园子，一时冠盖云集，推选杨度为理事长，孙毓筠为副理事长，严复、胡瑛、李燮和、刘师培为理事。

晌午过后，杨度等人在王府的后殿里相聚议事。后殿是筒瓦硬山顶，梁枋、斗栱俱是彩绘，殿内东西两侧各有花梨木雕花落地罩，靠东墙是一张紫檀木条案，墙上挂着一副杨度手书的对联，录的是林则徐的两句诗："苟利国家生死以，岂因祸福避趋之。"

现在这里作为筹安会事务所的议事厅，除了严复，"筹安会"的理事们都到齐了，在座的还有筹安会事务所主任方表，他与杨度是湖南同乡，也是留日同学。

听到差役通报，杨度迎了出来，"子奇，看你满面春风的样子，一定是有什么喜信？"

"女界请愿之事，已经有眉目了。"薛大可一面往里走一面说："皙子兄倡议女界参政的主张，一经我鼓吹，安静生女士便颇受鼓舞，她已经慨然应允去鼓动女界同仁，还拜托我代为起草了一份宣言书。"

薛大可所说的安静生女士，在女界颇有名气，原籍山东峄县，京师女子师范学堂毕业，长于演讲，交游广泛，现任京城一所女校校长。

头几天，杨度与薛大可聊天，主张鼓动女界参与变更国体。薛大可举荐安静生，建议由她发起请愿团体，以壮声势，并愿意前去游说。

进殿落座之后，薛大可从长衫的衣袖里取出了几张信笺，递给杨度。

展开一看，信笺上赫然写着"女子请愿团宣言书"字样，再读正文，杨度不禁念出声来："吾侪女子，群居嗫嚅，未闻有一人奔走相随于诸君子之后者,而诸君子亦未有呼醒痴迷醉梦之妇女,以为请愿之分子者。岂妇女非中国之人民耶?抑变更国体,系重大问题,非吾侪妇女所可与闻耶?查《约法》向载中华民国主权在全国国民云云,既云全国国民,自合男女而言,同胞四万万中,女子占半数,使请愿仅男子而无女子,则此跛足不完之请愿,不几夺吾妇女之主权耶?"

读到此处,杨度连连称许:"这篇宣言,娓娓动人,到底是子奇的手笔,真可谓替中华女界一吐心声。"

"我前去拜访时,安静生等一群女流也正在讨论女子参政方略,正好借此机会,为她们指点迷津,申明参与变更国体乃难得之良机,等君主立宪之后,必定可以为女界在社会与国民中争得应有之权力,个人也将在这场政潮中争得一席之地。安静生颇有悟性,当即欣然接受倡议,愿意去联络女界,组织请愿团体。皙子兄,这份差使,总算是不辱使命。"薛大可向杨度拱一拱手,"等到这篇'请愿团宣言书'在报纸上刊登出来,我就算交差了!"

"子奇,辛苦了!一定要犒劳你。"杨度满面笑容,冲薛大可作了一个揖,又将手里的信笺递还给他,"日后与安静生打交道,还需子奇兄出马。光绪三十三年,各团体请愿上书之举,举国震动,当初报纸上刊发过《湖南女界请愿书》,今日我辈,更应为文明之先导。"

孙毓筠向薛大可介绍:"参政院九月一日开会,'筹安会'准备联络各省代表进京请愿,但时间已经来不及了,只能改由各省旅京人士分头组成'公民团',向参政院请愿,要求变更国体。请愿团体不分出身贵贱,多多益善,请愿书可以由'筹安会'代为起草。"

孙毓筠是咸丰九年状元、武英殿大学士孙家鼐的侄孙，籍隶安徽寿州，光绪三十二年赴日本留学，加入同盟会，担任东京庶务总干事，转年回国，受命运动新军，在南京被捕入狱。辛亥之后，他被举为安徽都督，因权力倾轧，卸职进京，为袁世凯所赏拔，先后出任总统府顾问、政治会议议员、参政院参政。民国三年，正是在孙毓筠担任约法会议议长期间，出台"新约法"，废除了《临时约法》。

"各位大人，还有一个消息。"薛大可诡谲地笑了笑，"昨天'筹安会'刚开锣，今天下午便另有一出好戏。"

"说出来听听。"杨度又问了一句："到底是出什么好戏？"

"就是在这条石驸马大街上，离这里不远，拱卫军军需长袁乃宽的府上，正在召开军警大员的会议，他们不许报馆访员采访，据说发起人是上将军段芝贵。皙子兄，我已经安排了访员，等他们散会后再行探访。"薛大可一面说一面掏出怀表，打开来看了看。

袁乃宽被袁世凯认作本家侄子，籍隶河南正阳，跟随袁家多年，一直担任军需，兼做管家，曾充任直隶总督署粮饷局提调。入民国后，袁乃宽身兼多职，充任总统侍从武官，又总管拱卫军军需，还兼任盐业银行副总理、代理"筹办全国煤油矿事宜处"督办。

段芝贵籍隶安徽合肥，军人世家，天津北洋武备学堂出身，光绪二十一年投效"新建陆军"，辛丑年率巡警营接防天津，先后充任天津南段警察局总办、直隶督练公所参谋处总办。光绪三十二年，段芝贵重金赎买坤伶，晋献给庆亲王奕劻的长子载振，并举借十万两银子为奕劻贺寿。次年，东北改为行省，段芝贵竟然以直隶候补道资格，出任黑龙江布政使，署理巡抚，这种越级晋升，在清朝官制中尚无先例。因政坛纷争，御使参奏，卖官鬻爵丑闻轰动朝野，段芝贵遭到撤职查办。光绪三十三年是丁未年，这次政争史称"丁未政潮"。辛亥之后，段芝贵先后出任拱卫军司令、江西宣抚使、湖北都督，任彰武上将军，又改任镇安上将军，督理奉天军务。

"文戏还未唱完，武戏又开锣了。"孙毓筠苦笑着摇了摇头。

杨度思忖了一下，才开口说道："'筹安会'光是打着'学术团体'的旗号，怕是难以应付局面了。"

"'筹安会'下一步应该怎么办？"胡瑛急忙问了一句。

胡瑛籍隶湖南桃源，早年曾入"华兴会"、"日知会"，担任过汉口《大江报》主笔。光绪三十一年，胡瑛赴日留学，考入早稻田大学，同年八月，同盟会在东京成立，当选同盟会评议员，次年回国参加"萍浏醴起义"，在武汉被捕入狱，判终身监禁。武昌首义后，他出狱担任湖北军政府外交部长，又被南京临时政府委任为山东都督，"南北议和"之后，卸去都督职务，先后就任陕甘经略使和新疆、青海屯垦使等有职无权的闲差。民国二年，"癸丑之役"爆发，胡瑛南下参与反袁，兵败逃亡日本，转年参加国民党军人在东京成立的"欧事研究会"，民国三年底回国。

"既然他们联络军政人士，我们则来左右民意。共和国乃由国民组织而成，国体之改弦更张，应以多数国民之意愿表决。"杨度猛然一拍茶几，"前两天经过闹市，偶然见到一群乞丐吵架，其中一个乞丐振振有辞：'似你这等无法无天，都是因为民国没有王法的缘故，假使皇上在位，决不会如此没有法度。'由此可见，贫贱者仍旧尊崇帝制。丐者同样具有国民资格，'筹安会'应召集各路丐帮首领，给他们讲解君主立宪的道理，命其各自召集手下乞丐，组成'请愿团'，上表请愿。"

"晢子，"薛大可抬高了声音："乞丐若是都能参加请愿，方才显示出民心向背。"

"发动各界民众上表请愿，这可是一篇大文章。"刘师培连连点头，"'筹安会'责无旁贷。"

刘师培籍隶江苏仪征，光绪二十九年举人，曾主持《国粹学报》《警钟日报》笔政，鼓吹反满革命。光绪三十三年，应《民报》主笔章太炎之邀，赴日本东京，担任《民报》编辑，加入同盟会。次年，刘师培与章太炎失和，归国入两江总督端方的幕府。宣统三年，四川爆发"保路风潮"，端方署理四川总督，行至资州，被新军处决，随其入川的刘师培遭到拘捕，后来经孙中山保释出狱。民国二年，刘师培入山西都督阎锡山幕府，聘为顾问，又被举荐入京，袁世凯委派他为总统府咨议，民国三年任参政院参政。

"好！由我来为乞丐起草请愿书。"杨度又吩咐方表："先召集京师丐帮首领，由你给他们讲演君宪，叫他们尽快召集手下乞丐，限期三天，把人召集齐了，在请愿书上签名。用'筹安会'的名义承诺，凡是召集到手下乞丐的丐帮首领，每人赏一百块银元；凡是在请愿书上签名的乞丐，每人赏一块银元。"

刚说到这里，差役又赶进来通报："《亚细亚报》的一位访员求见薛大人。"

"快请他进来。"薛大可赶忙吩咐了一句。

随后这位访员匆匆忙忙地走进后殿，先向众人拱一拱手。

薛大可急着问道："袁府的军警大员会议探访得如何？"

"主笔大人，各位大人，容在下禀报。"访员一面说一面掏出手绢擦了擦汗，"参加会议的有拱卫军司令段芝贵、京畿军政执法处长雷震春、拱卫军军需长袁乃宽、步军统领江朝宗、京师警察总监吴炳湘等诸多军警大员，会上的演说稿子，在下已经拿到手了。"

薛大可问道："会上的演说稿子大致都说了些什么？"

访员顺手掏出抄来的稿子看了看，"段芝贵将军的演说稿子里说：'对外亦非君主实无实力之政府可期。目下处外人侵迫已极，必先保国为第一要义，浮文小节何能周计，况军警有保卫国家生命财产之责，不能不略为预备，今将大概利害通电各省，吾辈即以存国为重，如无异词，请即署名签押。至于外界少数人之清议，匪人之挑拨，当置之不理。尤要者，各自开导部下，勿为所惑。'云云。袁乃宽准备了签名簿子，演说之后，到会者要依次签名，另外，京畿驻军旅长以上和拱卫军团长以上及京师警察内外城各区区长以上的所有军警要员，都有人代为签名。"

"你再辛苦一趟。"薛大可吩咐访员："先赶回报馆写篇稿子。"访员赶忙拱手告辞。

"这不是武人干政吗？"孙毓筠冷笑了一声，"不能只由武人包打天下。"

杨度踌躇了一下，"想必是有人在幕后指使。"

一语未毕，胡瑛便打断了他的话："难道你指的是大总统？"

杨度答道："眼下还不敢断定。"

"这事有待从长计议。"李燮和提议："先要犒劳犒劳子奇。"

李燮和籍隶湖南安化，先后加入华兴会、光复会和同盟会，参加过长沙起义、萍浏醴起义、广州起义。武昌起义爆发，湖北军政府都督黎元洪委派他为长江下游招讨使，赶赴上海，策动起义，先后光复了吴淞等地，被推举为上海起义军临时总司令。上海光复之后，李燮和因受排挤，另外成立了吴淞军政分府，自任总司令，率部光复南京，南京临时政府成立后，任命他为光复军北伐总司令。"南北议和"告成，李燮和倡议裁军，交卸兵权，被南京留守黄兴任命为长江水师总司令，不久又辞职解甲，袁世凯授以长江水师总稽查，他坚辞未就，后来聘任他为总统府军事顾问。

"今天恰逢处暑，明天就是中元节。"刘师培点点头，"回头我们边吃边聊。"

农历七月十五是中元节，也是一年之中的三个"鬼节"之一。这一天，各寺庙都要办盂兰盆会，有诵经法会、水陆道场，晚间还要焚化法船，超度幽冥孤魂，民间也要燃放焰火和放河灯。

"去哪个饭庄？"方表问了一句。

"还是去菜市口的广和居吧！"薛大可笑了笑，"那里离八大胡同近便，叫条子也方便。"

广和居饭庄是一家京城老字号，光绪初年开业，以鲁菜见长，"曾鱼"、"潘鱼"、"吴鱼"是脍炙人口的名菜，俱为名人传授，由此演义出许多掌故。据传闻，"曾鱼"的做法就是当年由曾国藩亲口所授。

"还是老规矩。"方表一面说一面走到书案前面，"大家各自叫条子，由我来执笔写局票。"

"各位大人，若是有相好的姑娘，就请知会一声。"薛大可问过大家之后，又吩咐方表："若是没有，还是由'云吉班'、'栖凤阁'的姑娘出条子。"

第三章·饮冰室

11

居仁堂楼上的廊子里,两盏宫灯冉冉而行。仆人在前头举着灯笼,袁世凯拄着手杖径直走向了东头卧房。

刚一进屋,五姨太太杨氏便迎上前来,叫了一声:"大人。"她的眼角眉梢,皆是笑意。

袁世凯指了指门口肃立的仆人,吩咐杨氏:"这有几盒雪茄,是德国公使送的,说是'德皇御用'的,你先给收起来吧!"

杨氏让丫头接过了仆人手里几个封缄得很牢固的木盒子,指使她放到紫檀木多宝格下面的柜门里。杨氏转身摘掉了袁世凯的礼帽,又帮他脱下了羽纱制服,换上了一身丝绸衫裤,扶到太师椅上坐下。

"明天让法国大夫给芝泉看看病。"袁世凯想了想又叮嘱道:"再派人给芝泉送去一些人参、鹿茸,一样半斤,你回头给准备出来。"

芝泉是指段祺瑞,字芝泉,籍隶安徽合肥,"北洋三杰"之一。段祺瑞早年投效淮军,又考入天津北洋武备学堂一期,学习炮兵,毕业后赴德国柏林军校深造,学成归国,任职北洋军械局，经北洋武备学堂总办荫昌推荐，又投效袁世凯，充任新建陆军炮队管带，一路至练兵处军令司正使、北洋新军统制和江北提督。武昌起义爆发后，由段祺瑞领衔，四十余名北洋将领通电，吁请清室退位，进入民国后，袁世凯出任临时大总统，段祺瑞任陆军总长。民国二年，赵秉钧涉嫌"宋案"辞职，段祺瑞代理国务总理，在"癸丑之役"中，他为袁世凯立下了汗马功劳。

担任陆军总长三年，段祺瑞独揽军权，袁世凯又另起炉灶，民国三年设立陆海军大元帅统率办事处，组建模范团、拱卫军，重新培植嫡系，逐步销减陆军部的权力。段祺瑞便不常上班视事，大小事务都交给了陆军次长徐树铮办理。五月里，陆军部给总统府上了一道呈文，请求增加全国陆军军官薪金，袁世凯阅后，亲笔批示"稍有人心，当不出此"，这一记当头棒喝事出有因。刚刚过了知天命之年的段祺瑞，只得告病请假，终日闭门谢客，吃斋念佛。

"您对芝泉可真是仁至义尽。"杨氏冷笑了一声，"您要送的人参、鹿茸，明天早上一准儿备好。"

"名分上虽是属下，可是芝泉算是家里的至亲。前些日子，他通电辟谣，澄清日本报纸上面一些无中生有的谣言，其实大可不必，谣言止于智者。"袁世凯叹了一口气，"但求无愧我心。"

段祺瑞的夫人张佩蘅是续弦，本是官宦人家出身，其父张瀛与袁世凯是故交。张氏的父母相继去世，她便被收养在袁府，从此认袁世凯和原配于氏做了养父母。后来由袁世凯做主，将她嫁给段祺瑞，婚后仍然常常回去看望袁氏夫妇，两家一直如同亲戚一般走动。

"您饿了吧？"杨氏转过脸吩咐丫头："赶快上夜宵。"

一个丫头出去传唤夜宵，另一个丫头从红木冰柜里取出了一条冰手巾,杨氏接过来给袁世凯擦脸。

"志学,"袁世凯抬起头来打量了她一眼,"今天不还是老八当值吗?"

杨氏叫志学,是袁世凯起的名字。在直隶总督任上,袁世凯让姨太太进家塾读书,给她们都起了个学名。家塾最初只设女馆,专收女眷,儿子都上天津新式学堂。进入民国之后,袁世凯身为大总统,儿子们便不再上外面的学堂,家塾增设男馆,与女眷分开授课,由此特地聘请了外籍教师,开设了国文、英文、历史、地理等课程。

"老八闹肚子,可能是痢疾,怕传染了您,我让她搬回自己房里去了。"说到这里,杨氏妩媚地笑了笑,"只好由我来替她当值。"

袁世凯搬进居仁堂后,始终住在楼上东头的卧房里,从不到各房去,定下规矩,由姨太太们轮流侍奉起居,每人伺候一周。他只让五姨太太、六姨太太、八姨太太、九姨太太四个人轮值,但白天的起居事务,都由杨氏料理。

"你帮我记着,"袁世凯又吩咐道:"明天叫法国大夫也给老八看看病。"

一个男仆提着大食盒进了屋子,丫头赶忙打开食盒,把里面的菜肴摆上八仙桌。杨氏扶着袁世凯在桌子一侧落座,看了看桌上,有四个冷盘,熏鱼、火腿、高丽泡菜、素什锦,主食是一笼屉银丝卷,还有一大碗鸡丝汤面和一碗燕窝。

丫头端上一瓶葡萄酒,又从红木冰柜里取出了一碗冰块。杨氏倒了两杯酒,又放了些冰块,自己端了一杯坐在一旁。袁世凯坐下后便埋头吃面,片刻之间,一大碗面已经吃得干干净净,又拿起汤匙,呼噜呼噜地喝燕窝羹。

杨氏忽然"扑哧"一声笑出声来，袁世凯抬起头来，诧异地看了她一眼。

只见袁世凯的胡子和衣服上面已经沾满了汤水，杨氏忙取过一条手巾，"您看看！"她一面擦拭，一面娇媚地嗔责："怎么吃饭也像打仗一样？"

袁世凯哈哈一笑，"戎马一生，积习难改。"他放下了手里的象牙筷子，又接过丫头端上来的一碗参汤。

等袁世凯喝完参汤，杨氏又给他擦了擦嘴，"大人，今天报上可是登了几条要紧的新闻。一条说是段芝贵、袁乃宽他们召开了'军警大会'，大小军警要员都签名赞成帝制；还有一条是'女子请愿团'，更是个新鲜事，她们也发表宣言，支持帝制。还有'筹安会'那帮人一个劲的抬轿子，民意难违，您可不能再推托啦！"

"当年慈禧太后曾经问过我，中国到底能不能行宪政，我就直截了当地告诉她，百姓民智未开，实行专制统治，反而容易就范，若行宪政，主权归民，必定会出现数不清的麻烦。"袁世凯莞尔而笑，"到了如今，还是这话，这都是国情所致。"

"其实辛亥那年您就该当仁不让，如今办共和办不下去了，还是得请您登基。"

"我并不想步曾国藩、李鸿章、张之洞之后尘，为大清鞠躬尽瘁，但也不能从孤儿寡母手里夺取皇位。"

"您早已是威加四海了！当初您刚一当选正式大总统，英国、法国、俄国、德国、日本、奥地利、意大利等强国都发出照会，正式承认中华民国。您不就任正式大总统，列强谁肯承认民国？"杨氏一面娇笑着，一面轻轻捶着袁世凯的肩膀，"眼下我们都盼着您早日享九五之尊哪！"

"头一个多月,华甫特地进京来,向我打听变更国体的事,当时我对他说了心里话。"袁世凯举起酒杯来饮了一口,"我今年五十八了,就算是做了皇帝,还能做几年?总统改做皇帝,都是为了子孙,可老大是残疾,老二是假名士,老三是活土匪,其余的儿子还年幼,都不能托付天下,帝王家并无善果,我不能祸及子孙啊!眼下共和实在办不下去了,国人又把我放到炉火上烤,真要是做了皇帝,担的风险也大,你懂不懂?"

华甫指的是冯国彰,他字华甫。听到这里,杨氏忙起身搀扶袁世凯,"大人,您累了一天了,早点歇息吧!天气这么热,让我来给您擦擦身子。"

12

段府的外书房里一片寂静,只有扇子和围棋子的声音。段祺瑞一袭长衫,正在纹枰相对,他与一位棋士分坐在一张明式黄花梨木书案的两端,另一位棋士坐在一侧观棋。

段祺瑞平生酷爱围棋,广邀棋士,近年来更是乐此不疲,每天上午都要手谈一两盘,再去料理公务。

未听到通报,也未听到叩门的声音,便走进来一个人。两位棋士抬头一看,忙起身拱手,"徐将军来啦!"

来人叫徐树铮,字又铮,籍隶江苏萧县。徐树铮早年投笔从戎,在山东投效"武卫右军",受到段祺瑞赏拔,保送日本留学。光绪三十三年,徐树铮毕业于陆军士官学校第七期,归国后入段祺瑞幕府,历任江北提督署参谋、北洋第一军和第二军总参谋,武昌起义爆发后,四十余名北洋将领促请清室退位的通电,便是由他起草的。进入民国后,段祺瑞执掌陆军部,徐树铮先后出任陆军部军学司司长和陆军部次长。

六月爆发了震动朝野的"三次长参案",肃政厅接连参劾陆军部次长徐树铮、财政部次长张弧和交通部次长叶恭绰。参劾徐树铮的罪名，是订购外国军火虚报价格四十万元，遂被免去陆军次长的职务。冰冻三尺，非一日之寒。自徐树铮主持陆军部公务，陆军的军需供给从不许他人染指，陆海军大元帅统率办事处下属的军需处成立后，直接插手军需采购事务，由此便与陆军部磨擦不断。袁世凯早已对徐树铮嫉恨在心，此时段祺瑞告假养病，便乘机剪除其羽翼。徐树铮免职后，段祺瑞再度呈请辞职。

徐树铮今天没穿陆军制服，是一身袍褂，向两位棋士摆了摆手，"总长真有雅兴。"

"又铮。"段祺瑞抬头看了他一眼，又低下头去盯着棋盘，"先坐。"

徐树铮急着问道："总长看了今天的报纸吗？"

"有什么新闻？"

"王聘卿正式接任陆军部的消息，今天已经见报了。"

新任陆军总长王士珍字聘卿，籍隶直隶正定，亦属"北洋三杰"。他与段祺瑞、冯国彰同为天津武备学堂出身，毕业后投效袁世凯的新建陆军，充任督操营务处会办。庚子年随袁世凯赴山东，任参谋处总办，以后历任步兵第一协统领、练兵处军学司正使、北洋陆军第二镇和第六镇统制。武昌起义之后，袁世凯出任内阁总理大臣，任命王士珍为陆军大臣，宣统退位后，他辞职回籍。民国三年春天，袁世凯派袁克定请王士珍回京，出任陆海军大元帅统率办事处坐办，授陆军上将军衔，三个月前，代替段祺瑞，署理陆军总长。

"总统府的任免公文，"段祺瑞头都没抬，"早上便已经送到了。"

"总长，您确有股大将风范。"徐树铮脸上露出了揶揄的神色，"临危不乱，泰然自若。"

"先不谈这些，等我下完这盘棋再说。"段祺瑞一面说着，一面在棋盘上落下了一枚黑子。

一个丫头进门来通报："总长，太太请您进去，说是有要紧事情。"

"我这里正下棋。"段祺瑞不耐烦地挥了挥手，"有事回头再说。"

丫头赶紧转身走了。徐树铮摇了摇头，不停的来回踱步，两位棋士的神色更是忐忑不安。

又落了几个棋子之后，丫头又急匆匆地赶了进来，"总长，太太让您看看今天的报纸，她要赶着去西御苑。"

"胡闹！"段祺瑞一声断喝，随后站了起来，"今日实在扫兴，只好改日再下了，这盘棋现已收官，你们二位看看，盘面如何？"

"现在还是黑棋好下。"两位棋士同声说道，随即起身告辞。

段祺瑞向两位棋士说了句："失陪了！"他转身又告诉徐树铮："又铮，你先到内书房等我。"说罢便转身出门。

段府的房子是中西合璧，府里前后两座楼，前楼在头一个院子里，后楼在里院，前后楼之间有廊子相通，大客厅、外书房和内书房都在前楼，后楼是内眷的住房。

段祺瑞赶到后楼的客厅，见太太身着盛装，一副准备出门的样子。

没等段祺瑞开口，张氏就急着说道："老爷，您还下棋哪！报上都登了，从今天起，王聘卿便正式接了您的陆军总长，怎么闹到了这步田地？不行，我这就进西海子找老爷子说理去。"

段祺瑞勃然变色，怒气冲冲，"真是妇人之见！这事不用你管，一个妇道人家居然想干政，岂不是又徒生是非？"

"不是我想干政,真是太欺负人了!"张氏一脸的委屈,"一定是老爷子听信了小人的挑拨,再加上克定急于想当太子,抓兵权也过于急迫了,这些误会都要给老爷子解释清楚才行。"

一听这话,段祺瑞赶忙关上了屋门,冲着张氏高声喝道:"你是不懂权力之争的厉害!为了权位,父子兄弟都可以反目成仇,眼下告病引退才是明哲保身之策。西御苑那边,以后你少去走动,否则会给我惹上灾祸。"

"话又说回来了,老爷您今天的地位是从哪里来的?"张氏接着又劝解道:"做人不能没有良心。"

段祺瑞脸都气白了,厉声吼了一句:"混帐!"

张氏见他的脸色十分难看,也就不敢再言语了。段祺瑞又气冲冲地说道:"一定要闭门谢客,往日同僚的眷属们也不要再来往了,日后西御苑再送来任何东西,一律由我亲自过目,尤其是药材和干鲜之物,袁家再派御医来给我看病,也一概挡驾。"他说罢摔门而去。

段祺瑞绷着脸走进了内书房,徐树铮正在屋里等候,一看他脸色不好,忙起身关上屋门才问道:"总长,太太是为了王聘卿接手陆军部的事吧?"他接着又说了一句:"这件事也在意料之中。"

"又铮,以后改个称呼吧!"段祺瑞坐在了写字台后面的皮转椅上。

"说得正是,还是称芝公吧!"段祺瑞字芝泉,早年徐树铮便一直称他为芝公。徐树铮看了看他的脸色,接着说道:"'天下有大勇者,卒然临之而不惊,无故加之而不怒。此其所挟持者甚大,而其志甚远也。'接踵而至的还会有许多麻烦,芝公要有准备。"

"我早有倦勤之意,所以终日在纹枰之上消磨光阴,这回又拱手交出了兵权,至于外面的谣传和日本报纸的渲染,我也已经发表过辟谣通电了。"段祺瑞皱着眉头说道:"我不赞成帝制,但只是直言谏诤而已,项城还不至于对我下手,万一如此,那我便坐以待之了。"

所谓"辟谣通电",是由于近来日本报纸一再报道袁世凯、段祺瑞两个人关系微妙,使社会上的传闻愈演愈烈。段祺瑞于八月三日向全国通电辟谣,电文表示:"以大总统知祺瑞之深,信祺瑞之坚,遇祺瑞之厚,殆无可加。是以感恩知己,数十年如一日,分虽部下,情逾骨肉。近数年来,祺瑞因吐血失眠,吁恳息肩,乃包藏祸心之某国报纸,以挑拨离间之诡计,直欲诬祺瑞为忘恩负义之徒,甚至伪造被人行刺之谣,更属毫无影响,不得不略表心迹以息讹言。"

"共和还是君主,各国国情不同,碍难一概而论。作为军人,本不应干政,但共和在中国业已四载,贸然改变国体,势必引发动乱,而日本人又步步紧逼。"徐树铮忧心忡忡地说道:"项城帝制自为之形迹,已经显露,万不可一失足成千古恨。"

"当年我曾通电拥护共和,如今再拥戴帝制,国人将如何看待我?恐怕二十四史当中,也找不出此等人物。论公,我宁死也不参与帝制;论私,我从此只有解甲归田一途。"说到这里,段祺瑞叹了口气,"但要由我来出面反对帝制,公开与项城过不去,确实也难以做到,衡之以旧道德,人们要指责我忘恩负义。"

默然半晌,徐树铮才开口:"芝公乃国家干城,处此大变局,难以置身事外,至于采取何种态度,尚需审时度势。"

突然之间,写字台上的电话响了起来。段祺瑞拿起听筒,问了一句:"哪里?"随后又点点头,"知道了!"

他放下听筒，看了一眼徐树铮，"总统府来通知了，项城约我现在去居仁堂。我原本想称病回绝了，但转念一想，正可以借此机会再规劝项城一番。"

"芝公，一定要谨慎从事，相机而做。"

"受项城数十年知遇之恩，在此关头，我不能弃之不顾，不劝劝他，于情于理说不过去。"

段祺瑞转身向外面喊了一声："来人！"

副官匆匆赶了进来，段祺瑞吩咐道："预备汽车，马上进西御苑。"他说罢便站起身来，"又铮，我先去更衣了，你下午再过来听结果。"

徐树铮冷笑了一声，"依我看，这盘棋最后还是要由芝公来收拾残局。"

13

临近傍晚，一辆双轮敞篷洋马车驶到了"云吉班"门前，车上坐的是蔡锷和杨度。蔡锷一身戎装，杨度是长袍马褂。

前门外大街往西，街巷密如蛛网，陕西巷、韩家潭、百顺胡同、石头胡同、胭脂胡同、王广福斜街、大李纱帽胡同、大外廊营一带，是青楼集聚之地，俗称"八大胡同"，其实远不止八条胡同。

光绪二十六年，义和团在前门外大栅栏纵火，烧了"老德记洋药房"，火势由大栅栏蔓延至观音寺、珠宝市、廊房胡同、门框胡同、西河沿、煤市街，以及"八大胡同"，焚毁商铺、民居数千余间，重建时又盖起了一幢幢砖木楼房，因而这一带房屋样式中西杂陈。

庚子之后，京师巡警厅将妓院全部迁至外城，发照收捐，准其公开营业，此后苏、杭的青楼女子纷纷入京，因擅长词曲，名噪一时，人称"南班子"，天津、保定等地进京的青楼女子则称为"北班子"，南班子和北班子里的规矩大不相同。

云吉班是一家南班子，坐落在陕西巷。临街坐东朝西一座二层砖木楼房,大门两侧各挂着几块铜牌,铜牌上分别用黑漆写着"清吟小班"和"云吉班"的字样。

一进院子,四面是楼房,围成一个天井。一个年轻的娘姨赶过来招呼:"蔡大人来啦!"她又转过头喊了一声:"凤仙姑娘!"

蔡锷和杨度两个人踏着木楼梯径直上了二楼,顺着廊子走到东头,便是凤仙的居室。

凤仙听到召唤声迎了出来。她仅着淡妆,一身白细纱布裤褂,脚上是白缎子绣鞋,原本是旗人,一双天足。

一见到两个人,凤仙便袅袅婷婷地蹲下身去,先给杨度请了个安,"杨大人,您可是贵客。"

"凤仙姑娘,没想到会贤堂一晤,竟然因缘际会。"杨度笑着调侃道:"这才几天的工夫,你已经成了蔡将军的红粉知己了。"

"杨大人,您可真会说笑话。"凤仙的脸上泛起了红晕,"二位大人,请到屋里面坐。"

两个人被让进了堂屋,屋里靠山墙摆着一张条案,上面摆着座钟、掸瓶、帽镜,条案前是一张八仙桌,两侧是四把扶手椅,堂屋两侧都有木隔扇,隔开了左右两间屋子。

条案上方挂着一副对联,行书字体,联语云:"人在画桥西,冷香飞上诗句;酒醒明月下,梦魂欲断苍茫。"

这副对联是集合宋人词句,上款署得是"凤仙女史粲正",落款则是"宝庆松坡"。

"居然在青楼中见到了松坡的墨宝。"杨度半是调侃半是感喟:"日后这必定会演义成一桩传奇故事。"

二人落座后,凤仙端上了茶水和各色干鲜果品。

"眼下只有在陕西巷的云吉班,才能寻到蔡将军的踪影,今天我特地约了蔡将军,下午各自到衙门点过卯之后就来看你。"杨度怡然自得地说:"凤仙,你可还没酬谢我这位当初促成这桩因缘的冰人,今天就是来向蔡将军和你讨口酒喝。"

"会贤堂一别,还一直没见到您。"凤仙赧颜一笑,双手给他奉上一杯茶。

"凤仙,你快去安排一下,叫厨房烧一桌苏帮菜,不用摆在楼下客厅里,直接送到这屋里来。"蔡锷掏出怀表来看了一下,又吩咐道:"回头你好好地陪杨大人喝几杯,晚上一起去大观楼影戏园子看影戏,是杨小楼的《金钱豹》。"

凤仙点点头,翩然出了屋门,杨度望着她的身影,"松坡,凤仙是个才女。"

他又起身推开了左手的屋门,环顾了一番室内的陈设,墙上挂着两幅仕女画轴,窗下的画案上放置着笔、砚,靠山墙的琴桌上摆着一张古琴,一对书架上摆满了各种线装、洋装的书籍和几件中式乐器,茶几上摆着一个宣德炉,屋里香烟袅袅。

"好雅致的书房!"杨度不觉称赞了一句。

"日后还要请杨大人不吝赐教。"凤仙已经悄然回到了堂屋里头,冲着他浅浅地一笑。

"凤仙,蔡大人文武兼备,你跟了蔡大人算是你的福分,从此便可以超脱风尘了。"杨度一面用手指着她,一面意味深长地说:"红颜难驻,机缘难求。"

凤仙低头无语,又给二人倒茶。一会儿的功夫,女仆提着一个三层的大食盒进了堂屋,随后把食盒里的各式菜肴一一端上了八仙桌,热菜、冷碟摆了满满一桌子。

她摆上三副杯筷,又打开一坛子花雕,分别为杨度、蔡锷斟上酒。

蔡锷不善饮，席间凤仙频频向杨度敬酒。饮了几杯之后，杨度兴冲冲地说道："自从上次在会贤堂听了凤仙唱的昆曲以后，颇有'子在齐闻韶，三月不知肉味'的况味。今日能不能有劳凤仙再奉献几段词曲。"

"既然杨大人爱听，这就伺候二位大人几个段子。"凤仙粲然一笑，转身进书房取出一面琵琶，坐在八仙桌边调了调弦子，"先给二位大人演唱一段'苏州弹词'，'弹词'的唱腔、流派众多，我所学的是'陈调'，易于表现悲壮慷慨之情，下面这段书的名字叫《林冲踏雪》。"

凤仙怀抱琵琶，徐徐弹拨，"大雪纷飞满山峰，冲风踏雪一英雄。"她操着一口吴侬软语，唱得荡气回肠。

一曲未了，忽听得楼下有人召唤："凤仙！凤仙！"随后便听到了楼梯上急匆匆的脚步声。

掀起门帘，进来了一位妍装女子，手里捧着一本装潢精致的簿子，她一见屋里正有客人饮酒，顿觉有些唐突，欲言又止。

凤仙忙放下琵琶，起身介绍道："二位大人，这位是'栖凤阁'的玉婷姑娘。这位是杨大人，这位是蔡大人。"她转脸又问道："玉婷，你找我有急事吗？"

"实在抱歉，搅扰两位大人了。"玉婷一口京腔，又款款地分别道了个万福，"凤仙，是有急事，咱们姐妹们也组织起团体来了，找你来是为了签名上表。"

凤仙一听便愣住了，"什么团体？上什么表？"

"现在各行各界都在为变更国体闹请愿。"玉婷口齿伶俐地说："先是京城里有了'女子请愿团'，青楼姐妹们也不甘人后，另立了一个'妓女请愿团'，官称儿是'花界请愿团'，领头的首领是花元春,现已经请人代笔上表劝进,听说日后实行了君主立宪,'花界请愿团'也能得到奖赏。元春姐姐正忙着拉人签名请愿,她吩咐我来找云吉班签名,你们的掌班儿和领家妈妈方才都已经签了名。"

"变更国体乃是政坛风潮,无论共和制还是君主立宪制,究竟与我们青楼女子有何干系?"凤仙冷笑了一声,"京城里的青楼姐妹常伺候达官政要,耳濡目染,也沾染上了政客习气,看到别人请愿能得到封赏,也不甘寂寞了,梦想着从此一跃龙门,超脱风尘,青楼女子闹请愿,查遍二十四史也没见过。"她说罢又摇了摇头,"玉婷,请愿之事,我就不奉陪了。"

听到这里,杨度开口了:"凤仙,这便是你目光短浅了。京城里新近成立了许多请愿团体,譬如'各省公民请愿团'、'京师商会请愿团'、'军警请愿团'、'学界请愿团'、'教育会请愿团'、'孔社请愿团',连车夫、乞丐全都结成团体参加请愿,听说山西的'蔚丰厚票号'也递了请愿书。青楼女子也是平等之国民,难道就自甘人后?"他又谆谆劝导她们:"依我看,'约法'既规定请愿乃国民应享有之权利,若不主动行使,便成子虚乌有,只不过是写在法律条文上面而已,国体变更是一次难得的历史机遇,你们理应借此机会,承担国民之责任,左右社会之舆论,为女界同胞争权利。"

蔡锷猛然一拍桌子,"对!还是杨大人目光远大。头两天,六十余名旅京滇籍将校在云南会馆举办联谊会,大家拟定了一份'云南军界拥戴帝制请愿书',推举我领衔,陆海军大元帅统率办事处和将军府的请愿书,我也都署名了。晳子兄,昆明、贵阳方面,我不仅已经修书,并且还拍去了电报,建议云南将军唐敬尧、贵州护军使刘显世尽早上表,通电拥戴帝制。我这个'昭威将军'都是大总统封的，在此关头，理应为大总统所用。"

"二位大人，"玉婷嫣然一笑，试探着问道："倘若实行了君主立宪，我们'花界请愿团'究竟会得到何种奖赏？"

"新皇登基之后，必定会赏赐请愿团体，'花界请愿团'也不例外。"杨度哈哈一笑，"这也算是新朝的一桩旷典。"

"凤仙，"蔡锷问了一句："杨大人的话，你听明白了吗？"他又笑了笑，"花界请愿乃是帝制风潮中的一段佳话。"

"松坡，前两天在'筹安会'召集各路丐帮首领，为其讲解君主立宪的道理，此后京城内外的乞丐闻风而至，前来签名请愿的乞丐就有数万人之多，场面可谓空前，当时有许多目不识丁的乞丐都是由他人代为画押，目前在各界请愿书中列名最多的居然就是'乞丐请愿团'。"说到这里，杨度显露出了得意之色，"娼优和乞丐同系国民，新朝也将一视同仁，一体给予救助扶持，以显示德政泽及众生。"

"皙子兄，真是一语惊醒梦中人！"蔡锷又加重了语气："国体变更关系国运兴衰，公民自发请愿，乃是亘古所未有，意义非同寻常。"

"松坡，"杨度口若悬河，滔滔不绝："辛亥之后，大多数中国人对于共和政体还是十分陌生，桔移淮而为枳，从西方移植来的共和制，在中国已经证实是水土不服了。中国百姓历来只关注物价行情和苛捐杂税，对于国事一向都漠不关心，眼下各种团体参加请愿，尽管各自抱有不同的目的，但反映出了民众意愿，民心向背乃是国体取舍之根本。"

杨度的一席话，令玉婷大为佩服，"您讲的这番道理，要比花元春的演讲深奥多了。"

"识时务者为俊杰。"蔡锷又提醒了凤仙一句："你还是在

'花界请愿团'的名单上签名吧!"

凤仙从玉婷手上取过签名簿子,转身进了书房,在书案上签过名又回到堂屋,"让你辛苦一趟,拜托了。"她一面说一面把签名簿子还给玉婷。

"二位大人一番教诲,受益匪浅,日后有缘,再来请教。"玉婷蹲身矮步,分别给杨度、蔡锷请安,"凤仙,我先走了。"她又眼波一转,方才离去。

凤仙重新为杨度、蔡锷斟满了酒,"杨大人,承蒙教诲,茅塞顿开,方才搅了您的雅兴,还是接着听书吧!"她随手又抱起了琵琶。

14

洪宪梦

前一阵子,梁士诒患疟疾,一直在京西养病,刚刚痊愈,便约请几位同僚晚宴。平日梁府总是宾客盈门,他家的广东厨子不仅手艺出众,用料更是考究,梁府的菜肴,在京城的大饭庄子里都享用不到。

晚宴之后,大家聚在内书房里,屏去左右,一面细细品着功夫茶,一面听梁士诒讲述"大参案"的内幕。

"前两天我又被召进了西御苑,这回是大公子召见。"梁士诒拿起手巾来擦了擦汗,"大公子的做派,与大总统迥然不同。前些日子,大总统召见时说:'大参案情节严重,但总是会维护你的,这桩参案原来牵连到你,我已经叫他们免去了你的干系,你尽可以放心养病。'这话里已经有了弦外之音,但还算是客气。大公子上来便单刀直入:'国体变更,交通系到底肯不肯帮忙?话说明白了吧!若是肯帮忙,大参案就好说,我可以帮忙转圜'。"说到这里,他皱紧了眉头,"话说得如此直白,倒让我一时难以回答,当时只好表示,待回去与同人商量后再作回复。"

袁氏父子所说的"大参案",指的是六月里政坛上先后爆发的"三次长参案"和"五路大参案"。

"五路大参案"指的是肃政厅弹劾津浦铁路局长赵庆华营私舞弊,并将其停职交平政院审理,交通部次长叶恭绰也受其牵连。后来又波及到了京汉、京张、沪宁、正太四个铁路局,京汉铁路局长关赓麟被停职审察,京张铁路局长关冕钧撤销职务。京汉、津浦、沪宁、京张、正太五个铁路局长,人称"五路财神",报纸上称这一系列案子为"五路大参案"。

在"三次长参案"中,叶恭绰已遭肃政厅参劾,又涉入了"五路大参案",都因为是"交通系"首领。叶恭绰籍隶广州,廪生出身,光绪二十八年随天津道员唐绍仪办理铁路事务,光绪三十二年入邮传部,铁路提调处改为铁路总局,又升任为提调,历任芦汉铁路督办和邮传部承政厅厅长。宣统三年,盛宣怀参奏梁士诒,裁汰铁路总局一百三十余人,叶恭绰名列其中。辛亥之后,他先后出任铁路总局局长和交通部路政司司长,兼任交通银行帮理。民国二年,梁士诒组织"中国公民党",为袁世凯助选,北洋将领和国会议员一百三十余人加入该党,叶恭绰担任副总裁。民国三年,他任交通部次长,兼邮政总局局长。

民国政坛上有"皖系"、"粤系"之争,"皖系"首领是杨士琦、周学熙;"粤系"又称"交通系",首领是梁士诒、朱启钤、周自齐。民国三年五月,袁世凯废除内阁制,设立政事堂,裁撤总统府秘书厅。杨士琦出任政事堂左丞,免去梁士诒秘书长职务,调任税务处督办。财政部、交通部也先后易主,周学熙、梁敦彦分别接替了"交通系"的周自齐、朱启钤。这一系列人事任免,是政坛各派系之间的一次争斗,结果以"交通系"败北而告终。六月爆发的"三次长参案"和"五路大参案",使"交通系"再次遭受重挫。

众人都阴沉着脸，默不作声，只是不停地饮茶。

"诸位总得拿出个主意来！"梁士诒又问了一句："否则眼下大公子这一关怎么过？"

"原来还误以为这场参案风波是'皖系'与'粤系'之争，"赵庆华神情颓丧地说："谁料到始作俑者，竟然是大总统父子俩。"

"五路大参案"中，赵庆华首当其冲，他籍隶浙江金华，监生出身，受唐绍仪提携，曾在京奉铁路任职，后来又历任广九铁路总办、交通银行上海行经理和津浦铁路局长。

关冕钧已经撤差，正一肚子怨气，"闹了半天，'三次长参案'也罢，'五路大参案'也罢，不过就是变着戏法逼我辈就范。"

关冕钧与梁士诒是亲家，籍隶广西苍梧，光绪二十年进士，曾任翰林院编修，光绪三十一年随五大臣出国考察，回国后任京张铁路会办、总办。京张铁路是中国第一条自行修建和经营的铁路，宣统元年建成。武昌起义后，关冕钧担任南北议和代表，又历任京张铁路局长、约法会议议员、参政院参政。

"眼前是要脸面还是要脑袋的问题，全凭诸位定夺。"梁士诒有些不耐烦了，"今天务必要议出个结果来。"

叶恭绰放下了茶碗，愁眉苦脸地说："最好是既要脸面，也要脑袋。"

"'交通系'若是裹挟进了这场帝制风潮，等闹剧过后，我辈将如何收场？"关赓麟吞吞吐吐地又问了一句："又将如何面对国人？"

关赓麟籍隶广东南海，光绪三十年进士，曾赴日本留学，归国后历任邮传部路政司主事、铁路总局提调、京奉铁路总办、京汉铁路局长。

"先不用做长远的考虑。"梁士诒用拳头捶了捶茶几,"看来这回并不能轻易过关,要想保住脑袋,脸面只能先放一边了。"

"留得青山在,不怕没柴烧。"叶恭绰摇了摇头,"也只好如此了,不这么办,后果不堪设想。"

"眼下的局势很清楚,要想过'大参案'这一关,大公子已经明说了,只要肯为帝制出力,他就可以帮忙转圜。"赵庆华一面说一面摊开了双手,"这无非是要我们为帝制开辟财源。"

"帝制方兴未艾,眼下只有逢君之恶。"关赓麟无可奈何地说:"为帝制筹集资金,这回躲不过去了。"

在座的都是莫逆之交,梁士诒说话便无所顾忌:"这几年'交通系'也经过了许多风浪,按理说不该过不去这道关口。'交通系'于公于私,都算对得起项城。远的不说,单就举借外债一项来说,这两年经'交通系'办理的项目最多,仅民国二年和民国三年两年,为了筹集同成、沪宁、浦信、钦渝、沪枫、宁湘、沙兴等铁路的建设用款,就从英、法、比利时等国的银行和公司,分别借贷一百七十七万英镑、三千二百万法郎和二百万两白银。自'欧战'以来,各国军费开支急剧膨胀,借款难以为继,为应付财政,民国三年兴办公债局,发行'民三公债',实募资金两千五百万元。今年四月,公债局又指定中国银行、交通银行和汇丰银行三家银行发行'民四公债'。此次帝制风潮,闹得人心惶惶,本想明哲保身,'大参案'却来势汹汹。项城如今为了登九五之位,竟然使出了这等伎俩,真让人寒心。"

赵庆华连忙劝慰道:"燕公为民国政府立下的汗马功劳,国人有目共睹。"梁士诒号燕孙,同人皆称燕公。

"眼下有一桩买卖,不过说起来真是一笔昧心钱。"叶恭绰一面说一面掏出一封信来,"禁烟督办蔡乃煌来信说,洋商存放在沪、粤海关的六千箱烟土,按照禁烟条约的规定,到今年年底必须销售出去,否则将无条件充公。他提议这批烟土逾期暂不充公,也不再限制其销售期限,借此向洋商额外收缴烟税,每箱烟土计划收四千五百元,由此将获得大约两千七百万元的收入,准备上交政府,作为帝制经费。信里还说了一些具体的办法,我就不一一详述了,据说他已经说动了广东将军和巡按使,而且还得到了财政部的支持。"

"蔡乃煌充其量就能报效两、三千万,凭着我们手里的交通银行和新华储蓄银行,再加上与外国银行的关系和信用,筹集个几千万也应该没有问题。下礼拜二春藕斋的财政会议上,项城和财政部一定会逼着交通银行筹资垫款,我就先答应下来。但是光为项城筹集资金还不够,既然要干,就要干的有声有色,我们要双管齐下。"说到这里,梁士诒又拿起手巾来擦了一把汗,"当前京城里的请愿之风甚嚣尘上,各类请愿团体林林总总,其实都是'筹安会'在幕后操纵。我们也从请愿入手,组织各类公民请愿团,无论士农工商,男女长幼,皆可参加,再联络其他请愿团体,共同成立一个'全国请愿联合会',给参政院送请愿书,同时再进行舆论鼓吹,不信闹不起声势来。不管是组织团体,还是鼓动舆论,主要就是个资金问题,筹款正是我辈所长,'筹安会'那一群书生又如何能赢得了我们?"

关冕钧插了一句:"这么干倒也痛快,'全国请愿联合会'会长一职,自然非燕公莫属。"

梁士诒连连摇头,"'请愿联合会'的正、副会长,还是要另外推举两位贤达之士。"

"眼下诸位都已停职或撤职了,审察期间,不宜抛头露面,只能在幕后活动,若公开参与帝制,不免授人以柄。"叶恭绰叹了口气,"我辈总还要留些脸面。"

"誉虎说的对,'筹安会'志在争从龙之功,个个都急于粉墨登场,我们不必与这帮暴发户一个样子。"梁士诒思忖了一下,"目前参政院已经代行立法院的职能,既属咨询机构,又具立法职能,不妨就从参政院中遴选几位,来替我们操持'请愿联合会'。"

赵庆华赶忙问道:"不知是那几位贤达入了您的法眼?"

"诸位帮助权衡一下。"梁士诒屈指算了起来,"一位算是'交通系'的同人,曾经署理过邮传部尚书的沈云霈,另一位就是世袭札萨克亲王、'蒙古王公联合会'的会长那彦图,这两位都是参政院参政,由他们出任'请愿联合会'的正、副会长,诸位以为如何?"

"燕公的眼力果然不错。"叶恭绰连连点头,"这两位既属社会贤达,又都热心帝制,还都与我们有些交情,此事还需燕公出面,邀请他们出山。"

"只要把'全国请愿联合会'张罗起来,把声势造出去,再为项城登基筹措个几千万,'大参案'也就烟消云散了。"梁士诒胸有成竹地说:"到时候再求求项城,和他明说,参案涉及之人,皆是财神,铁路经营收入目前是政府一项重要财源。项城原本就是想逼良为娼,我辈既然肯入娼门,他又怎么会把事情做绝了?今天晚上商议定了的事,我们就马上着手去办。"

大家纷纷点头,表示赞同。叶恭绰堆下了一脸笑容,"燕公大病初愈,本应静养,但事起仓促,还要偏劳燕公,另外把今天这番意思和桂公、子公谈谈,也好让他们二位能谅解个中的苦衷"

叶恭绰所说的"桂公"是内务总长朱启钤,"子公"是农商总长周自齐,他们两个人均属"交通系"。

"明天还得去见袁大公子。"梁士诒叹了一口气,"还要请他代为转圜。"

15

出了京奉铁路天津车站，蔡锷与凤仙上了一辆双套包厢马车，跟随其后的副官，跨辕坐在了马车夫身旁。

"我们去'利顺德'。"蔡锷吩咐完马车夫，又回过头对凤仙说："利顺德是一家英国人开办的西式旅馆，至今已有五十年历史了，说到'利顺德'，倒想起一桩轶事。光绪三十四年，当时身为军机大臣的大总统，开缺回籍，京城里都传播开了摄政王要诛杀他的流言，说是要为光绪皇帝报仇，大总统仓皇之间，潜逃至天津避风，当时就住在了利顺德。"

"居然大总统也如此狼狈过？"凤仙抿着嘴笑了笑，又问了一句："您再给指点指点，天津还有什么值得看的地方？"

"天津值得看的还有各国租界的小洋楼，九国租界，汇聚一城，世上绝无仅有。"

一行三人赶到位于英租界的利顺德饭店，订了一个上等套房和一个单间。放下行李，略做梳洗，已经过了午饭的工夫。

在西餐厅里落座之后，侍者送上红茶和菜单。蔡锷看过菜单，给自己与凤仙点过菜后，便把菜单递给副官。

"我使不惯西餐用的刀叉,不像蔡将军留过洋。"凤仙赧颜一笑,"请别见笑。"

"我留学是在东洋,当年日本陆军士官学校一日三餐仅能果腹,哪里能吃得到西餐。"蔡锷端起茶杯,喝了一口红茶,"天津之行,一是为了看望卓如先生,二是为了陪你逛逛这华洋杂处的天津卫。既来津门一趟,自然应该尝尝利顺德的番菜。"

谈话间,侍者给每位都倒上红酒,随之端上了一道道菜肴,还送上一篮子面包。

吃完饭,蔡锷掏出怀表看了一眼,"卓如先生已睡过午觉。"他一面起身,一面对凤仙说:"你先回房间,我去先生家,回头再来接你,今天晚上带你跳舞去。"

副官忙吩咐侍者:"去饭店门口叫一辆车来。"

他们出门上了马车,赶往梁启超的宅邸。梁宅在西马路,属意大利租界,是一所仿意国样式的洋房,加上阁楼一共三层,头年建成完工,年初举家由京城迁居此处。

一进梁宅,佣人将蔡锷让进客厅。梁启超一见面便问道:"松坡,什么时候到的天津?"

"中午刚到。"蔡锷打开随身携带的皮包,取出一沓子报刊递给梁启超,"先生一纸风云,海内视听为之一耸。"他指着报刊说道:"这里有《大中华》月刊、《京报》和《国民公报》,九月三日的《京报》再度刊载了《异哉所谓国体问题者》,当天就被抢售一空,一张报纸涨到了三角大洋,《国民公报》第二天又转载,其他报馆也接连转载,人们都争相借阅这几天的报纸,茶馆、旅馆里还不断有人传抄。"

"当初并不敢指望这篇文章会产生多大的效力,不过因举国正气销亡,对于此等大事,竟无一人敢发正论。舆论自由乃社会昌明之标志，自'癸丑报灾'以来，报业一片萧索，民国三年又颁布了《报纸条例》和《出版法》，政府先后在全国查封了七十余家报馆，法院传讯和审判了四十余家报馆，眼下上海只剩下五家报纸，北京的《日日新闻》《中央新闻》《民国报》《民主报》《京话报》《华报》等报刊，都被勒令停刊，一些在外国租界里出版的报纸，也被禁止通过邮局发行。十余年来，忝负众多国民厚望，故只能不顾利害生死，为国人代言，尽国民之责任。"梁启超叹了一口气，"松坡，我们到楼上去。"

到了楼上，在书斋里坐下，佣人端上茶来。书斋的墙上悬挂着一块匾，上书"饮冰室"三个字。

"饮冰"一辞源于《庄子》中："今吾朝受命而夕饮冰，我其内热与？"戊戌年间，康、梁等人受命于光绪皇帝，变法维新，面对内忧外患，梁启超借"饮冰"这个典故，比喻临危受命的心境，遂用"饮冰子"、"饮冰室主人"作笔名，书斋故称为"饮冰室"。

等佣人退下去之后，梁启超冷笑了一声，"松坡，这里面还戏中有戏。文章刊发之前，我誊录了一份，寄给袁项城，望他从善如流。项城派人送来了二十万元，说是补送家父的寿礼，以及资助我出洋的旅费，看来是让我就此封口。我婉言回绝之后，又有一位不速之客登门造访，竟然是梁燕孙，他倒开门见山，说我亡命海外十余年，个中况味，既曾饱尝，今日何必再自讨苦吃。我坦言以告，宁可乐此不疲，也不愿苟活于浊恶空气，最终梁燕孙败兴而返。"

梁燕孙便是梁士诒，他与梁启超既是广东同乡，又是广州青云书院同窗，光绪十五年，两人同应乡试，又同榜中举。

"先生的笔下总是灵动飞扬，先生的文字总有一种魅力。"

蔡锷感佩不已，"'民四条约'签定之后，政坛再度掀起帝制风潮，全国民众正处于迷惘之际，先生作为舆论界骄子，敢为天下先，登高一呼，使国人已然麻木之心灵，受到震撼而复苏。目前先生身处虎口，先生所言，全国人人所欲言，全国人人所不敢言，若不是由先生言之，便不足以打动天下。"

"我已经登报声明，宣布与进步党脱离关系，目的在于不致因为个人言论而影响党内同人的安全。"说到这里，梁启超的语调激昂起来："我托荷庵带信给杨皙子，'吾人政见不同，今后不妨各行其是，既不敢以私废公，但亦不必以公害私。'我辈与项城，所争者只是政体，所求者仍为宪政。"

蔡锷毅然决然地说："既是宪政之争，也是为国民争权利！为中国人争人格！"

"回首前尘，进步党之败迹，历历可数，无尺寸根据之地，惟有呼号呐喊之声，故无往而不为人所劫持，无时而不为人所利用。"梁启超望着蔡锷感慨万端，"松坡，眼下能够为我所用者，只余滇、黔这片土地。"

"经去年围剿白朗之役，我已探察出了北洋虚实。白朗区区数千乌合之众，居然牵制住了北洋军二十余万人马，耗时两年，而白朗出入豫、鄂、皖、陕、甘，纵横无忌，由此可见北洋官兵之庸劣废弛。"蔡锷一副胸有成竹的神情，"滇军士卒虽不满两万，但云南地处边陲，北洋鞭长莫及。"

"形势间不容发，惟有依仗你去暗中联络旧日袍泽，筹划举兵反袁。"梁启超点了点头，"'破釜沉舟，百二秦关终属楚；卧薪尝胆，三千越甲可吞吴。'况且军界素有'滇军精锐，冠于全国'之说。"

光绪三十一年，始建云南新军，设立督练处，三年之后，云贵总督锡良将一个陆军混成协扩编为镇,按照全国陆军编制序列,番号为"陆军第十九镇",下辖步兵两个协,一共四个标,另辖炮兵和骑兵各一个标,工程、辎重、机枪、宪兵各一个营,全镇官兵一万余人。光绪三十五年,沈秉堃护理云贵总督,重金购买德国克虏伯公司出产的新式步枪八千余支、山炮五十余门、重机枪五十余挺,全部用来装备陆军第十九镇。宣统元年,开办"云南陆军讲武堂",分设步、炮、骑、工、辎五科,由一批日本陆军士官学校毕业生充任军事教官,以日本陆军操典和军事教材授课,主要训练新军及巡防营军官,亦招考中学生入学,至辛亥革命,共毕业学员八百余人。辛亥之后,云南陆军扩编为两师一旅,有步兵八个团,炮兵、骑兵、警卫等四个团。

"一想到当初辛亥、癸丑之变,同室操戈,生灵涂炭,心里就异常沉重。"蔡锷起身踱步。

"自戊戌始,我辈倡导君主立宪,主张渐进改良,不赞成暴力革命,不仅是怕社会动乱,伤害国家元气,还因为暴力并不能赢得宪政,反倒最终导致专制,所以一向力主维持秩序,暂以开明专制为宪政之预备,但总是事与愿违。"

"此次反袁,乃是万不得已,惟愿中国经此陶冶,能够彻底改良政体。"

"欲自度者,须先度众生。知我罪我,让天下后世评说吧!"

第四章 · 社稷坛

16

英国公使朱尔典刚进居仁堂前院,袁世凯便迎了出来。

朱尔典先鞠一躬,随后一面握手一面说:"大总统,感谢您能拨冗接见。"

宾主一同进屋,分别落座,袁克定和总统府副礼官蔡廷干陪同会见。

"香港、威海及其它租借地,防务所需之军械物资,仅凭英国本土供应,由于时间和安全问题,确实难以保障,目前急需贵国政府援助。"朱尔典又问道:"请问大总统,原来与贵国政府订购的枪炮、弹药,什么时候可以交货?"

袁世凯思忖了一下才开口:"公使先生,这批军火已经从江南制造局、金陵机器局、汉阳兵工厂调拨,现已集中到上海、汉口两地,其中步枪是两万四千支,还有六百挺机枪和四千箱弹药,由海军部派出两条运输舰承运。"

"自从去年秋天,英、日两国夺取了胶州湾和马绍尔群岛之后,远东海域已经很少见到德国舰船出没,但为了安全起见,防备德国潜艇袭击,我建议将军火集中到汉口,然后一起由陆路运抵香港。"朱尔典的脸上堆满了笑容，"具体时间和路线等问题，还需要详细磋商。"

"我同意公使先生的建议，具体问题可与税务督办梁士诒磋商，这件事原是由他一手操办的，另外他熟悉铁路运输事务，我会通知陆军部、海军部、交通部及地方上予以协助。鉴于中、英两国的传统交谊，对于香港等地的安全，自然不能袖手旁观，为其供应军火是责无旁贷的事情。"袁世凯沉吟了一下，"不过'欧战'伊始，中国政府便订立了'局外中立条规'，为了避免引起外交交涉，此事尚需严守秘密。"

"本公使代表英国政府，对于贵国的鼎力相助深表感谢，对于大总统的要求，也正式承诺，一定严守秘密，尊重贵国的中立国地位。另外，还想就贵国加入'协约国'一事，再次向大总统提出忠告。"朱尔典又加重了语气："自从意大利加入'协约国'集团，并对奥匈帝国正式宣战之后，'协约国'在欧洲战场上已占据了优势地位，贵国应勿失良机，也尽早加入'协约国'。"

袁世凯点了点头，"我一定会认真考虑公使先生的忠告。"

沉默片刻，朱尔典又说道："近来贵国各省公民代表请愿变更国体一事，引起了各国政府的普遍关注。上周贵国政府的政事堂左丞杨士琦已经代表大总统在参政院发表声明，表示变更国体不合时宜，随后肃政厅又要求取缔'筹安会'。事态若再进一步发展，大总统将做何打算？"

"关于国体问题，国民都有权自由讨论，我所处位置，对此难以干预。"袁世凯从容不迫地说："'筹安会'属学术团体，本着言论自由之原则，政府不便加以干涉。"

"大总统的态度，实为开明之举，贵国国体若有变更，望能及时通知本公使，英国政府必将予以充分的理解与合作。运送军火之事，本公使自会与梁士诒督办联络，相信一定会合作顺利。"朱尔典一面起身一面说："大总统，多有打扰。"

宾主双方握手告别，袁世凯将朱尔典送至院门口，转脸吩咐蔡廷干："耀堂，代我送送公使先生。"

返回居仁堂的路上，袁克定说道："爸，这回帮了英国人的忙，就算是欠了咱们的人情，变更国体这事儿，他们再也不能横加阻拦了。"

"变更国体是事在人为，水到渠成。"袁世凯头也不抬，又说了一句："只是入不入'协约国'，眼下我还拿不准。"

"威廉皇帝与我们交谊至深。"袁克定接着说道："'欧战'局势尚不明朗，还是要慎重。"

"引而不发跃如也。先留着这步棋。"袁世凯胸有成竹地说："必要的时候，作为交换条件。"

袁克定点点头，"您把这桩军火买卖交给梁燕孙操办，看来'五路大参案'要从轻发落了。"

"头几天财政会议上，梁燕孙已经答应一个月之内，交通银行给财政部筹资垫款一千万，今后开辟财源，还要靠这位'财神'出力。"袁世凯又说了一句："对'交通系'要恩威并施，你懂不懂？"

袁克定连连点头，踌躇了一下又问道："眼下变更国体千头万绪，肃政厅也来搅和，肃政使们呈请取缔'筹安会'的案子，应当如何答复？"

"不识时务，这帮肃政使真把自己当成了前清的御史老爷了！"袁世凯摇了摇头，"回头命令内务部，酌定'筹安会'的言论及行动范围，并对肃政厅做个交代。"

谈话间，父子二人已经到了居仁堂西头的客厅门前，拱卫军军需长袁乃宽迎了上来。

他穿一身宝蓝色将军礼服，在袁世凯面前垂手肃立，"大总统，昨天下午，'大典筹备处'又开了第二次会议，所议之事还要向您禀报。"

上个月底，段芝贵、朱启钤、周自齐、梁士诒、袁乃宽等人成立了"大典筹备处"，由于帝制活动尚未公开，这个筹备处还是个黑衙门，一切事宜只能秘密筹备。

"乃宽，进屋说吧！"袁世凯一面说一面走进客厅，"克定，你也来听听。"

等袁世凯落座之后，袁乃宽必恭必敬地禀报："这次'大典筹备处'会议，推举朱总长为总召集人，议定日常事务交由馨庵叔和乃宽办理，另外还商议了一下筹办大典所需的各项费用。"

称袁世凯的表弟张镇芳字馨庵，袁乃宽称他为馨庵叔。袁世凯吩咐道："乃宽，你先说说筹办大典的预算。"

"'大典筹备处'的财务会计事务，由乃宽办理，眼下还只是个筹办大典的估算。"袁乃宽接着禀报："'筹安会'及各个'请愿团'的经费，现已经花出上百万了，这笔帐属于预支；御用之物如吉服、御玺、銮驾等等，也要花二百多万；还有操办典礼和办公的各项费用，再加上一应人员的津贴、伙食，算算也得要二百多万；一旦选定大典吉日之后，紫禁城和西御苑的修缮工程要克期完工，工程款项也要马上到帐，这笔帐眼下的估算是二百多万。"

"绍明，你先别忙。"袁克定不客气地问了一句："眼下还没有定下来新朝的皇宫，怎么就忙着修紫禁城和西御苑？"

"云台，这不是明摆着吗？"袁乃宽陪着笑答道："宣统早晚得搬出乾清宫，新朝的皇宫必定是紫禁城。"

"我看紫禁城的风水不好，有人提议过将新朝皇宫设在清漪园，但毕竟交通不便，将来皇宫还是在西御苑为宜，这事以后再议，但登基大典还是要在紫禁城的三大殿举办。乃宽，你先筹划开工，务必不能误了日子。"袁世凯指着袁乃宽说："刚才你落下了一笔重要的款项，首先要筹划增拨军费开支。等到登基的时候，一定要犒赏三军，军服、旗号都要更新，举办大典的当月还要发个双饷，以往的欠饷也要尽快补发，明年的军饷眼下就得筹划，总不能登基之后，上来就欠饷吧？"他又吩咐道："按照陆军部和海军部的编制，回头你再算算这一笔所需的数目。"

"大总统说的是。"袁乃宽连连点头，"乃宽回头把这一揽子军费开支再做个预算。"

"乃宽，"袁世凯又问了一句："修紫禁城和西御苑的款项，是如何估算出来的？"

袁乃宽忙答道："这笔工程款项，是请'样式雷'勘估出来的。"

"'样式雷'？"袁世凯想了一想，又问道："你说的是'圆明园楠木作样式房'的掌案？他今年多大岁数了？"

祖籍江西南康府建昌县的雷家，曾长期执掌清朝内务府"圆明园楠木作样式房"，人称"样式雷"。康熙二十二年，重建紫禁城，征招工役达二十万人，雷氏兄弟应招由江宁赴京，雷发达技艺出众，任工部营造所长班。长子雷金玉承继父业，投效内务府，康熙皇帝敕授"圆明园楠木作样式房"掌案，钦赐七品职衔，"样式雷"由此得名，此后二百余年，"样式房"掌案这个差使，一直归雷家承袭。咸丰十年，圆明园遭焚毁，雷家几代心血，毁于一旦。同治十三年，慈禧太后要重修圆明园，雷家祖传的营造法式图稿和"烫样"派上了用场，"样式雷"再度声誉鹊起，但这一年赶上同治皇帝驾崩，圆明园工程随之搁置下来了。

"光绪十四年，重修清漪园，算起来应该是由第七代'样式雷'承办的；光绪三十三年，第八代'样式雷'执掌'样式房'。"袁乃宽接着说道："'样式雷'虽然还不到四十岁，当初普陀峪定东陵和清漪园的工程，都是由他跟着他父亲承办的。"

"雷家为宫里当差已历经八代了，重修紫禁城和西御苑，交给他干错不了。但是你们记住了，筹办大典不宜花费太大，新朝一切务求从俭。"袁世凯又叮嘱道："另外，'大典筹备处'操办的各项事务，眼下还都不能对外声张。"说到这里，他叹了口气，"这处处都要钱，只能先从中国银行和交通银行的本金里面提调。"

17

"袁大人,您上回交代的工程,地盘图样已经画得了,但为了让您看得更清楚,又另画了一张府邸及园子的全景立样图。""样式雷"一面说着,一面从徒弟手里取过一卷子宣纸。

在八仙桌子上,"样式雷"展开了这卷子图纸,向袁乃宽细细地讲解:"正宅是一所三进四合院,按照您的意思,东面再建一座江南样式的花园。园子坐北朝南,一进大门便是假山,园子里有一个金鱼池,两处亭榭,再点缀一些山石,居中是一座正厅,五开间,前后抱厦,园子西头是一座三开间的花厅,东头是一座戏楼,北面是一排后罩房,正厅、花厅和戏楼之间,由一条百步游廊相连,廊子另外通往西院正宅。"他喘了口气,接着又说:"这个园子的点睛之处,就是这条廊子,不过百步之遥,却又蜿蜒曲折,园子里的布局便满盘皆活。譬如,清漪园的沿湖千步长廊,就是一处胜景。画图样时,也是借鉴了清漪园的神韵,又仿照了苏州园林的样式。"

听到此处,袁乃宽连连点头,"'样式雷'果然是名不虚传。"他又问道:"连正宅带园子,一总得要多大地亩?"

"样式雷"转身从徒弟手里取过一张工程草图,他仔细地看了看图纸上标的数字,"全下来得八亩地,房基是三亩地,园子是五亩地。地方已经替您选好了,现有一处宅基,地亩差不多,周围挺便利的,有工夫您去看看。"

袁乃宽转脸吩咐仆人:"你带'样式雷'的徒弟先下去喝茶。"

等屋里只有两个人时,袁乃宽又问道:"买这处宅基连同工钱、料钱,得多大个数目?"

"这还要细细勘估一番。""样式雷"思忖了一下,"不过等到紫禁城和西御苑的大修工程一下来,宫里拆下来的木料和山石、石料等等,都可以运到这里派上用场,这样能省下不少料钱。"

"日后买地基以及工料的款项,也都打到大修工程的帐目里。"袁乃宽又叮嘱道:"对外面不要说是我盖房子,就说这是'筹办全国煤油矿事宜处'的工程,买地基的契约,也用这个衙门的名义。"

"一定照您的吩咐办。""样式雷"连忙点头。

"我已经在大总统面前举荐你了。"袁乃宽笑着说道:"听说是'样式雷',大总统马上就点头了。重修紫禁城和西御苑的事,你就赶紧给操办起来吧!"

"承蒙大总统和袁大人器重。""样式雷"胸有成竹地说:"好在祖上传下来的营造法式图稿和烫样,都还保留着,总可以依样画葫芦。"

"不过眼下工程款子还没到帐,采办木料、石料的事情,先不用管,由拱卫军军需处去找几家大木厂和营造厂,先让他们垫工垫料。另外,工程款项要打得宽一点儿,你再给重新估算估算。"袁乃宽又吩咐了一句:"修紫禁城和西御苑这件事不能对外透露半点风声,这可是大总统的命令。"

"是。""样式雷"赶忙答应。

说到这里,仆人匆匆赶了进来,"'瑞蚨祥'的孟掌柜已经来了,在外书房等候。"

袁乃宽转脸对"样式雷"说道:"那就烦劳你了。"

"您就放心吧!""样式雷"收起了图纸,向袁乃宽拱拱手,"袁大人,先告辞了。"

送走了"样式雷",袁乃宽又叫仆人请进了"瑞蚨祥"的孟掌柜。

大栅栏的"瑞蚨祥"、"广盛祥"、"祥义号",前门大街上的"瑞林祥"、"瑞增祥",廊坊头条的"谦祥益",打磨厂的"瑞生祥",珠宝市的"益和祥",这是京城最有名的几家绸布庄,字号上都有一个"祥"字,人称为"八大祥",东家都是山东章丘人。"瑞蚨祥"的东家姓孟,据传是"亚圣"孟子的后人,光绪十九年花了八万两银子,在大栅栏盘下了铺面。光绪二十六年,义和团纵火,烧了大栅栏一带上千家店铺,"瑞蚨祥"也化为灰烬,孟家又筹集了五万两银子,重建"瑞蚨祥",经营绸缎、呢绒、皮货、成衣,跃居为"八大祥"之首,除了京城的老店,它还在上海、天津、济南、青岛、烟台等地设立分号。

这位孟掌柜与"瑞蚨祥"的东家是本家。他戴一顶青缎子瓜皮帽,帽檐上镶着一块翡翠,穿着青色纺绸大褂,烟色对襟马褂,步履轻快,一进门就躬身作揖,"袁大人,您又升督办了,给您贺喜!"

孟掌柜所说的督办,是指袁乃宽代理"筹办全国煤油矿事宜处"督办。"煤油矿事宜处"去年刚成立,承办油矿开采事务,由卸任国务总理熊希龄任督办,袁乃宽是坐办,衙门就设在西御苑,上个月督办请假省亲,便由袁乃宽代理。

"敝号特备了一份贺仪,祝贺您荣升,英国呢子、哔叽各两匹,绸、缎各两匹,刚才已经交给府上的人了。"孟掌柜又掏出一个红封袋,双手奉上,"这份是八月节的节礼,不成敬意。"

"孟掌柜太客气了。"袁乃宽接过封袋,连声说道:"快坐!快坐!"

"一年到头,袁大人老照顾敝号。"孟掌柜满脸堆笑,"每年光军装用的布料一项,就是好几万的生意,总得让我们表示一下心意。"

"八月节快到了,我们家里在贵号还有一些帐目。"袁乃宽不慌不忙地说:"孟掌柜给结算一下吧!"

"贵府的宝眷也总照顾我们生意,帐目先不忙结算。"孟掌柜连连摆手,"袁大人,您派人找我来,必是另有要事。"

"眼下总统府又有一桩差使。"袁乃宽矜持地笑了笑,"想来想去,还是得找你们'瑞蚨祥'。"

一听这话,孟掌柜自然不敢怠慢,"有什么差使,您尽管吩咐。"

"要制作一批祭祀礼仪用的吉服,也就是衮冕、玄衣等等。"袁乃宽接着问道:"这桩差使,你们能不能接下来?"

"敝号以前也常接宫里的差使,要说绣活,在京城里属头一份了,一些好绣工都是从苏州请来的。您给我们这么一个露脸的机会,'瑞蚨祥'一定拿出绝活来。"孟掌柜跟着问道:"袁大人,这回要办什么祭祀大典?"

"你先不用打听这个,过几天把吉服的图样给你,这里头有大总统穿的两袭龙袍，还有眷属的服饰。"袁乃宽又吩咐道："龙袍、凤冕和公子、小姐的服饰，先要做出几套样子来，留着备选。"

"袁大人，"孟掌柜陪着笑说道："这回一定让您满意。"

"这回可都要真工实料，龙袍上面镶的珍珠、宝石，准备用宫里内库的，都是价值连城。"袁乃宽又格外嘱咐道："这可不能有任何闪失。"

孟掌柜欣然答应："您放心，敝号一定仔细。您给说个期限，免得误了差使。"

"回头再告诉你们期限。祭祀典礼上用的服饰和宫里用的绸缎、绣品，还有军服、旗号，都由你们承制，所需款项要做个预算出来。"袁乃宽又不慌不忙地说："还是按照老规矩，工料先由你们垫上，等款项到帐了才能结算。"

孟掌柜踌躇了一下，脸上现出了难色，"袁大人，这么大的差使，全由敝号垫支垫付，实在为难，料子、裁缝、绣工，这些都好说，最难办的还是珠宝，龙袍上的珠宝用宫里的，但大总统宝眷服饰上用的珠宝，还要到珠宝店去配。"他又连连拱手，"您多少先给敝号支用一些，才好开工。"

"孟掌柜，咱们的生意，又不是做一回两回的了，你放心吧！款子一到就支给你。"袁乃宽用手指着他说："你可要好好儿地巴结差使。"

孟掌柜赶忙作了一个揖，"决不会给您丢脸。"

18

丫头、女佣忙着收拾饭桌上的餐具,杨氏用手巾在袁世凯的脸上和衣服上仔细地擦拭,然后又端上一碗茶水,伺候他漱完口,才转身拿出一大沓子红封袋。

"这几天往府里送寿礼和八月节节礼的络绎不绝,今天送礼的有盐业银行和'瑞蚨祥'。"杨氏一面说,一面把手里的红封袋一一拿给袁世凯看,"他们每家都是两份礼单,封袋里除了礼单,还有银票。'瑞蚨祥'的贺礼都是各色绸缎和进口毛料子,还有几件狐皮袍子。盐业银行的贺礼倒是很别致,是一座瑞士出产的落地自鸣钟,有一人高,表盘上满镶钻石。"

袁世凯却连眼皮也不抬,只是摇了摇头,"不必过于糜费。"

杨氏递给他一只雪茄,又划着洋火点着了烟,"大人,今年的寿辰,实在要好好地庆贺庆贺。自从去年夏天,就没有过上太平日子。日本人和德国人在山东整整打了三个多月,海上、陆地一起开打,等到它们两国见了输赢,日本人还霸占着山东不走,又提交'二十一条',前前后后谈了三个月的工夫,费尽了心血,才签成了'民四条约'。"她冲着袁世凯嫣然一笑,"民国才成立四年，千头万绪，今天这个太平日子来之不易，全仰仗大人的洪福，社会各界有所报效也是应该的。"

袁世凯吸了一口雪茄，才感慨不已地说道："我一生经过多少风风雨雨，但是数今年最艰难。日本利用'欧战'，趁火打劫，进犯山东，又提出苛刻条款，要求聘用日本顾问，采买日本军火，合办警察，合办军械工厂。若答应上述要求，国将不国，必陷入万劫不复。日本人不断滋扰，陆军直趋济南、奉天等地，海军游弋渤海，今年四月，竟然以最后通牒逼迫，予身负重任，力持定见，虽损失一定权利，终于取消最苛刻之要求。"说到这里，他挥了挥手，餐厅里的丫头、女佣都赶忙退了出去，"签署了'民四条约'之后，陆子欣告诉我：'我签了字即是签了我的死案，日后一辈青年不了解今日的苦衷，只说是陆征祥签了丧权辱国的条约。'一想起陆子欣的话来，我就有如芒刺在背。"

陆子欣就是外交总长陆征祥。杨氏眨了眨眼睛，轻声问了一句："那还有什么补救的办法吗？"

"我问过陆子欣，他认为只有参加'协约国'，才会有机会，等到战后议和时，再向盟国提出修改条约。"袁世凯又压低了声音："我派人写了一本《中日交涉失败史》，眼下还不便发布，将来有一天，等我们抬起头来，这部书就可以公诸于世了。当初外蒙古王公和活佛哲布尊丹巴借辛亥之变，仰仗俄国为外援，宣布独立，民国元年，俄国又迫使库伦签订'俄蒙协约'，陆子欣与俄国公使会谈二十余次，方达成协约草案，却遭参议院否决。'癸丑之役'后，孙幕韩继续主持中俄谈判，民国二年底签订'中俄声明'，今年又签'中俄蒙协约'，承认外蒙自治，册封活佛、王公爵位名号，库伦方面承认中国宗主权，通电取消独立，对蒙交涉才暂告结束。今天这个安定局面，来之不易，应当珍惜，痛定思痛，惟有力图振作。"

孙幕韩是指审计院长孙宝琦，字慕韩，与袁世凯是儿女亲家，民国二年任外交总长，主持中俄谈判。

"天下的事儿都让您一个人担当，您太操劳了！"杨氏又劝慰道："眼下总算是转危为安啦！"

袁世凯忽然问道："叫你找的那幅唐人字画，找到了吗？"

"已经找出来了。"杨氏接着问了一句："您又准备赏赐给谁呀？"

"赐给日本顾问有贺长雄，他酷爱唐人字画。"袁世凯又叮嘱道："你别忘了这桩事，回头把字画交给承宣厅，派人给有贺长雄送去。"

有贺长雄是总统府日籍顾问，曾经留学德国、奥地利，回国后担任枢密院书记官，又任陆军大学、帝国大学、早稻田大学教授，成为了国际法和宪法学家，中日甲午战争与日俄战争期间，他出任日本陆军大本营的顾问。袁世凯聘有贺长雄为法律顾问，承担起草宪法，用了五个月工夫，他撰写出了宪法草案，后来刊行于世，因此获得民国二等嘉禾勋章。

杨氏不禁愕然，"那幅唐人字画算是一件国宝，哪能送给日本人？"

"当初'二十一条'谈判僵持不下，我委托有贺长雄回日本折冲，经过他向政坛元老陈明利害，最终双方达成妥协，他办成了这桩大事，就应当重重嘉奖。"袁世凯说到这里笑了笑，"一幅唐人字画算什么国宝？日后我用过的东西都是国宝，都是古董，你懂不懂？"

"真是伟人胸襟，您看人论事总是不同凡响。"杨氏连连点头，"晚饭前没腾出工夫遛弯儿，要不然现在我陪您去划船吧？"她见袁世凯欣然点头，便起身冲门外喊道："赶快传话出去，马上净园子，闲杂人等，一概清除。"

19

　　一大块黑布蒙盖住了照相机，照相师傅正躬身伏在木制镜箱的后面，黑布也遮盖住了他的头。

　　凤仙侧身坐在照相机前头，身旁的茶几上摆着一盆梅花道具，背后的景片，画的是一片湖山景色。她脸上化了浓妆，身穿一件淡粉色绸旗袍，领口、大襟和袖口都绣着梅花，细腰窄袖，裙长至踝，衬出了窈窕的身材。

　　"太太，您看照相匣子！"闪光灯一亮，照相师傅赶忙又说："您先别动，为保险起见，再照一张。"

　　照相师傅掀开黑布，伸出头来，"太太，给您全身和半身都照了。"他端详了一下蔡锷的肩章，"下边该将军您了。"

　　凤仙起身把蔡锷拉到穿衣镜前，仔细端详着镜中人影，又给他正了正上面装饰着一束鹭尾的军帽。蔡锷今天换了戎装，一身英国华达呢陆军礼服，肩上佩带着中将肩章，军礼服上挂满了勋章、绶带，穿一双闪亮的高腰黑色马靴，腰上还挎了一把指挥刀。

　　"您是要全身还是半身？"照相师傅又问了一句："是坐着照

还是站着照？"

"照半身站像。"蔡锷一面说一面走到照相机前头。

伙计撤走椅子、茶几，又换了景片；照相师傅重新上片、对光，又钻进了黑布里头。

照完相后，掌柜的问道："将军大人，两位的单人照加上刚才的合影，都要放多大尺寸？"

"都放十寸，各印四张。"蔡锷又问："什么时候取相？"

掌柜的答道："要是算快件，明天下午就可以取相。"

蔡锷吩咐副官："明天下午，你来取相。"

"这是凭单。"掌柜的递上一张单子，"敝号叫'鸿记照相馆'，记住地址，在隆福寺西面。"

出了照相馆，蔡锷对凤仙说："今天中午，我们去个安静地方吃饭。"

"好啊！"凤仙嫣然一笑，"您说去哪里？"

等候在街上的车夫牵过马车，蔡锷吩咐了一声："去'社稷坛'。"他说罢扶着凤仙上了马车。

"社稷坛"是京城九坛之一，位于紫禁城西南，为明、清皇帝祭祀土地、五谷之所，园内植有上千株古柏、古槐，祭坛居于园中，坛分三层，上铺黄、青、红、白、黑五色土，象征"普天之下，莫非王土"。民国二年，内务部募集捐款，修缮社稷坛，民国三年"双十节"对市民开放，命名为"中央公园"，又称"稷园"，是北京最早的公园。

出了隆福寺，半个钟头的工夫，马车到了社稷坛门口。

蔡锷下车后，把副官叫到一旁，"你先把马车上的绸缎衣料和月饼匣子、水果篮子送到云吉班，再通知班子里，晚上摆双台，叫'广和居'的厨子走堂会，客人六点钟过来，不要耽误了。留一半月饼、水果送回家里去，顺便告诉姨太太，晚上我不回家吃饭。你再替我去趟交通银行，取出两千元来，汇回宝庆老家。"他掏出银行的存单，顺手又解下了腰上挎着的指挥刀，一并交给副官，"这把军刀也寄回宝庆，下午五点钟再来接我们，准时到社稷坛'行健会'里找我。"

副官接了军刀和存单之后，跃上马车，车夫扬鞭而去。

凤仙悄声问了一句："晚上请的都是什么客人？"

"都是旅居京城的滇籍军界同僚，凡是家眷不在京城的，我都发了帖子，今天是中秋，过节在一起聚聚。"蔡锷一面走一面说："按照你们的规矩，逢到'三节'要捧场，吃完晚饭摆几桌麻将。"

"感谢关照。"凤仙抿着嘴笑了笑。

二人进了社稷坛，沿着廊子东行，再转而向北，便看到一处西式房舍。

"我们先去'来今雨轩'吃饭。"蔡锷指着那处西式房舍说："回头我带你来这里打台球。"

"我可不会打台球。"凤仙接着问道："这里是个什么地方？"

"这里叫'行健会'，是一家公共体育俱乐部，我是'行健会'的会员，里面有台球厅，我来教你打，这种球是在桌子上打的，并不难学。"蔡锷掏出怀表，打开看了看，"已经约好了蒋百里夫妇，两点钟他们到'来今雨轩'找我们，一起去'行健会'打球。"

沿着廊子，二人到了"来今雨轩"。这是一家茶馆，又兼饭馆，檐子下面悬挂着一块金字黑地牌匾，上书"来今雨轩"，表示既迎故旧，又纳新知。轩前有百年古槐，浓荫蔽日，入夏之后，搭起天棚，供游人消暑乘凉。

　　找了一处僻静的座位坐下，蔡锷摘下了军帽，叫过伙计点菜，又招呼过来报贩子，随手掏出了两枚铜元，放到桌子上面，报贩子赶忙递上了几种报纸。

　　凤仙给蔡锷斟上茶水，似乎不经意地问道："您的照片是不是也要寄回老家去？"

　　蔡锷一面翻看报纸，一面点了点头。凤仙欲言又止，但终于说了出来："这段日子，我一直很愧疚，听说您家里闹家务，都惊动了大总统，为此太太与令堂大人带着孩子回了老家。您与太太原是少年夫妻，又有子女，太太是个贤惠之人，一家人在京城团聚还不到两年的工夫。您夫妻失和，我总是脱不了干系，心里实在不安，现在看到您逢到过节还挂念着她们，这我就安心了。"

　　"每逢佳节，思念家人，本是人之常情，母亲年纪大了，孩子还小，能不挂念她们吗？"蔡锷放下了手中的报纸，"前一阵子，家里闹得实在是不象话，还传到了大总统那里，这岂不是要坏了我的名声？内人不贤，只好让她陪着老太太和孩子先回老家，这倒也清净了，此事与你无关。"

　　沉默片刻，凤仙又问道："您是不是也快要远走高飞了？"

　　一听这话，蔡锷不禁愕然，"此话怎么讲？我能去哪里？难道也学那段芝泉辞官退隐不成？"

　　凤仙两眼直盯着蔡锷，"我早就看出来了，您决非等闲之人。"

　　"你今天怎么拿我取笑？我实乃一介武夫，无奈时运不济，而今碌碌无为，此乃时也，命也，运也。"蔡锷苦笑了一下，"难道你生就一双慧眼，能辨识人的吉凶贵贱不成？"

　　"蔡将军，您与我相识虽然已经有一个月了，但我的身世，您却不一定清楚。我隶属旗籍，杭州出生，自幼丧父，十一岁到了上海，又被卖到了一家'长三堂子'，凤仙这个名字，就是这家'长三堂子'的妈妈给起的，日后又流落进京，辗转至'八大胡同'。"说到此处，凤仙不由得神色凄然，"数载风尘，毕竟有些阅历。"

蔡锷长叹了一声，"一个弱女子，在这九陌红尘中存身，真难为你了。"

"如今能与您相识，实属难得的缘分。"凤仙的目光迷茫，"可您心里是不是将这看作是一段孽缘？"

"你我这段缘分，弥足珍重。"蔡锷惊异地问道："何称为孽缘？"

"您还是觉得我出身轻贱，终归是个青楼女子，不足与共患难，像您这般显赫的身份，与我也只是逢场作戏而已。"凤仙的眼眶已然潮湿了。

这话让蔡锷难以回答，想了一下才说："真不知从何说起，我从未因出身而轻看过你，又何曾逢场作戏？"

"原指望着你我相知一场，总应该肝胆相照。"凤仙掏出手绢来拭去泪水，"舍此别无他求。"

此时伙计一一端上了饭菜。蔡锷劝慰道："先吃饭吧！今天为了陪你过节，上午到衙门点完卯就出来了，本来是想与你一起散散心，怎么会引出你这么多伤心话？"

"我此刻真恨不得把心掏出来。"凤仙说罢，盛了一碗汤端给蔡锷。

两个人正在边吃边聊，蒋方震夫妇悄然走到了他们的桌子面前。

蒋方震与蔡锷既是同学，又同庚，都是光绪八年生人。蒋方震的妻子是日本人，比他小八岁，原本姓佐藤，婚后起了一个中国名字，叫左梅。蒋方震在保定陆军学校校长任上，因受排挤而自杀，经民国政府请求，日本驻华使馆派出了医生、护士，前往保定抢救。左梅当时是日本驻华使馆护士，参加了抢救治疗，蒋方震获救伤愈后，与她结为连理。

"松坡！"蒋方震笑着说道："好自在啊！"

"二位快坐。"蔡锷一面让坐，一面问道："你们吃过了吗？"

凤仙忙向伙计要来茶碗，给蒋方震夫妇斟上茶水。

"松坡，先要恭喜你，荣任国防会议副会长。"蒋方震一面拱手一面说："可喜可贺！"

蔡锷摆了摆手，"不过又是个闲曹而已。"

蒋方震一面端详蔡锷一面问："今天怎么换了身行头？"

"今天过八月节。"蔡锷笑了笑，"陪凤仙照张相，才换上这套行头。"

"眼下帝制这台戏，越唱越热闹了。"蒋方震话锋一转，忧心忡忡地说道："头两天又闹出一个'变更国体请愿联合会'，必定是有人在幕后操纵。"

"听说总统府日籍顾问有贺长雄近日从日本返回北京，向大总统转达了大隈首相的意见。"蔡锷接着说道："据说，大隈表示：'一旦中国恢复帝制，当然期望袁大总统当皇帝。'"

"日本政府一直阻挠中国加入'协约国'，以便于攫取在华权益，怎么会转而支持大总统当皇帝？"蒋方震又问了一句："这里面会不会又包藏祸心？"

"云谲波诡，莫测高深。"蔡锷摇了摇头，"另外听说张季直从南通寄来辞呈，要辞去水利局总裁。"

甲午年状元张謇字季直，籍隶江苏南通，光绪二年入淮军吴长庆幕府，在山东登州与袁世凯相识。光绪八年，朝鲜"壬午兵变"，他随吴长庆奔赴朝鲜平乱。张謇历经半生科场，光绪二十年再度进京，参加礼部恩科会试，殿试取一甲第一名，任翰林院修撰。甲午之战后，他上疏弹劾李鸿章，加入上海"强学会"。两江总督张之洞奏派张謇在南通设立商务局，先后兴办大生纺织公司、通海垦牧公司，还创办了通州师范、女子师范、复旦学院、吴淞商船等学校。光绪三十二年，朝廷发布"预备仿行宪政"谕旨，张謇在上海发起"预备立宪公会"，宣统元年各省成立谘议局，他当选江苏谘议局议长，联合十六省咨议局议员代表，组成"国会请愿同志会"，三次进京请愿，请求速开国会。辛亥革命后，他出任南京临时政府的实业部长，兼两淮盐政总理，民国二年任农商总长，兼全国水利局总裁，先后出台了《公司律例》《商人通例》等法规。

"当初宣统元年，三次推动赴京请愿，震动朝野，张季直无愧立宪领袖，至南北议和，居间折冲，创立共和，可谓幕后英雄。"蒋方震猛然一拍桌子，"如今连张季直都干不下去了，这个年月，流氓、无赖反倒加官晋爵。"

"百里，先别忙着发牢骚，原是来打台球的，我们先去'行健会'，回头边打边聊。"蔡锷起身招呼伙计："算帐。"他随后从凤仙手里接过了军帽。

20

"大总统，蔡锷近来举动异常，据侦探报告，云南、贵州的军政人士与他来往频繁，经常进京来拜访他，他们之间还常有电报往来。蔡锷常去天津，每回都在梁启超家里聚会。蔡锷进京之后，未能揽到兵权，一直居心叵测，对他不能不有所戒备。"京畿军政执法处处长雷震春毕恭毕敬地向袁世凯禀告，始终垂手肃立。

雷震春字朝彦，籍隶安徽合肥，系北洋旧部，与袁世凯是姻亲，他的儿子娶了袁克定的女儿。光绪六年，他投效淮军，光绪八年随淮军赴朝鲜，平定"壬午兵变"，与先期入朝的袁世凯结识。光绪十四年，雷震春从天津北洋武备学堂毕业，再入朝鲜，充任教习，光绪二十一年入"新建陆军"，历任工程营队官、炮队管带、北洋陆军第三镇第五协统领、江北提督。进入民国后，他任河南护军使、长江查办使，"癸丑之役"中，出任北洋陆军第七师师长，与冯国璋、张勋一同率部攻打南京。民国三年，雷震春被任命为京畿军政执法处处长，受封震威将军。

京畿军政执法处源自"北洋驻京营务处"，衙门设在西单牌楼，属军警督察机构，拥有稽查、缉捕特权，特设监狱，各省将军署都设立军法课作为分支。人称京畿军政执法处是"阎罗殿"，一向草菅人命，雷震春则被称为"屠户"。

"滇、黔军界尽是蔡松坡旧部，进京公干，顺便拜访他，也是常理。梁、蔡既是师生，来往密切亦属人之常情。"袁世凯沉吟了一下，又问道："朝彦，你到底还能找到什么具体的证据？"

雷震春往前欠了欠身子，"据电报局的人报告，蔡锷与云、贵方面及梁启超的电报当中，还有化名的密码电报，想必这些电报，或是留在经界局办公处，或是放在他的家里，若能准许搜查，就能找到相关的证据。"

袁世凯不以为然地摇了摇头，"只凭着这点蛛丝马迹，就搜查蔡松坡的住宅和办公处，动静未免闹得太大了。"

"大总统，"雷震春踌躇了一会儿才说："不妨趁蔡锷不在家时，派人扮做强人，闯入他家抢劫，暗中进行搜查，就会抓住他的把柄。"

"蔡松坡的马弁、家人都会有枪，见到是强人抢劫，自然要开枪自卫，一旦开了枪，双方必定会有伤亡，要是再抓不住蔡松坡的把柄，后面可就无法收场了。"

"要不然就派人直接去他家里，名义上说是奉命抄查赃物和违禁物品，若是抓到了把柄，自然无话可说，万一抓不到把柄，就说是抄查错了，闹出了误会。"

"朝彦，这件事还是要慎重，等我再想想吧！对蔡松坡要继续严密监视，但一定不能露出痕迹。"

"蔡锷终日不理公务，不自检束，常去八大胡同，与云吉班的一个姑娘泡在一起，总去跳舞、听戏，近来还闹家务，打发他妻子和母亲回了老家，这些举动都有可疑之处，像是在为脱身做准备。"

"蔡松坡正当盛年，风流亦属男儿本色，我让朱桂莘去他家里排解过。"

朱桂莘是指内务总长朱启铃。袁世凯又嘱咐道："凡事要留有余地，没有我的话，先不要轻举妄动，你懂不懂？"

"大总统，"雷震春两腿一并，马靴后跟一磕，"明白了！"

第五章·太极殿

21

杨度撩袍下车,转身吩咐车夫:"把车里的包裹抱下来。"

敲开门后,除了丫头之外,门道里还有花云仙。她娉娉婷婷,一身妍装,像是要出门的样子。

杨度问道:"你这是要去哪里?"

"我正想去古董铺子里看看。"花云仙嫣然一笑,反问道:"您今天怎么闲在了?"

"巧了!"杨度笑了笑,"给你送古董来啦!"他说罢回身招了招手,车夫吃力地抱着四个蓝布包裹走进门来。

花云仙诧异地问了一句:"这都是什么宝贝?"

"进屋之后再看吧!"杨度说罢向院里走去。

几个人先后进了正房,车夫将四个蓝布包裹放到了堂屋的八仙桌子上。

"你先回去吧!"杨度吩咐车夫:"明天上午九点,再到这里接我。"

等车夫走后,花云仙又问道:"这到底是什么啊?"

杨度笑着反问道:"你猜猜这是什么?"

"我怎么猜得出来？"花云仙妩媚地笑了笑，又催促了一句："快让我们开开眼吧！"

杨度分别打开了四个包裹，里面包的是四扇红木镶嵌瓷片的挂屏。

"您先坐下。"花云仙给杨度倒了一碗茶，"您给说说，这套四扇屏是哪一个朝代的古董？"

杨度端起茶碗来一饮而尽，接着娓娓道来："这套挂屏上面镶嵌的瓷片，是宋朝的钧瓷，宋朝有汝、官、哥、钧、定五大名窑，烧制出的瓷器俱为宫廷御用。钧窑在河南禹州，始于唐朝，至宋朝兴盛，钧瓷讲究釉色，有天青、月白、海棠红，器形有瓶、碗、盘、炉、尊、洗等等，俗话说'家财万贯，不值钧瓷一片'，眼下古董行里，钧瓷最为名贵。"

"您这套四扇屏是从哪里买的？"花云仙俯下身去，仔细端详着挂屏。

"说起来算是捡了个便宜。"杨度不无得意地说："这是从'鬼市'上淘换来的，京城古董行里叫做'捡漏儿'。"

花云仙抬起头来，"'鬼市'是什么地方？"

"京城的'鬼市'，分南北两市，北市在德胜门外，南市在崇文门外。"杨度从八仙桌子上的烟盒里拿出一支烟卷，花云仙赶忙给他点着了，"'鬼市'上主要是买卖旧货，那里也常有善本古籍、名人字画，商贩子收购来旧货，半夜就在那里摆摊，盗墓贼、小偷，还有没落王孙，也都在此处销赃、变卖。四更天左右，买卖双方就开始交易，看货的都得打着灯笼，'鬼市'便由此得名。"

"进京快二年了，头一回听说'鬼市'。"花云仙又问道："这四扇屏是您亲自上'鬼市'买来的？"

"我对'鬼市'也只是有所耳闻,倒一直想去看看。"杨度吸了一口烟,又接着说道:"自从看你摆弄上了古董,我就让筹安会事务所的一个庶务上'鬼市'去找些旧货贩子,叫他们把收购来的古董送到石驸马大街来,我再从中挑选,这挂屏就是头八月节送来的,算是'鬼市'上一件难得的珍稀之物。"

"您到底花了多少钱买来的?"

"卖货的张口要二百块钱,我还了个价,最后一百块钱成交。"

"没想到您对古董也这么在行,有工夫也教教我这门学问。"花云仙说罢,又给杨度倒了一碗茶。

"古董门类众多,这一时也说不清楚,咱们就从这陶瓷说起吧。前些日子你买的几件瓷器,我看了看,都是些赝品。先说如何辨别瓷器的年份真伪,这要凭眼力,一般看瓷器,都是先看底足上的款,这款又分年代款和堂名款,但市面上仿旧的居多,仅仅靠款还是无法判定真伪,各个朝代烧制的瓷器,分量不一样,所以古董行里讲究通过分量看年份,另外看瓷器的釉色,也可以辨识真伪。辨识钧瓷有一句行话,叫'蚯蚓走泥纹',你来看看这上面。"杨度指着挂屏上的瓷片,花云仙又俯身仔细察看,

"至于说到挂屏,宋朝之前就有了,清朝以来多用紫檀、红木雕刻,镶嵌云石、瓷片。"

"咱们先把这套挂屏挂起来吧!"花云仙上前拉住杨度的手。

杨度点点头,抱着挂屏进了书房,支使丫头,在书房的东墙上挂上了四扇挂屏。

"云仙,节前真是太忙了,实在抽不出工夫来看你。"他抱歉地笑了笑,又问道:"头节我派人送的节礼都送到了吗?"

"节前一共收到两回节礼,一回是月饼匣子、干鲜果品,还有

一回是几块绸缎料子和毛呢料子。"花云仙一面说着，一面递上了一条手巾把儿。

"今天我们补过中秋节。"杨度一面擦脸一面说："回头我陪你好好地喝几杯。"

"正好缸里还养着昨天过节买的活鱼。"花云仙问道："您想怎么吃？"

"做'一鱼三吃'。"杨度吩咐道："清蒸、红烧、汆头尾。"

"我先去厨房里料理一下。"说罢，花云仙扭身就走，掀起门帘来又回眸一笑，才翩然出了书房。

一会儿的工夫，花云仙又回到了书房，悄悄地走到杨度身后。她已经换了一身玄色绸裤褂，身上散发着一股幽香，杨度转过身来，一把揽住了她的腰肢。

花云仙的脸上显露出了红晕，"今天既然不走了，趁着这会儿工夫，先去洗个澡吧？"她双手搂住了杨度，声音越发温柔了："我已经烧上洗澡水了。"

她一面说一面给杨度解开了对襟马褂上的纽襻，脱了马褂又解开长衫。

"杨大人，"丫头在院子里喊道："夏大人来啦！"

杨度一愣，"是午贻来了"他赶忙系上了长衫大襟的纽襻，从书房里迎了出来。

丫头已经将夏寿田让进了堂屋，杨度问道："午贻，有何急事？"

"皙子，我找了你半天啦！"夏寿田笑道："先去了'筹安会'，又去了府上，都扑了个空，后来我想你或许在这里，居然还撞上了。"

"午贻，坐下说。"杨度连忙让座，丫头端上了茶水。花云仙也走出书房，蹲下身去给夏寿田请了个安。

杨度急着问道："到底是什么事啊？"

"下午云台找我，让我和你一起上锡拉胡同。"说罢，夏寿田端起了茶碗。

锡拉胡同指的是袁府。杨度又问："午贻，云台为何找我们？"

夏寿田并未答话，只是向杨度使了个眼色。杨度吩咐花云仙和丫头："你们先下去。"

等她们出去后，夏寿田压低了声音："今天上午，外交部收到陆宗舆公使的一份电报，禀告昨天中秋之夜大隈首相邀请各国公使晚宴，单独与陆公使密谈，表示日本支持中国改行帝制。外交部立刻将这份电报呈送给大总统，大总统十分高兴。另外，上午云台陪大总统看'瑞蚨祥'送来的龙袍、凤冕等服饰样子，每种服饰都有十几套款式，由大总统亲自定夺，大总统选中的皇子服饰，是一种仿照英国王子服饰的款式，不过将来穿出来，这十几位皇子的服饰都一个款式，就分不出长幼来了，云台为此闷闷不乐。"

"午贻，喜忧参半。"杨度皱起了眉头，"看来大总统还未下决心立储，云台若是当不上太子，即使成就了帝制，我们还是白忙活，大总统一向注重实力，而眼下'筹安会'羽翼未丰，尚未形成气候，若是想有所作为，一定要把云台捧上太子宝座。"

说话之间，条案上的自鸣钟响了六声。

"都已经六点钟啦！"夏寿田着急了，"云台约我们七点钟到，一起用晚饭。"

"午贻，先别忙，容我换件行头。"杨度说罢，便起身进了里屋。

22

阴历八月二十日，西御苑里冠盖云集，这一天是袁世凯的五十七岁寿辰。

居仁堂前高悬着五色国旗，另外还悬挂着十九颗星的陆军旗和青天白日的海军旗。

院子里排列着军乐队，乐手们身穿陆军礼服，一式洋鼓洋号，正在演奏一首词曲古奥的"国乐"："中国雄立宇宙间，廓八埏，华胄来从昆仑巅。江河浩荡山绵连，共和五族开尧天，亿万年。"

寿堂设在居仁堂楼下的会议厅，各色寿礼摆在居仁堂东西两侧的洋楼里面。上午八点多钟，祝寿的客人们陆续前来，内务总长朱启钤与镇安上将军段芝贵担任总招待员，分别负责招待文武官员，袁克定领着弟弟们站在寿堂门口，代替父亲向客人们施礼致谢。居仁堂南面的丰泽园里，安排了上午、下午、晚上三场堂会。就其规模，丰泽园的戏台子比不上紫禁城里宁寿宫畅音阁的戏台子，但看戏的座位都在院子两厢的暖阁里，故称之为"暖台"。

按照名单，侍从官将贵客一一带到居仁堂前院，向袁世凯当面拜寿。

一进门，清室总管内务府大臣世续便请了个安，袁世凯起身作揖，随后上前寒暄。

世续字伯轩，满洲正黄旗，光绪元年举人，历任内务府郎中、武备院卿、总管内务府大臣、工部侍郎。庚子年间，八国联军入京，两宫西狩，世续留京，联络联军，守护内宫、坛庙，两宫回銮后，赏穿黄马褂，转任吏部尚书。光绪三十二年，任军机大臣，又迁文华殿大学士。宣统三年，世续出任资政院总裁，武昌起义爆发后，他赞同宣统逊位，参与拟订《优待清室条例》。

宾主落座之后，世续欠了欠身子，"国家安定，气象兴旺，皆仰赖大总统，又逢大总统千秋，可喜可贺！"

"伯轩，宫里的事，全要烦劳你了。"袁世凯满面笑容，"这一阵子没见，你倒发福了。"

世续肃然答道："托大总统的洪福。"

袁世凯转脸喊了一声："叫管事来。"候在门外的侍从官应声而去。

一会儿的工夫，管事便赶了进来。他先冲袁世凯深深鞠了三个躬，又冲世续鞠了个躬，上前禀报："总统吩咐的事都办好了。"随后递上了一沓子红封袋。

袁世凯点点头，接过了管事手里的四个封袋，"伯轩，你我是至交，就不必见外了，这里有一张支票是给你备赏用的，另外三张支票，代我转交给庆亲王、振贝子和伦贝子，封袋上面都有名字，拜托！"

给清朝宗室送红包，按规矩都说是"备赏"。庆亲王奕劻是乾隆皇帝的曾孙子，已至耄耋之年，是个"铁帽子王"。清朝封爵，分亲王、郡王、贝勒、贝子、镇国公、辅国公等十二等爵位；宗室封爵，又分功封、恩封、袭封、考封四种。别的铁帽子王都是承袭祖辈余荫，奕劻却是疏宗，隶属满洲镶蓝旗，十二岁嗣继伯父庆郡王，承袭辅国将军，一路又恩封贝子、贝勒、郡王，光绪二十年恩封庆亲王，光绪二十四年钦定世袭罔替亲王爵位。光绪十年，奕劻任总理各国事务衙门大臣，次年会办海军事务，庚子之变中，被授以全权大臣，与德国、英国、俄国、法国、美国、日本、奥匈帝国、意大利、西班牙、荷兰、比利时十一国议和，签订《辛丑条约》，由此保全了慈禧太后的权力。光绪二十九年，奕劻入军机处，任领班军机大臣，与袁世凯在政坛结为一党，以贪墨著称，宣统三年担任内阁总理大臣，武昌起义爆发后，转任弼德院总裁。

民国元年一月，满族宗室贵胄组织"君主立宪维持会"，人称"宗社党"，其中的要角有恭亲王溥伟、曾任职民政大臣的肃亲王善耆、醇亲王载沣的两个弟弟载洵和载涛、曾任职军咨府大臣的毓朗、曾任职度支大臣的载泽、曾任职陆军部尚书的铁良、曾任职禁卫军训练大臣的良弼，他们都力主对南方民军用兵。至南北议和，商议宣统皇帝退位，宗室分为两派，"宗社党"反对退位，只有庆亲王奕劻和贝子溥伦主张退位。民国元年一月底，同盟会刺杀良弼，段祺瑞等四十余名北洋将领通电，吁请清室退位，"宗社党"才偃旗息鼓，纷纷逃离京城，善耆避居日本占据的旅顺，溥伟避居德国占据的青岛。

振贝子是指奕劻的长子载振，光绪二十七年恩封贝子衔。光绪二十九年，朝廷设立商部，载振出任尚书，三年后改革官制，他又转任农工商部。光绪三十二年，载振奉旨出关，途经天津，段芝贵晋献坤伶，遂引发御史参劾，舆论哗然，由此引发"丁未政潮"。醇亲王载沣和大学士孙家鼐奉旨查办参案,案发天津,为北洋驻地,袁世凯时任直隶总督兼北洋大臣,经过一番布置遮掩,结果查无实据。最终上谕宣称,御史毫无根据,任意污蔑,即行革职。但为平息舆论,朝廷又开去了载振的各项差使。"丁未政潮"前后历时数月,政坛两派陷入恶斗,彼此不择手段,枢臣频繁更替,政局动荡不已。军机大臣瞿鸿禨、邮传部尚书岑春煊先后遭御使弹劾,罪名分别是阴结外援与结交康、梁,结果两个人都落了个开缺的下场。这两桩公案,其实都是奕劻与袁世凯在幕后操纵。

伦贝子是道光皇帝的曾孙子溥伦,满洲镶红旗,光绪七年承袭贝子爵位,光绪三十三年被钦定为资政院总裁。当初同治、光绪崩逝,溥伦本来有望继承皇位,都遭慈禧太后否定,理由是非嫡系子孙。宣统三年四月,裁撤旧制内阁和军机处,颁布《内阁官制》,成立"皇族内阁",溥伦出任农工商大臣。

"大总统厚赐,却之不恭,只好愧领了,所托之事,一定办到。"世续欠着身子,双手接下了一沓子封袋。

说话之间,内务总长朱启钤匆匆走进屋来。他向世续拱拱手,随即说道:"大总统,上午的堂会马上就要开锣了,就等着您这位寿星入座了。"

朱启钤字桂莘,籍贯贵州开州,姨夫是光绪年间协办大学士、军机大臣瞿鸿禨。民国元年至民国二年,任交通总长,在政坛上属"交通系",曾先后与英国、法国、比利时等公司借款,修建陇秦豫海、广九等铁路,将江苏、浙江、安徽、山西、河南、湖北、湖南、四川八省铁路收归国有,民国二年接替赵秉钧代理过国务总理。

"桂莘,"袁世凯问道:"上午都什么戏码?"

"您看，这是戏单子。"朱启钤忙递上了一张戏单子，"上午是一出新编的戏目，叫《新安天会》，是刘鸿声的主角。好戏是在下午和晚上，有孙菊仙的《大登殿》，还有谭鑫培的双出，《秦琼卖马》和《战太平》。"

"等晚上再看吧！"袁世凯无奈地摇了摇头，"十点钟各国公使要来拜寿，这出戏还得我唱。"

窗外隐隐地传来了锣鼓之声。袁世凯起身让道："堂会已经开场啦！伯轩，先请吧！"

世续、朱启钤二人告辞之后，退了出去。

看见袁克定进来，袁世凯便问道："克定，你怎么不在寿堂那里支应着？"

袁克定忙答道："佩蘅拜寿来啦！娘让她过来给您磕头，叫我先看看您有没有工夫。"

佩蘅是指段祺瑞的夫人张氏，原是袁世凯和大太太于氏的养女，与袁家子弟一直是姐弟相称，袁克定称段祺瑞为姐夫。

袁世凯问了一句："芝泉也过来啦？"

袁克定摇摇头，"刚才佩蘅跟娘说芝泉病了，托佩蘅替他给您拜寿。"

"告诉你娘，叫佩蘅留下看戏，现在腾不出工夫来，寿宴时候再见吧！"袁世凯跟着又吩咐道："你姐夫对帝制有意见，但毕竟是我们家的至亲。听说你打算软禁芝泉，眼下的事还没定准，我们不能自己先闹，你不许闹出乱子来，懂不懂？"

"知道了。"袁克定连连点头。

忽然间，袁乃宽疾步赶进门来，跪下身去便磕头，"大总统，侄子祝您老福如东海，寿比南山！"

"乃宽，起来吧！"袁世凯又问道："北海赐寿宴的事儿都安排好了吗？"

袁乃宽起身答道："大总统，按照您的吩咐，拱卫军和模范团的全体官兵，中午都到北海集合，大总统赐的寿宴都安排好啦！我代表弟兄们给您老拜寿！"他说罢又跪下磕头。

袁世凯摆了摆手，袁乃宽才起身。

杨士琦赶了进来，"大总统，刚刚接到电话，参政院会议才散。"他接着禀告："会议指定梁士诒等参政，拟订《国民代表大会组织法》；议定由'国民代表大会'作为全国民意机构，负责表决国体问题；由参政院主持召开'国民代表大会'。"

侍从官又赶进来禀报："大总统，各国公使都已经到齐了。"

23

刚进金鱼胡同,便看到"那家花园"已是车马盈门。下了马车之后,花云仙悄声问杨度:"'那家花园'到底是谁的府邸?您到这里听过戏吗?"

"这'那家花园'是前清内阁协理大臣那琴轩的府邸。"杨度接着又介绍道:"那府的园子,属京城里官宦宅邸中的名园,故称那府为'那家花园',这位那琴轩是位戏迷,广交梨园名伶,那府的戏楼叫做'乐真堂',我来这里听过几回堂会。"

说到这里,背后有人打招呼:"皙子兄,今天的堂会真是难得。"

杨度回头一看,原来是薛大可,"子奇,太巧了,你也来听堂会。"他转身又招呼道:"云仙,快来见过薛大人,这位薛大人便是《亚细亚报》的主笔。"

"薛大人,久仰了。"花云仙上前鞠了一躬。

薛大可连忙作揖,杨度接着又介绍道:"这位是花云仙女士。"他随后问道:"子奇,你给说说,今天那府里都有哪几位名角到场?"

"今天除了名角，还有几位天潢贵胄，也要粉墨登场。"薛子奇兴致勃勃地说："有涛贝勒，有'红豆馆主'，另外还有袁二公子。"

杨度向花云仙解说："涛贝勒就是载涛，宣统的七叔，一身武生功夫是出自杨小楼和钱金福的真传；'红豆馆主'叫溥侗，是道光皇帝的曾孙，前清资政院总裁溥伦贝子的胞弟，梨园行里都称'侗五爷'，文武昆乱不挡；袁二公子是由内廷供奉孙菊仙亲手传授的。也只有在那府的堂会上，才能看到这几位京城名票荟萃一堂。"他转脸又问薛大可："今天都是什么戏码？"

"涛贝勒的双出，一出是《长坂坡》，另一出是《贵妃醉酒》。"薛大可一面扳着指头一面说："'红豆馆主'也是双出，一出是《坐楼杀惜》，他扮宋江；还有一出是《千忠戮》，他扮程济。"

杨度又问了一句："袁二公子唱哪一出？"

薛大可答道："袁二公子是《千忠戮》，扮建文帝。"

"听听，云仙。"杨度不住地赞叹："今天这场堂会太有看头了。"

三个人一面说，一面进了那府东院，顺着抄手游廊，一直来到"乐真堂"。

"乐真堂"面阔七间，屋里是西洋陈设，屋顶装着枝形镀金吊灯，前后都是玻璃隔扇。戏台在东头，台下摆的不是桌椅板凳，而是成排的靠背椅子，分男女座席，中间用栏板隔开。

屋里早已经坐满了宾客，按照男女座席，杨度等人赶忙分头坐下。台上唱的是《千忠戮》，袁克文扮的建文帝。

"收拾起大地山河一担装，四大皆空相，历尽了渺渺途程，漠漠平川，垒垒高山，滚滚长江。但见那寒云惨雾和愁织，受不尽凄风苦雨带怨长。雄城壮,看江山无恙,谁识我,一瓢一笠到襄阳。"袁克文唱得苍凉悲怆,台下是一片喊好声。

杨度忽然觉得有人在身后拍他肩膀,转过头一看,竟然是蔡锷,便连忙拉他坐下,"松坡,今天怎么有此雅兴?"

"凤仙是个戏迷,听说今天堂会出场的都是名票,就一定要来。"蔡锷一面摇头,一面苦笑,"算是陪太子读书。"

蔡锷与薛大可也相互点头寒暄,杨度压低了声音说道:"今天的戏实在难得,袁二公子唱、做俱佳,太过瘾了!咱们先看戏吧。"

等到台上的袁克文唱完了《千忠戮》,杨度便拉着蔡锷起身,"松坡,出去走走。"他又转身嘱咐薛大可:"子奇,替我们看住座。"

出了"乐真堂",蔡锷不胜感慨地说:"涛贝勒他们都是前朝遗老,如今大清的江山丢了,只好以词曲自娱,可袁二公子却是金枝玉叶,眼下又在兴帝制,大总统早晚要登九五,他怎么会混迹于一帮遗老遗少?"

"依我看,袁二公子虽有些名士派头,但并非没有襟怀抱负。"杨度意味深长地说:"寄情于诗酒词曲、优孟衣冠,未必不是在韬光养晦。"

"龙生九种,志趣不同。"蔡锷摇了摇头。

杨度踌躇了一下,"松坡,太子之位,非云台莫属,这一宝,一定要压准了,学成文武艺,货与帝王家,也不致辜负了你平生的抱负。"他突然压低了声音:"云台常说,日后一定要借重你。"

"皙子,"蔡锷止住了脚步,"请带话给云台,我一定不负厚望。"

"云台寄望你力促云南方面，尽快上劝进电。"杨度一面说，一面观察他的脸色。

"'了却君王天下事，赢得生前身后名。'云南之事，我责无旁贷。"蔡锷毫不犹豫地说："明天我再拍一份电报，催促唐蓂赓。"

唐蓂赓是指云南将军唐继尧，蔡锷是他老长官。唐继尧字蓂赓，籍隶云南会泽，光绪三十年考取官费留学，赴日本入东京振武学校，转年加入同盟会，又考入陆军士官学校第六期。宣统元年，毕业归国，他先后出任云南督练公所提调、云南讲武堂教官、新军第十九镇参谋官。昆明"重九起义"之后，唐继尧出任云南军都督府军政部次长和参谋部次长。民国元年，他率军北伐，途经贵州，占据省城，贵州省议会推举为都督，"癸丑之役"中，任滇黔联军总司令，派兵入川，大败重庆义军。民国二年，蔡锷奉调进京，唐继尧接手云南都督。

杨度点点头，又话锋一转："'国民代表大会组织法'出台之后，国民代表大会便具有决定国体之权力。"他拍了拍蔡锷的肩头，"国体变更，指日可待，你参与起草，功不可没。"

"这都有赖于大总统和参政院的重托。"蔡锷莞尔一笑，"我只是忝列起草人，其实这部'组织法'，皆是出自梁燕孙之手。"

"屈指算来，君主立宪在中国已然历经十年风雨。"杨度感慨不已："眼下才算走上了不归之路。"

说话之间，看到凤仙转过游廊，匆匆走到两个人面前。她一面给杨度请安，一面说："二位大人，马上就是涛贝勒的《长坂坡》了。"

杨度一听转脸便走，"凤仙，涛贝勒的武戏最见功夫，票友里能唱长靠武生的，本来就不多，别错过了这出戏。"

三个人沿着游廊鱼贯而行，凤仙一面走一面说："听说涛贝勒唱完《长坂坡》，还要反串青衣，唱一出《贵妃醉酒》。"

杨度点点头，"《贵妃醉酒》这出戏，涛贝勒师承余润卿，说到这位贝勒爷的功夫，内行都不敢小觑，每天练功，寒暑不缀。"

凤仙浅浅地一笑，"真难为了涛贝勒。"

"世情都似戏，谁知上台难。"杨度走在前面，大步流星。

"别看这位贝勒爷打仗是外行，优孟衣冠可不是外行。"蔡锷哑然失笑，"皙子，散戏之后，我来做东。"

24

"爸,清室是辛亥年遗留下来的一个包袱。"袁克定踌躇了一下又说道:"天无二日,国无二主,终归是肘腋之患。"

一听这话,袁世凯不住地摇头,"'清帝辞位优待条件'已经列入法律,岂能轻易变更,你懂不懂?"

当初南京临时政府为尽快终结帝制,避免生灵涂炭,经与清室折冲,于民国元年二月颁布了"清帝辞位优待条件",以及"关于清皇族待遇之条件"、"关于满、蒙、回、藏各族待遇之条件"。"清帝辞位优待条件"分为八款:大清皇帝辞位之后,尊号仍存不废,中华民国以待外国君主之礼相待;岁用四百万两,俟改铸新币后,改为四百万元,此款由中华民国拨用;暂居宫禁,日后移居颐和园,侍卫人等,照常留用;其宗庙陵寝,永远奉祀,由中华民国酌设卫兵,妥慎保护;德宗皇帝未完成工程,如制妥修,其奉安典礼,仍如旧制,所有实用经费,并由中华民国支出;以前宫内所用各项执事人员,可照常留用,惟以后不再招阉人;其原有之私产,由中华民国特别保护;原有禁卫军,归中华民国陆军编制,额数俸饷,仍如其旧。

袁克定跛着腿趋前两步,"'优待条件'讲明,清帝辞位之后,暂居宫禁,日后移居颐和园,民国已经四载,总不能让他们长住紫禁城吧!"他又加重了语气:"不如趁着改元更新,把宣统请到颐和园去,借此化解清朝遗老的势力。"

默然半晌,袁世凯才开口:"也好。"他转脸吩咐肃立一旁的袁乃宽:"乃宽,由你来办这桩交涉,先让清室择日搬出紫禁城,再主动宣布废除帝号,还要一并交出御玺和銮仗,再代我申明一句,'清帝辞位优待条件'其余条款和'清皇族待遇条件'、'满、蒙、回、藏各族待遇条件'仍旧不变。"

"爸,清室御玺用满、汉两种文字,无法适用新朝,新朝御玺需要重新制作。"袁克定又劝说道:"再说使用前朝遗物也不吉利。"

一语未毕,袁世凯便打断了他的话:"先朝御用之物本该移交,不能藏之于逊帝之手,备不住日后会流失出宫。"他接着又叮嘱袁乃宽:"你先不要对清室漏出什么痕迹,国体变更,还要一步一步来。"

正说到这里,侍从官匆匆而入,通报英国公使朱尔典已在居仁堂前院等候。

袁世凯一面起身,一面挥了挥手,"我去见朱尔典,你们先按照我说的去办吧。"袁克定、袁乃宽告辞后退了出去。

赶到居仁堂前院,朱尔典在正房的石阶下迎候。宾主见面后寒暄一番,入正房落座,仆人随后端上茶点。

"大总统,中国若准备改行君主立宪政体,英国政府将竭诚欢迎,同时,凡是与英国结盟或订有盟约的国家,也会赞同此举。现行的中国政体实在特殊,既非共和,又非君主立宪,目前所有的政治责任,俱系于大总统一身,大总统一旦离任,没有人能担此重任,这种政体岂能长久维持?中国未来的局势将不堪设想。"说到这里,朱尔典踌躇了一会儿才说:"根据中国国情,其国民素养和参政经验,以及历史文化传统,确实都不适合实行共和制,倒是更适合实行君主立宪制。"

"公使先生,"袁世凯的脸上浮起了笑容,"我受任大总统时,曾宣誓要维持共和政体,如今若是改为君主立宪,这岂不是出尔反尔?"

"当初是国民议决,要改君主制为共和政体,并选举您为大总统,您自然要顺从国民意愿。"朱尔典又反问道:"倘若今天国民议决要变更国体,改行君主立宪制,再选举您为皇帝,您不是仍然要顺从民意吗?"

"当时倡导共和者,不知共和为何物,今日主张君主者,也不知君主为何物,多数百姓对于中国历史上的汉、唐、明、清诸朝专制君主不过是略知一二,对于眼下将要实行的君主立宪制,则做梦也没有想过。"袁世凯摇了摇头,"即使改行君主立宪,也要另选皇帝才是。"

朱尔典毫不迟疑地说道:"除了大总统之外,再选其他人为皇帝,各国政府必定不会承认。"

袁世凯听罢,长叹了一口气,"若是做了皇帝,将会祸及子孙。"

25

清室总管内务府大臣世续沿着石阶走到紫禁城"西六宫"的太极殿门前，一名太监打起了门帘。他一身石青色朝服，红宝石顶子缀双眼花翎的薰貂冠帽，文一品仙鹤补子外褂，马蹄袖上镶着海龙袭皮。

殿上的匾额是乾隆御笔，题写的是"勤襄内政"四个字。太极殿在明朝称"未央宫"，后来又改称"启祥宫"。清朝同治年间，启祥宫后殿改建为体元殿，启祥宫前殿更名为太极殿，后面的长春宫曾经是慈安、慈禧两位太后的寝宫。太极殿做过末代皇太后隆裕的寝宫，她是光绪皇帝的遗孀，也是慈禧太后的侄女，光绪十五年入宫，宣统元年升为皇太后，四年之后，即民国二年，在太极殿崩逝。

殿内正中摆着一张紫檀木御案，系着明黄缎子的桌围子，御案前设置一道明黄纱八扇屏风，权当垂帘之意，御案后面的御座上坐着眼下在宫里主事的一位太妃，头上戴着东珠顶子缀着金丝凤凰的朝冠，外褂内袍皆是黄色，上下织绣蝙蝠、寿字、五色云头，宝座两侧点着两盏宫灯，照得满头的黄金珠翠熠熠生辉。她脸上搽了厚厚的宫粉，虽然年逾六旬，仪态却雍容华贵。这便是尊号为敬懿皇贵妃的赫舍里氏，宫里都称她为瑜太妃。

宫里的四位太妃，瑜太妃年龄居长，与珣太妃、瑨太妃都是同治皇帝的遗孀。同治十一年，赫舍里氏入宫，封为瑜嫔，同治十三年晋升瑜妃，光绪二十年晋封瑜贵妃，年轻时艳冠六宫，喜好文墨。庚子年，八国联军攻克北京，两宫出亡，宫中人心惶惶，当时由瑜贵妃指挥太监守护宫门，并指派内务府大臣与联军交涉，使宫中未遭刀兵之灾。

宣统皇帝承嗣穆宗，兼祧德宗。同治皇帝谥号穆宗，光绪皇帝谥号德宗。宣统登基，尊封瑜贵妃为皇贵妃。隆裕太后驾崩之后，瑜太妃便搬进了太极殿，从此由她抚养宣统皇帝，又尊封其为敬懿皇贵妃，清室内务也由她与光绪皇帝的遗孀瑾太妃一起主持。

进殿之后，世续往前走了几步，便蹲身矮步跪了下去，只听得瑜太妃开口了："世中堂，起来说话吧！"

世续曾任文华殿大学士、军机大臣，按照清室退位前的称呼，"中堂"便是内阁大学士。清朝沿袭明朝制度，设置内阁大学士，为正一品。乾隆年间，内阁分三殿三阁，即保和殿、文华殿、武英殿、文渊阁、东阁、体仁阁，设置大学士四员，两满两汉，另设置协办大学士两员，一满一汉，以文华殿大学士为"首辅"。雍正年间，又设置军机处，军机大臣从大学士和尚书、侍郎、总督当中特旨召入，一般四至八名，指定满、汉各一人为军机大臣首领，称为"揆首"或"领袖"。宣统三年，设责任内阁，裁撤军机处，内阁设立总理大臣、协理大臣。

世续站起来之后，瑜太妃隔着纱屏风打量着他，"究竟有什么事要面奏？"

"太妃,民国方面要求改动'清帝辞位优待条件'。"说到这里,世续迟疑了一下,"派来的交涉代表是袁乃宽,他代表民国大总统申明,只要皇室宣布废除帝号,近期迁出紫禁城,再一并交出御玺和銮仗,'清帝辞位优待条件'其余条款,以及'清皇族待遇条件'和'满、蒙、回、藏各族待遇条件'仍旧不变。"

一听这话,瑜太妃便皱起了眉头,立刻沉下脸来,"当初的优待条件,已经由皇室与民国方面签署,并为各国所公认,如何能够改动?"

世续定了定神,尽力保持着从容的语气:"那是当初民国政府对皇室的优待,眼下正在闹君主立宪,自然可以推翻民国的承诺。"

听到这里,瑜太妃脸都气白了,过了好一会儿才问道:"难道'清帝辞位优待条件'说改就改了不成?"她接着又抬高声音问了一句:"难道袁世凯还真要做皇帝不成?"

世续踌躇了好一会儿,"现在看起来是有这个气候,袁世凯还得到了列强的支持。"

"由他去闹吧!"瑜太妃冷笑了一声,"可皇室还是皇室,我们井水不犯河水。"

"但于今之计,是如何尽量保住当初皇上辞位时的优待条件,比如皇室的安全和宫里的财产,还有宗庙陵寝,以及民国拨付的四百万岁用。"说到这里,世续又放低了声音:"今年的岁用刚刚领了一半儿,另一半儿一直拖延不发,几次交涉也都没有个结果。"

一语未毕,瑜太妃便打断了他的话:"搬出了紫禁城,让我们去何处栖身?"

世续赶忙答道:"可以依照'清帝辞位优待条件',迁往颐和园。"

瑜太妃倏然变色,"颐和园地处西郊,离城里几十里地,交通又不便利,何况皇亲贵胄的府邸也都在城里,又如何都能迁往颐和园?究竟怎么当差办事?这一条就不能答应。"

"据说袁世凯要在紫禁城称帝。"世续接着又说:"当初皇上辞位时,还曾经要将皇室迁往承德行宫,颐和园尽管不便,如今也只能顺应形势了。"

瑜太妃忽然以袖掩面,抽泣起来,朝冠上垂挂的几行珍珠来回晃荡。

世续愕然不知所措,赶忙劝慰道:"太妃,您可是经受过大历练的,同治、光绪、宣统三朝的历次变迁,您都亲历过,皇上尚在冲龄,您现在是宫里的当家人,皇室这副担子就落在您肩上了,您可不能乱了方寸!"

瑜太妃止住了抽泣,掏出手绢来拭去了泪水,过了半响才说:"当初竟留下了袁世凯这个乱臣贼子,他就是董卓、曹操之流,若不是他,何至于有戊戌之变,致使德宗和珍贵妃罹祸,为此德宗饮恨终身。辛亥之乱,又是他凭借权谋篡夺了大清的江山,这都是隆裕太后耳根子软,优柔寡断,才酿成了今日之祸。"

珍贵妃即光绪的妃子他他拉氏,满洲镶红旗,其父曾任户部右侍郎,她于光绪十五年入宫,当初年仅十三岁,最初的名号为珍嫔,入宫后住在景仁宫,深受皇帝宠爱。光绪二十一年,她因冒犯慈禧太后,遭受杖刑,被免去贵妃名号,贬为贵人,先后幽禁于西花园、寿药房、景祺阁等处。"庚子之乱"爆发,仓皇辞庙之际,慈禧太后命令太监,将珍妃推入了宁寿宫的井里。瑜太妃所言"戊戌之变",指的是戊戌年光绪皇帝变法维新,终因权力之争,触怒了慈禧太后,祸起萧墙,引发宫廷政变,致使光绪被幽禁于西御苑的"瀛台",珍妃也因此受到牵连。据传闻,正是由于被光绪擢拔为兵部候补侍郎的袁世凯告密,戊戌变法才功败垂成。

武昌起义爆发,朝廷连下谕旨,派遣陆军大臣荫昌督率由北洋陆军第二镇、第四镇、第六镇各部编成的第一军,沿京汉铁路赴鄂;海军提督萨镇冰督率巡洋舰队,会合长江舰队,溯江而上,协同陆军作战。北洋军武器精良,训练有素,但荫昌调度指挥不力,朝廷只得重新起用已经开缺回籍两年之久的袁世凯,任命为湖广总督,重新统领北洋旧部。考虑到急切出山,势必引起朝廷疑虑,袁世凯权衡再三,先以"足疾未痊"为由请辞,后来又提出条件,要求召开国会、组织责任内阁、宽赦武昌事变诸人、南北议和、解除党禁,以及授予他军事指挥全权。

长沙、九江、西安又接连独立,朝廷再下谕旨,委派袁世凯为钦差大臣,接替荫昌,全权督办湖北军务,不再受陆军部、军咨府节制。袁世凯离开河南彰德南下,至湖北孝感,驻河北滦州的第二十镇统制张绍曾等将领发出通电,宣布《十二条政纲》,要求当年召开国会,起草宪法,改组内阁,史称"滦州兵谏"。朝廷闻讯后,进退失据,摄政王连发数道诏书,以皇帝名义下《罪已诏》。驻保定的第六镇统制吴禄贞与张绍曾等人密商,决定第六镇自京汉路北上,第二十镇自京奉路南下,联络晋军,同时举事,会师京城,并推举吴禄贞为燕晋联军大都督,晋军将领阎锡山为和张绍曾副都督,先后在滦州、石家庄截扣了装载军火、粮食和饷银的火车。袁世凯收买吴禄贞部下,将其刺杀于石家庄,命第三镇占据娘子关,北方局势才暂时安定下来。

几经折冲,经朝廷任命,资政院选举,袁世凯出任内阁总理大臣,组织责任内阁,又担任和谈全权大臣,宣统三年十月底,南北议和谈判在上海举行。袁世凯翻云覆雨，一石二鸟，一方面震慑武汉革命军，迫使其妥协退让，促成停战议和；另一方面又养敌自重，操纵北洋将领通电，吁请宣统退位，利用乱局逼宫，最终迫使主持清室的隆裕太后接受了城下之盟。

世续踌躇再三，才开口说了一句："眼下只求能保住皇室的命脉。"

"世中堂，这是关系到皇室存亡绝续的大事，我一个人也做不了主，只有把另外三位太妃也请出来，再召集宗室王公，大家一起定夺。"说完之后，瑜太妃的眼圈又红了，赶忙又拿出了手绢。

第六章・利顺德饭店

26

广和楼的戏台,坐东朝西,台柱子上挂着一副木制对联,上下联分别是"学君臣、学父子、学夫妇、学朋友,汇千古忠孝节义,重重演出,漫道逢场作戏。或富贵、或贫贱、或喜怒、或哀乐,将一时离合悲欢,细细看来,管教拍案惊奇。"戏台子上方还悬挂着一块横匾,上书"盛世元音"四个大字。

这座戏园子建于乾隆年间,分楼上楼下两层,能容下几百人。楼下竖着摆放几十张条桌,座位是长板凳,看戏的面向舞台侧身而坐;楼上前排是包厢,备有方桌和靠背椅子,后面另设散座。按照规矩,楼下的座位不卖女宾,楼上的座位不卖男宾。

广和楼只有日场,从下午演到傍晚。这是下午头一场戏,台上演的是昆剧《林冲夜奔》,戏园子的伙计和小贩们在台下来回忙活,伺候茶水、香烟。蔡锷身着长衫、马褂,坐在楼下,凤仙一身旗装,坐在楼上的包厢里面。

"实指望封侯,似那万里班超。生逼做叛国红巾,背主黄巢,恰便似脱口苍鹰,离笼狡兔,摘网腾蛟。"台上的武生载歌载舞,唱得悲凉苍劲。

一个军人疾步而入，他四下里寻找，一看到蔡锷，便径直走到他身旁。

"你怎么来了？"蔡锷十分诧异，忙问俯下身来的副官："有什么急事？"

副官对蔡锷耳语了几句，话犹未了，他已神色大变，一面戴上黑色毛呢礼帽，一面急忙起身，抬起头来，向楼上包厢里的凤仙打了个招呼。她冲蔡锷点点头，便起身下楼。

出了戏园子，蔡锷一面走一面对凤仙低声说："家里出了事，我得赶快回去一趟，先送你回云吉班。"

副官叫过一直等候在外面的车夫来，蔡锷吩咐道："去陕西巷。"

等三个人一起进了马车包厢，凤仙才悄声问了一句："家里到底出了什么事？"

蔡锷吩咐副官："你详细说说事情前后的经过。"

"今天早晨，不到八点钟的工夫，突然有人敲门，仆人打开门以后，一伙子军人便闯进了院子。"副官又压低了声音："他们声称是京畿军政执法处的，奉命查抄赃物和违禁物品。"

听到这里，蔡锷皱紧了眉头。

"我赶上前去拦住他们，说这里是蔡将军的私人寓所，不得胡闹，但这伙人气势汹汹，不由分说便进屋翻箱倒柜，当时他们有十几个人，身上都带着枪，家里只有我和勤务兵两支枪，况且还有家眷，因此不便动手。"副官喘了口气，接着报告："我问过为首的一个军官的姓名和官阶，他说姓刘，是个排长。他还问我家里的主人是不是姓福，我告诉他们，一定是闹误会了，这里是蔡将军的住宅，接着我安慰姨太太和孩子不用惊慌，又给京师警察厅打电话报了警，后来这伙人在各间屋子里都搜检了一番就走了。"

"真没想到府上出了这么大的事。"凤仙又问道:"家里人没有受什么惊吓吧?"

副官摇摇头,"姨太太和孩子倒没有事,这伙人也没拿走什么东西,事后家里又查找了一下,姨太太说财物都完好无损,没发现丢失什么。出事以后,我不能离开,只好打电话告知经界局周秘书长,请他派人到家里保护。等警察来了,问过案子,勘察过现场,才把家里收拾了一下,又等到经界局来了人,我这才奔云吉班找您去,班子里说您上午去办事处点卯去了,凤仙姑娘中午去广和楼了,我想您是和凤仙姑娘看戏来了。"

蔡锷听罢,又问了一句:"警察厅来的人怎么说?"

"他们问过案子之后,也觉得这桩事很蹊跷,另据警察厅的人说,棉花胡同六十六号这所宅子,从前是天津一个姓何的盐商的房产,这个姓何的是大总统的亲戚,后来这所宅子一直由他一个亲戚代管,亲戚姓福,但福家也早已经迁居了。"副官略想了想又说道:"据我观察,这并非是一般的抢劫案子,也不像是土匪或是逃兵干的,更不会是因为找错了人闹出的误会,如果京畿军政执法处这伙人是冲原来的房主来的,这个姓何的跟大总统是亲戚,他们还能不明白?他们胆敢擅自查抄皇亲国戚的宅子?"

蔡锷又问道:"他们像是京畿军政执法处的吗?"

副官答道:"这伙人穿的倒是京畿军政执法处的制服。"

"京畿军政执法处是个什么衙门?"凤仙又问了一句:"他们竟然无法无天?"

"京畿军政执法处就是个阎罗殿,豢养了一伙杀人不眨眼的刽子手。"蔡锷又问副官:"他们并不动财物,又不绑票,此番入室抄家的目的显然不是为了钱财,你认为他们到底想查抄什么东西?"

"他们查的最仔细的地方,是您的书房,书房里所有的信件、公函和电报都被翻了一遍,最终他们还是一无所获。"副官踌躇了一下才说:"我看是常来家里的滇、黔军政人士,引起了某些人的注意。"

"煌煌京城,竟然闹出这等莫名其妙的案子!"蔡锷冷笑了一声,"先去南城电话局,给经界局周秘书长打个电话,让他查查京畿军政执法处的电话号码,回头我再给雷震春打个电话,问问这到底是唱的哪一出?"

副官拉开包厢门,冲车夫喊了一声:"去南城电话局。"

一会儿的工夫,马车到了海王村南城电话局,蔡锷与副官跳下车,径直进了电话局。接通了经界局之后,问清了京畿军政执法处的电话号码,又拨通了处长办公处的电话。

"我找雷将军,我是经界局蔡督办。"听到对方的回话,蔡锷又厉声问道:"雷将军还没有到处里?等雷将军来了以后,请给我家里来个电话。"

出了电话局,蔡锷吩咐车夫:"还是去陕西巷。"

等他进了马车包厢,凤仙轻声问道:"到底是怎么回事?"

"没有找到雷震春。"蔡锷始终沉着脸。

"放宽心吧!"凤仙又劝慰道:"您是个福将,总会逢凶化吉的。"

马车到了云吉班门口,蔡锷扶着凤仙下了车。

"蔡将军,"凤仙忽然附在蔡锷耳边说了一句:"看来真要唱一出'夜奔'了。"

蔡锷愣了一下,"凤仙,你这话是什么意思?"他又打量了凤仙一眼,"是不是看戏看得走火入魔了?"

"家里还在等着您,快上车吧!"凤仙忙推蔡锷上车,又悄声叮嘱了一句:"家里再有什么事,您尽快告诉我一声!"

27

一辆双套四轮包厢马车停在了大栅栏街里的"瑞蚨祥"绸布店总经理办公处门前,门口迎候的伙计上前拉开了马车车门。车上下来了几个军人,最后下来的是袁乃宽,他穿一身宝蓝色的将军制服,胸前佩带着勋章、绶带,军帽上装饰的鹭尾迎风飘动。

"袁大人,您大驾光临,敝号蓬荜生辉。""瑞蚨祥"的孟掌柜从门里快步迎了出来,他连连拱手,"里面请!"

一行人进了客厅,迎面墙上挂着一个立轴,上书"积善衍庆"四个大字,东西墙上挂着八扇紫檀木镶嵌云石挂屏。宾主在八仙桌两侧的太师椅上落座之后,伙计端上了盖碗茶。

袁乃宽开门见山:"孟掌柜,大典用的宫廷服饰做的如何了?"

"袁大人,您放心吧!"孟掌柜满面笑容地答道:"敝号正在日夜赶制,绝不会误了差使。"

"好!"袁乃宽又问道:"孟掌柜,我们一起去看看如何?"

"行!我这就领您去。"孟掌柜赶忙站起身来,"袁大人,请!"

一个伙计在前头引路,一行人直奔"瑞蚨祥"老店后面的成衣作坊。

走进作坊里一间屋子,便看见几个年轻的女绣工围着一个案子,各自低头绣制手里的服饰,案子上面摆着几个笸箩,里面放着各色丝线,还有不同样式的玉片、翠片、珊瑚片。

孟掌柜指着她们说道:"这几位绣工,都是从上海头等绣庄子里聘来的,吉服上的绣活,都按照'顾绣'的绣法,为的是让上面的龙凤图案显得气韵生动,活灵活现。"

袁乃宽转过脸问孟掌柜:"以往给宫里办差,也是用上海的'顾绣'庄子?"

"上海的'顾绣'庄子,以往常给宫里办差。"孟掌柜接着又细细解释:"'顾绣'属'苏绣'中的'闺阁绣',明朝嘉靖年间,松江府顾家的眷属效法宫廷里的绣技,又创出了一派刺绣技法,它以名人字画为蓝本,专绣人物、花鸟,至清朝才开始绣服饰花样,以后便在苏、沪流传开来,被称为'顾绣',也称为'画绣'。"

袁乃宽听罢点了点头,又嘱咐道:"龙袍可要真工实料,千万不能误了期限。"

"这您放心。"孟掌柜一面指点着绣工手里的服饰一面说:"龙袍一共是两套,一套登基用,一套祭天用,分别是紫红色和绿色,用的是金织云龙锦,上面用金丝绣出九条金龙,外加日月星辰、五色云头、八宝立水,全是照您选定的样式做的,一点儿都不会走样儿。"

"上次交给你的珍珠和宝石,是从宫里的内库取来的。"袁乃宽接着问道:"如今都用上了没有?"

"眼下龙袍刚绣了一半。"孟掌柜陪着笑答道:"要等到都绣完了，才能镶珠宝。"

袁乃宽叮嘱了孟掌柜一句："那可是国宝，绝不能有了差错。"

"是，这事儿一定小心。"孟掌柜连连点头，"这间赶制宫廷服饰的作坊都有专人看管，平时不许闲人出入，宫里取来的珠宝，一直都存在银行里面，只有到要往龙袍上镶嵌的时候，才能从银行取出来。"

"这样就保险了！"袁乃宽又问了一句："都有哪些宫廷服饰已经做好了？"

"皇子、公主的礼服都已经做好了。"孟掌柜赶忙问道："袁大人，到成衣库去看看做好的礼服？"

袁乃宽点点头，一行人又到了马路对面"瑞蚨祥"的成衣库。库里的一个伙计手里捧着册子，循着号码找到了存放宫廷服饰的大柜，打开柜门，分别取出了皇子和公主的礼服。

"袁大人，您看看，这是皇子的礼服。"孟掌柜指着伙计手里一套西洋式样的黑呢子礼服，"这是仿照英国宫廷礼服的样式，用的衣料是英国呢子，以后按照不同的季节，再换其它料子，这套礼服还要配上土耳其式帽子。"

袁乃宽连忙问道："大公子、二公子、五公子衣服上的金绣图案，是按照选定的样式做的吗？"

"错不了，就是按照上次选定的样子做的。"孟掌柜吩咐伙计又取出一套皇子礼服，他指点着说道："您看看，三位公子上身的金绣是麦穗图案，其他公子上身的金绣都是牡丹花图案。"

看完皇子的礼服，伙计又取出一套黄缎子衣料的女式衣服，孟掌柜接着介绍说："这是公主的服饰，仿照京剧里'霞帔'的样式，外褂和裙子上都绣着凤凰和牡丹。"

出了成衣库，袁乃宽又嘱咐孟掌柜："娘娘、妃嫔的服饰也要赶着绣，尤其是这两件龙袍，更要提早完工，等到试穿的时候，若是不合适，还留有修改的工夫。"

"一定照您的吩咐办！所有的宫廷服饰，都要在月底赶出来。袁大人，请到客厅里喝茶。"孟掌柜又转脸指着袁乃宽的随从，吩咐伙计："带着这几位弟兄去前面柜房喝茶。"

回到客厅，伙计上过茶后退了出去，屋里只有两个人了，孟掌柜转身走到南墙的大柜前面，拿钥匙打开了柜门上的锁，取出一个红木匣子，捧过来放到八仙桌上，接着又从红木匣子里面拿出一个锦盒。

"这是镶嵌龙袍用的珠子，进货的时候给您先留下了一百颗。"孟掌柜一面说一面打开了锦盒，盒子里黑色的天鹅绒衬着一簇晶莹的珠子。

"让孟掌柜费心啦！"袁乃宽满面笑容地拱了拱手。

孟掌柜合上锦盒，又放入了红木匣子，"光是买龙袍等一应服饰上面镶嵌的珠翠、玉石，敝号就用了五十多万。"

袁乃宽点了点头，"费用的事，你放心！"

"袁大人，"孟掌柜哈了哈腰，"如果方便的话，您先给报销一些帐目。"

"筹备大典的财务会计由我管，光是御用之物，如吉服、御玺、銮驾等等，就需要二百多万的款项，这早已经做了预算，预备拨付给'瑞蚨祥'的费用，就占了这笔预算的一半儿。"袁乃宽一摆手，毫不含糊地说："等款子一到，我就给你拨付。"

"那就全拜托您了！"孟掌柜连连拱手。

"孟掌柜，我就先告辞了！"袁乃宽又吩咐了一句："把我手下的弟兄招呼来。"

"袁大人，"孟掌柜忙伸手拦住了他，"中午用过了便饭再走，已经预定下了，在大栅栏的一家河南饭庄子'厚德福'。"

"回头还有公事。"袁乃宽拱拱手，"今天就不叨扰了。"

"劳动您跑了一趟，怎么能不吃饭？"孟掌柜赶忙捧起了红木匣子。

28

袁乃宽一下马车，便问门前迎候的仆人："'样式雷'到了吗？"

仆人连忙点头，袁乃宽吩咐道："请他到客厅去。"

刚进客厅，"样式雷"便脚步匆匆地赶了进来。

"让你久等了。"袁乃宽点点头，"快请坐。"仆人随后端上茶来。

宾主落座，"样式雷"欠欠身子问道："袁大人，找我来想必是为了紫禁城三大殿和三海子的修缮工程，工程核准了吧？"

"紫禁城和西御苑的修缮工程和预算款项都核准了，由我督办。"袁乃宽慢条斯理地说："比你上次做的预算，又多加了一些款项，现在共总是二百七十万，按照你下的料单子，拱卫军军需处已经把木料采办齐了，有楠木、柏木、红松、黄松等类大木料，还有一批紫檀、花梨、鸡翅木、红木，一共进了一千多根，另外还从香港订购了一船吕宋洋木，以备各处装修和家具陈设之用。"他又关照道："过去宫里的修缮工程，用的砖瓦、油漆，都是专门制作，这次大修也要依照古法营造，采办这批工料的事,还得你来操办,你这个'样式房'掌案,眼下应该称为大典修缮工程总工程师。"

"承蒙袁大人抬爱,您考虑得都很周全,我这里也正要向您禀报一下工程的筹备事宜。工程的全部烫样、图纸都已经准备齐全了,您刚才所说的依照古法营造所用的砖瓦、油漆工料,就交由我来操办,这您尽管放心。""样式雷"接着又说:"但还有一桩事儿,得给您提个醒儿,三海子里还需添置一些山石、花木,因为工期所限,还要早做安排。"

袁乃宽的回答直截了当:"山石、花木也由你一并采办。"

"这花木尚且好说,只是山石若是现从南方采办,路途遥远,怕是来不及了。""样式雷"想了想才开口:"倒有一个办法,不必舍近求远,可以就近从圆明园、畅春园中搜寻一批太湖石,这些园子成了废墟,可石头倒留了下来,都是石中难得的上品,如今却能派上用场。"

"好!"袁乃宽点点头,"这遴选、采办山石的差使,只能交给你了,让拱卫军军需处的人陪着你去圆明园、畅春园。"

"样式雷"试探着说道:"这下连您的园子里用的山石也全都有了,另外还要向您禀报一声,您那所宅子连带园子都开工了,找的大木厂和营造厂都十分可靠,他们已经先垫工垫料了。"他又压低了声音:"您刚才说的拱卫军军需处采办的那批木料,来得可正是时候。"

话未说完,袁乃宽便打断了他的话:"那所宅子所用的木料,回头你估算个数目,让军需处给运过去。还有一宗重要的事项,新朝的登基大典就在三大殿举办,太和门及三大殿都要恢复明朝的旧称呼,太和门要更名为'承运门',太和殿更名为'承运殿',中和殿更名为'体元殿',保和殿更名为'建极殿',各殿门前的匾额，也都要重新更换。新朝确定，以红色替代前清的黄色，宫苑、器物上都要换成红色，三大殿上的黄琉璃屋瓦都要换成红琉璃瓦，殿内的柱子一律漆成红的，柱子上面的盘龙云彩图案要改成赤金的。"

听到这里，"样式雷"已经不知从何回话，愣了半晌，方才开口："新朝的气象倒是不同，可是这三大殿上的黄琉璃瓦，要都换成了红琉璃瓦，远处一看，不就成了火烧云了吗？"他一面说，一面观察袁乃宽的脸色，"兹事体大，还需慎重。"

"'大典筹备处'已经议定之事，就不能再更改啦！"袁乃宽摆了摆手，又叮嘱道："回头你再查查皇历，什么日子宜开工，不要有什么冲犯。"

29

湖面上水光潋滟,碧波之中驶着一只画舫。

袁世凯坐在船舱里,一面品茗,一面观赏着岸上的风景。他的身旁坐着杨氏和三女儿叔祯,面前的圆桌上摆放着茶具和干鲜果品,侍从、丫头们都肃立身后,船工持蒿撑船,来往于船舷两侧。

"大典用的宫廷服饰都送进来了吗?"袁世凯打开圆桌上的一个木质烟盒,一面抽出一只雪茄一面问杨氏:"你看过样式了吗?"

杨氏忙给他划着洋火,点着了雪茄,笑着答道:"娘娘、妃嫔的服饰还没有做好,公主的服饰倒是送进来了,都让叔祯她们试过了,还一起照了像。"

"叔祯,"袁世凯又问袁叔祯:"样式满意吗?"

"上身是对襟黄缎褂子,下身是黄缎裙子,都绣着凤凰、牡丹。"袁叔祯连连摇头,"就像京戏里的霞帔一样。"

"样式不能来回换,没有工夫折腾了。"袁世凯思忖了一下,"叔祯,等实行了君主制,你们封了公主,你和你二姐的服饰单做，这个先不要和别人说去。"

袁叔祯点点头，杨氏忙说："还不快磕头！"

袁世凯摆了摆手，"等日后再谢恩吧！要当公主了，好好学些规矩礼法。"他转脸又问杨氏："我让你找的东西，都找出来了吗？"

"按照您的吩咐，给徐相国的赏赐，都准备好了。"杨氏嫣然一笑，"镏金寿星一座，银器一套，大小一共九十六件。"

徐相国是指徐世昌。袁世凯吐出了一口烟，又嘱咐道："你帮我记着这件事，明天派人把这些金器、银器好好地包一下，给菊人府上送去。"

"交代给我的事儿，您就放心吧！"杨氏又问了一句："徐相国不是要告假吗？"

"我挽留了一番，但菊人一再请辞。"袁世凯摇了摇头，"他说是要办大事，不能不留有回旋余地，若是将亲朋故旧都拉入局中，万一事情不顺利，就没有人代为转圜了。"

"徐相国怎么能在这个节骨眼儿上告假？"杨氏不由得忿忿不平，"当初您请他出山，委以国务卿重任，他还一再推辞，又故做清高，不领民国官俸，您单从总统交际费里拨款，给他做俸禄，又特地把自己办公的遐瞩楼让给他，无论是公谊还是私交，眼下他都不能撒手不管了。"

"菊人始终不肯劝进。"袁世凯叹了口气，"振贝子和克定都曾劝过他，全碰了个软钉子。"

"依我看，"杨氏冷笑了一声，"您马上要居九五之尊了，像徐相国这样的前清遗老，心里不免有些不是滋味儿。"

"其实菊人的心思，我也明白。"袁世凯付之一笑，"他是不肯放下身段，担心贻笑于故旧，自然不愿意与我安危共济了。"

"这位徐相国可真是老奸巨滑。"杨氏又嗔怪了一句:"还一副假清高的样子!"

"像我这位老把兄一样自诩清高的,也还大有人在。"袁世凯又吸了一口烟,"前不久,张季直从南通又寄来了辞呈,请求一并辞去所兼官职。"

张季直便是张謇。杨氏盯着袁世凯,压低了声音:"'石室金匮'里面密藏的'承继书'上,是不是也有徐相国的名字?"

袁世凯面无表情,默不作声。杨氏悄声说道:"我也只是猜测罢了,谁都没见过'承继书',您又从来不露半点儿口风,若是实行了君主制,皇位世袭,徐相国便无望承继您的总统职位了,这才是他的病根儿。"

"你能看到这一步,倒是让我刮目相看。"袁世凯打量了杨氏一下。

"人心不足。"杨氏一面观察他的脸色一面说:"其他的北洋故旧称病告假,也是这个病根儿,也好,借着改变国体正好换一批新人。"

袁世凯叹了口气,又摆了摆手,不让她再说下去,"再过两天,新当选的国民代表就开始举行'国体投票'了,等改定了国体再说吧!"说到这里,他皱了皱眉头,"罢了,先准菊人一个月的假,金器、银器还是给他送去。"

杨氏一面笑一面恭维:"您可真有肚量。"

袁叔祯忽然插了一句:"前面到'紫光阁'了。"

袁世凯摁灭了雪茄,又吩咐侍从:"就在这里上岸遛弯儿吧!"

30

出了利顺德饭店的西餐厅，蔡锷吩咐副官："我已经给卓如先生打过电话，他马上就出门到利顺德来，你在大堂里等他，等他来了，请到我房间里去。"他说罢便携凤仙一同上楼。

上到二层，蔡锷掏出钥匙，开了一个房门。

这是午饭前刚订下的一个头等套房，地上放着的皮箱子还没打开。凤仙径直进了浴室，梳洗打扮一番，又到里屋换了一件淡绿色宁绸旗袍。

脱去西装上衣，蔡锷斜靠在沙发上，一面看报纸一面说："卓如先生马上就到，我们有事情要谈，你先去逛逛这条街上的洋行、店铺，晚饭前回来，一起陪卓如先生吃饭。"

"来趟天津，"凤仙娇媚地嗔怪道："您都没工夫陪陪我。"

"吃过晚饭之后，"蔡锷连忙安慰她："我陪你去跳舞。"

"您不必瞒着我了。"她眼波一转，冲着蔡锷浅浅地笑了笑，"每回带我来天津，不过是拿我当幌子罢了。"

一听这话，蔡锷一愣，"来天津是看望卓如先生，何必拿你当幌子？"

凤仙鼓起勇气说道:"上回与太太演了一出好戏,其实是金蝉脱壳。"

"内人与我已反目成仇,这事众人皆知。"蔡锷皱了皱眉头,"岂能是演戏给人看?"

"您一直都在演戏,这倒让人想起了《三国演义》中的两句诗:'勉从虎穴暂趋身,说破英雄惊杀人'。"说到这里,凤仙眨了眨一双乌亮的眼睛,"我的蔡将军!您是个大英雄,可俗话说'宁做太平犬,毋为离乱人。'您何必非要铤而走险?"

蔡锷正要答话,忽然有人叩门,他连忙摆摆手。开门之后,看到副官陪着梁启超、汤睿、蹇念益站在门外。

"快请!"蔡锷把客人让进屋来,又吩咐凤仙:"快来见过卓如先生和汤大人、蹇大人。"

凤仙赶忙分别鞠了三个躬,等宾主落座后,她又奉上茶水。蔡锷嘱咐副官:"你陪凤仙姑娘下去,帮她叫辆车,回头在大堂里等候戴参政。"

等他们出门之后,蔡锷才说:"循若、伯群他们马上就到。"

蔡锷所说的循若是指戴戡,字循若,籍隶贵州贵定,光绪三十一年官费留学日本,曾师从梁启超,加入政闻社。光绪三十四年,戴戡归国,襄理云、贵两省矿务,辛亥之后,办理贵州盐务,历任贵州都督府左参赞、实业司长、民政长,民国二年加入进步党。

武昌起义后,贵州形势复杂,形成宪政派与"自治学社"两派,自治学社势力更大,贵州咨议局中三分之二为其会员,并获得贵州新军官兵的支持。民国元年,两派分裂,秩序混乱,戴戡等人代表宪政派赴滇,请求蔡锷出兵平乱,唐继尧受命,率滇军入黔,戴戡随之返黔。唐继尧宣布解散自治学社,任贵州临时都督,大举扩充兵力。民国二年,袁世凯命唐继尧接任云南都督,命戴戡任贵州巡按使,刘显世任贵州护军使。因戴戡与刘显世不睦,袁世凯又改派龙建章代理贵州巡按使,召戴戡入京,任参政院参政。

伯群是贵州护军使署参赞王文选,字伯群,舅父是贵州护军使刘显世,胞弟王文华是护军使署副官长,兼黔军第一团团长。光绪三十二年,王文选官费赴日本留学,考入中央大学,旅日期间加入同盟会,民国元年回国,应章太炎之邀,赴沪任《大共和日报》经理,又入进步党。"癸丑之役"后,王文选离沪,任黔军参赞,又进京就任政治会议议员。

梁启超突然问道:"松坡,家里那桩公案究竟怎么样了?"

"事后据雷震春说,我租的这所宅子,原属于袁项城的亲家何仲璟,眼下何仲璟已故,何家以前一个仆人现在当了排长,想来这里查抄敛财,才闹出这桩公案。"蔡锷又说道:"雷震春告诉我,查明案情后,已将这个排长正法了。"

"不过是些鬼魅伎俩,这桩公案必定就是京畿军政执法处干的。"梁启超皱紧了眉头,"看来袁项城已经对你有所警觉。"

"头几天我给袁项城送了一份请假报告,请求治疗喉疾,过几天准备再向老袁请假,说病情加剧了,需要到天津租界的日本医院就医,接下来请假赴日本就医的报告也已经准备好了,等离京之后,由经界局周秘书长代我送上去,再向老袁请求派人临时署理经界局的职务。"说到这里,蔡锷笑了笑,"眼下就等着老袁准假了。"

梁启超猛然拍了一下沙发扶手,"这回可真要'撞破铁笼逃虎豹,顿开金锁走蛟龙。'了。"

"假戏却要真做。"蔡锷笑了笑又说道:"先生,我准备在十天之后赶到天津来，还要烦劳您帮助预定一家可靠的日本医院和一家旅馆，家眷随后也来天津。"

"松坡，听说京城里凡是吃皇粮的，悉数入了'请愿联合会'，军政人员若不在请愿名单上签名盖章，军政机关便不发给薪水。"汤叡又问了一句："袁项城竟然这等下作？"

蔡锷点点头，"此番请愿，举凡海内外明眼人，谁不清楚，乃是袁氏凭借金钱、利刃，啸聚下贱无耻之徒，演出一场闹剧，与宣统元年至宣统二年的立宪请愿绝然不同，当年十六行省代表赴京，请求速开国会，前后三次上书，数百万人签名，皆属民众自发自愿，输诚而请。"

"自国体问题发生以来，所谓请愿者，皆袁氏自请自愿；所谓推戴者，皆袁氏自推自戴；所谓表决者，皆袁氏自表自决；所谓民意者，全是伪造而成，都是由袁氏在幕后操纵指挥，国民无丝毫自由主张。"梁启超两手一摊，"袁项城之受病，正在于不学有术，有阅历而无学识，有谋略而无人心，以清室之托孤大臣而盗卖清室，以民国之公仆而盗窃民国，以国民之名义而欺罔列国，此后袁氏得意之历史终矣！"

刚说到这里，又有人叩门，蔡锷开门一看，副官身后站着两个人，都穿西装，正是戴戡和王文选，他们都是应蔡锷之邀赶到天津的。

他们冲梁启超、蔡锷等人连连拱手，副官给他们端上茶，随后就出去了。

众人落座之后，蔡锷告诉戴戡和王文选："刚才正在商议南下之事。"

一语未毕，戴戡便打断了他的话："松坡，目前不能再耽搁了，你起身南下的时间定下来没有？"

"大约在下个月底左右,由天津转道日本南下。循若,你随我一起走。"蔡锷又说道:"滇、黔两地密不可分,一旦云南举事,若得不到贵州的响应,必然陷于孤立无援的境地。"

王文选慨然应道:"黔军虽然兵力有限,但也能动员五六个团的人马,现在已经编成了一个混成旅,由我的兄弟王文华担任旅长,另外还有数十支地方团勇,总共近五十个营,约有上万之众。舅父虽然参与了二十省的联名劝进,但贵州政局,决非他能够左右,黔军中有识之士,早已知道民国必毁于袁世凯之手,一直秣马厉兵,预做准备。"

王文选的舅父是刘显世,字如周,籍隶贵州兴义,光绪十年廪生。光绪二十三年,刘显世协助其父办理兴义府五县团防事务,担任兴义县团防总局董事,光绪三十年升任巡防营管带。民国元年冬天,滇军入黔,宪政派掌权,刘显世先后出任军务处处长、军务司司长,又任国民军总司令,统辖全省巡防营,民国二年任贵州护军使。

蔡锷十分兴奋,"今天才知道你们兄弟非寻常之人,若能掌握住贵州,云南方面就不会势单力孤了。伯群,你近日即可南下,坐船走海路,经香港、安南,返回贵州。"

"诸位尽可放心。"王文选胸有成竹地说:"云南起事之后,不出一个月工夫,贵州一定响应,然后滇、黔两军直下四川。"

"好!"蔡锷猛然以拳击掌,"发动黔军,就靠你们了!再告诉诸位一个消息,我的老同学张孝准,近日将由东京来天津,他代表'欧事研究会'这批海外的国民党军人,与我们共同讨论反袁军事计划,并一起商订我们此番赴日和南下的具体行程。"

当年蔡锷、蒋方震、张孝准三个人同为日本陆军士官学校第三期毕业生,因学业优异,人称"中国士官三杰"。张孝准字云龙，湖南长沙人，与蔡锷既是同学，又是同乡。日本陆军士官学校毕业后，他被保送留学德国陆军大学，辛亥革命后，历任南京留守府军务厅长、湖南都督府军事厅长，"癸丑之役"爆发，随黄兴赴南京参加讨袁，失败后亡命日本。民国三年，"欧战"爆发，张孝准等人在东京发起"欧事研究会"，一百余名国民党军人参加。

"真是风云际会。"梁启超搓了搓手，"国民党人也早已看中了为北洋势力所不及的西南边陲，各派反袁势力正可以互相借重。松坡，连日来我代你草拟了'云南致北京警告电'、'云南致北京最后通牒电'、'云、贵致各省通电'、'云、贵檄告全国文'等一批电报稿和文告，正好先交付给张孝准带走。"

"先生策划反袁，可谓洞察风云，运筹帷幄。"蔡锷神情肃然，突然又话锋一转："辛亥之前，'欧事研究会'的李根源、李烈钧等人，都曾经执教于云南陆军讲武堂，他们又都参加过'重九起义'，与滇军渊源很深，此次赴日，我一定力邀他们南下入滇，共同举事。"

"松坡，"汤叡忽然说道："滇军的家底，你最熟悉，给我们说说。"

"滇军拥有一批德国克虏伯兵工厂生产的德式武器，包括野炮、山炮、机关枪、步枪。"蔡锷从容不迫地说："昆明还建有火药局，仅子弹一项，每天能够生产数万发。更为难能可贵的是云南拥有一批军事人才，滇军中师、旅一级军官大都是日本陆军士官学校出身，中下级军官大多毕业于云南陆军讲武堂。近年来陆军部不断削减北洋之外的各省军费与编制，云南的军费也逐年削减，滇军现有两师一旅，步兵、炮兵、骑兵共十余个团，各县有警备队百十余支，一共两万余人。"

"当初'癸丑之役',赣、苏、皖、粤、湘、闽、沪、渝等地独立之后,未逾两个月,便纷纷瓦解。"汤叡又问:"眼下仅有滇、黔两省之力,一旦与北洋军对抗,究竟能有几分胜算?"

"回首'癸丑之役',当时南方已经分化,川、滇、黔、桂、鄂,都拥护中央政府,闽、浙犹豫不定,只有赣、皖、苏、湘、粤五省武力反袁,但其兵力早已裁遣大半,又准备不足,仓促上阵之后,各自为战,人心涣散。北洋除去兵力和武器充足之外,借助京汉、津浦等铁路及长江交通便利,利于调动展开兵力,并有海军助战,方能发挥优势,迅速取胜。"蔡锷一面往来徘徊,一面说:"川、滇、黔边界将为未来之战场,这一带地势险峻,滇军擅长山地行军作战,正可以一展所长。战事初起,与滇军接触的只是四川驻军,成都、重庆等地驻有川军两个师,泸州等地的汉军约有二十余个营,共约两万余人,但川军杂乱,素质及武器均不及滇军,只有今年春天入川的北洋军三个旅具有一定实力,其他北洋主力皆远离川、滇、黔,一时难以投入作战。"

"听说云南的形势十分微妙。近来袁项城对唐继尧极力拉拢,派人入滇授勋赐爵,并给滇军加了三十万的年俸,唐继尧还参与了二十省将军联名劝进。"蹇念益接着问道:"松坡,你们入滇之后,是否能掌握住滇军的指挥权?"

"自'癸丑之役'后,唐继尧一直服从逢迎袁项城,他惟有如此才能保住名位。我若鼓动滇军举事,唐继尧一定担心以云南一个边陲省份,来对抗北洋陆军二十个师三十余万人,力量过于悬殊,便会举棋不定,但他应该明白,滇军并非项城嫡系,云南迟早会被纳入北洋势力范围。陈宦调任四川,北洋军三个混成旅随同入川,再加上四川驻军,以及驻守湖南的北洋第三师,已经对云南形成钳击之势,滇军处境十分险恶。"蔡锷镇定自若地说:

"当下人心向背尤为重要,滇军将士思想激进,许多军官加入过同盟会,我此次入滇,申明大义,起兵本不为个人权位,只是要借滇军讨袁。"

蔡锷所说的陈宧现任四川成武将军,民国四年初奉调出京,督理四川军务,兼四川巡按使。他与蔡锷曾经一起任职陆海军大元帅统率办事处,参赞川、滇、黔军务,任参谋次长,代理参谋总长职务。陈宧于晚清曾先后任职四川武备学堂和云南讲武堂,当年的门生已在川、滇两省掌握兵权,袁世凯看中了这个资历。

"唐继尧既是松坡旧部,又是进步党名誉理事,当初他出任云南都督,应归于松坡的提携之功。"汤叡拍了拍蔡锷的肩头,"眼下云南局势尚不明朗,若要说服唐继尧举事,惟有松坡。"

"早在陈宧出京时,我曾向他推荐过几个滇军旧部,现在都任职川军,必要时可以作为内应,已入川的北洋三个旅,未必听从他调遣。云南举事后,就给陈宧去电报,敦促他认清大局,幡然反戈。"蔡锷毅然决然地说:"军事上要出其不意,滇军宜采用偷袭战略,先秘密潜入四川,使北洋军调动不及,待占据重庆、泸州、叙州一线,估计至明年年初左右,再通电全国,宣告独立。"

梁启超连连点头,"松坡,你在广西军界中亦有许多旧日的袍泽,去信联络一下,我也要给陆干卿写信,鼓动他响应反袁。陆干卿的职衔居广东的龙济光之下,拒绝列名二十省将军劝进,还截留了广西全省的田赋、税捐,拒不上缴,料他必定不会替袁项城卖命。桂军号称两师,加上各县武装,约两万人左右,一旦广西独立,西南便成气候了。"

光绪三十一年,蔡锷应广西巡抚李经羲之邀,由湘入桂,协助编练新军,历任督练公所兵备处总办、新军总教练官、讲武堂监督、混成协协统等职务,曾创办测绘学堂、陆军小学堂,先后六年，为广西培养了一批军事人才。

陆干卿是指陆荣廷，字干卿，籍隶广西武鸣，壮族人氏，督理广西军务。光绪八年，中法战争爆发，陆荣廷投军，与法军作战，四年后遭裁汰，光绪二十年受朝廷招抚，历任管带、统领，宣统三年迁至提督，拥兵数十营。武昌起义之后，广西独立，推举他为副都督，又改任都督，"癸丑之役"中，为袁世凯驱使，协助平定广东。民国三年，督理广东军务的龙济光封为振武上将军，陆荣廷封为宁武将军，位居龙济光之下，心怀不满，二十省将军劝进，他并未列名。

"全国的反袁势力，都对滇军翘首以盼。"戴戡情不自禁地说："八方风雨，都要汇聚西南。"

"出走的一应事体，都由我来安排，为安全起见，你们还是分头来走。伯群先走一步，由天津直奔香港；松坡与循若转道日本经上海、台湾、香港、安南入滇；松坡的家眷及副官，先去香港，一家人会合后再转安南入滇。待诸位南下之后，我与荷庵也要离开这里，先告假去美国看病，暗地里出走上海，去鼓动舆论和争取外援，劝说冯华甫参加反袁，即使他保持中立，也可以缓冲云南的压力。"梁启超长叹了一口气，"祸乱已迫于眉睫，我同胞艰苦缔造之民国，竟要断送于独夫民贼之手，血性之人，莫不痛心，一旦共和消亡，同胞必沦为帝制奴仆。"

沉默片刻，蔡锷才开口："我辈应始终抱定只为国家不为权力之初衷，事成之后，我辈若能身先引退，飘然远鬻，实足对于所谓伟人者流下一针砭，为后人留个榜样。"

听到这里，梁启超一面起身一面说："诸位同人，我们约定，此次反袁，不成功，便成仁，决不亡命；一旦共和重生，我辈当引退下野，决不恋栈，否则无法面对先死的仁人志士。"

第七章·六国饭店

31

总统府副礼官蔡廷干一走进公使官邸的大厅,朱尔典便迎上前来握手。

蔡廷干籍隶广东香山,作为官费留美幼童,同治十二年赴美,八年后奉调回国,考入"大沽水雷学堂",毕业后派往福建水师。光绪十五年,他任北洋水师"福龙"号鱼雷艇管带,甲午战争中,率"福龙"号参加黄海海战,在威海卫受伤被俘,押至日本大阪囚禁。《马关条约》签定后,被俘遣返官兵均受革职遣散处分,光绪二十七年开复因甲午战事革职的海军官员,蔡廷干入袁世凯幕府。武昌起义爆发,袁世凯出任总理大臣,蔡廷干任海军部军制司司长,又迁海军参军长,受命赴武汉,与旧日北洋水师僚属、当时已任鄂军都督的黎元洪秘密谈判。民国元年,他晋升海军副司令,兼总统府副礼官、税务处会办,承办总统府外交事务。

"蔡先生,"朱尔典操着一口流利的汉语,直言不讳地说:"您一定是为了昨天三国公使递交的照会而来。"

"公使先生,"蔡廷干满脸堆笑地说:"您是大总统的老朋友,所以大总统让我特来请教。"

头一天下午,日本代理驻华公使小幡酉吉约同英国公使朱尔典和俄国公使库朋斯基,一起会晤外交总长陆征祥,当面提出劝告,要求延缓实行帝制。日本政府此前就中国改行帝制问题向英、俄、美、法等国发出外交公函,指出骤然改变国体将会引发动乱,危害各国在华利益,邀请各国驻华公使一起劝说中国政府停止帝制活动。

朱尔典把蔡廷干让进了客厅。公使官邸的客厅是中西合璧,既有欧式的壁炉、沙发,也有中式的八仙桌、太师椅,墙上挂着一幅英国国王乔治五世的画像。

宾主落座,仆人端上咖啡。蔡廷干踌躇了一下才问道:"请问公使先生,'三国照会'究竟是出于什么原因?"

"目前正值'欧战'的紧要关头,'协约国'方面不希望贵国及东亚局势再出现动荡,这一地区的政治混乱将会影响到相关国家的利益,英国和日、俄两国认为,贵国变更国体的举动,难保国内不引起骚乱,所以建议袁大总统顾念大局,维持现状,暂缓实行君主立宪。"说到这里,朱尔典又解释道:"这一忠告完全是出于稳定贵国社会秩序的善意,决没有干预贵国内政之意。"

"变更国体乃是国民之主张,近来舆论炽烈,请愿者众多,大总统只有尊重民意。"蔡廷干委婉地说道:"中国及东亚局势目前并未存在不稳定之因素,变更国体应该无涉友邦利益。"

"主张变更国体的舆论固然炽烈,但也存在反对势力。"朱尔典皱起了眉头,忧心重重地说:"局势一旦出现混乱,贵国又将会面临一场灾难,各友邦在华利益也将会蒙受重大损害。"

"敝国只有少数暴徒反对帝制,政府能够控制局势。"蔡廷干又思忖了一下,"公使先生曾经说过,中国若改行君主立宪政体，英国政府将予以充分的理解与合作，并且凡是与英国结盟或订有盟约的国家，也将会表示赞同。"他看了看朱尔典的脸色，接着问了一句："您能否给解释一下，贵国为何改变了态度？"

"贵国准备改行君主立宪政体，英国政府应该予以理解和支持，以前对此也曾经公开表态，但关键问题在于骤然变更国体，贵国政府能否继续维持稳定？"朱尔典停顿了一下，摇了摇头，"根据观察，'协约国'方面对此并不乐观。"

听完这番话，蔡廷干半响没有做声。朱尔典意味深长地说："说句肺腑之言，贵国目前一定要避免动乱，否则便会授人以柄，使具有野心的国家，寻找到武力干预的借口。"他又矜持地笑了笑，"作为袁大总统的老朋友，我还要提出忠告，如果贵国放弃中立立场，而加入'协约国'集团，英国便可以出面协调'协约国'的立场，共同保证废除德国在华特权，并协助贵国维护治安，例如取缔租界内的反政府活动，以及缉捕逃亡国外的暴徒。'欧战'之后，中国若能以'协约国'参战国家的身份，出席善后会议，变更国体问题也必然会受到友邦的尊重。"

蔡廷干连连点头，"我一定向大总统转达公使先生的这番意见。"

32

凤仙坐在梳妆台前,正对着镜子妆扮,忽然听到娘姨在楼下召唤:"凤仙姑娘,蔡大人来啦!"

她赶忙换上了一件高领大襟银灰缎子面长夹袄,匆匆掠了掠鬓发。刚出屋门,蔡锷已经上了楼,一身浅灰色西装,打着领带,勤务兵提着一个皮箱子紧随身后。

凤仙冲蔡锷抿着嘴笑了笑,遂将他们让进屋里。一进屋,蔡锷便吩咐勤务兵:"你先回去。"

勤务兵放下了箱子,行过礼后就走了,蔡锷随手关上了屋门。凤仙这才笑着问道:"这箱子里是什么宝贝啊?"

"你打开看看便知道了。"蔡锷笑着答道。

凤仙蹲下身去,打开了皮箱子,看到里面都是书,约有二三十本,洋装、线装的都有,还有几本日文书籍。她拿起书来翻了翻,愣了一下,猛然醒悟,立刻神色大变。

"这都是从我的藏书里挑出来的。"蔡锷转身坐到扶手椅上,"这些书已经跟我多年了,实在舍不得丢掉,先暂时存放在你这里,里面若是有你喜欢的,也可以送给你。"

"我心里一直装着的这件事，终于有了分晓。"凤仙慢慢地站起身来，强作镇定地说："看来您真是要走了？"

蔡锷点了点头，"请假治疗喉疾的报告，昨天已经批下来了，准假五天。"他一面说着一面解开了西装纽扣，掏出了一张银行存单，"你我相交一场，始终未能为你赎身，实在是件憾事，你说说看，赎身大约要个什么数目？"

看到蔡锷手中的银行存单，凤仙愕然不知所措，"您真是要为我'摘牌子'？"

"摘牌子"是"清吟小班"的行话，是指班子里的姑娘赎身从良。蔡锷把银行存单递给凤仙，"这两天我清点了一下手里的帐目和存款，还清了各处的欠帐之后，余下的钱便不多了，这是一张三千元的汇丰银行存单，留给你'摘牌子'用吧！"

凤仙接过了这张银行存单，"真是要'摘牌子'，怕是要上万的数目。"

蔡锷听罢，脸色沉郁，"实在对不住你，我眼下已经没有余力了。"

"这张存单虽说不够，我手头还有一些现金。"凤仙低头盘算了一会儿，"再变卖掉首饰细软，'摘牌子'用的数目也就差不多了。"

"凤仙，"蔡锷欲言又止，但终于说了出来："眼下你还不能'摘牌子'。"

一听这话，凤仙的心往下一沉，"不赎了身，怎么跟您走啊？"她皱着眉头问道："您不是近日就要动身了吗？"

蔡锷急忙摆了摆手，疾步走到屋门前，掀起门帘往外看了看，随后便携着凤仙的手进了卧房。

拉上了窗帘，两个人在床铺上坐下来之后，蔡锷双手按着凤仙的肩头,压低了声音:"凤仙,我想求你帮我办件事。"

"帮您办什么事?"凤仙的神色显出了几分紧张。

"你应该看得出来,眼下我正身居险境。"蔡锷又用力握住了凤仙的手,"还指望着你能帮我脱身。"

"您说让我怎么帮?"凤仙没有丝毫的犹豫,"只要我能帮得上忙,一定尽力而为。"

"好!我准备再递一份请假报告,然后赴天津租界的日本医院看病,接下来还要请长假,准备赴日本就医,但关键是如何脱离险境。"蔡锷说罢,又思忖了一下,"具体怎么走,还没最后决定,也就是在这两三天内,到时候还需要你来掩护。"

凤仙盯着蔡锷问道:"能不能告诉我最终要去哪里?"

"先去日本。"蔡锷一直紧握着凤仙的双手。

"需要我如何掩护,到时候告诉我就是了。"凤仙的声音有些颤抖:"但一定要带上我一起走。"

"此次出走,海天万里,路途上一定险象环生。"蔡锷皱紧了眉头,神态十分焦急,"你实在是不能与我同行,一则是太危险了,二则是正要靠你来掩护我脱身,否则我又如何能够走成啊?"

凤仙听罢绷着脸不言语,蔡锷一面观察她的脸色一面说:"一旦还我自由之身,一定会来接你。"

她眼圈一红,急忙背过身去,禁不住抽泣起来。蔡锷踌躇了一下,"眼下你务必要与我一起演好这出戏。"

听到这句话,凤仙止住了抽泣,掏出手绢来擦了擦眼睛,转过脸来注视着蔡锷,"既然您如此信得过我,我就不会辜负了您。"她长叹了一声,神情颓丧地说:"回想起来,你我这番萍水姻缘,竟然如同梦境一般。"

蔡锷忽然眼前一热，上前一把抱住了凤仙。她伏在蔡锷的肩头上，又忍不住哭泣起来。

突然之间，凤仙愣了一下，摸了摸蔡锷的胸前，"这是什么？"

他推开凤仙，伸手从西服里面掏出一把手枪，又打开弹仓取出子弹，然后连枪带子弹一并交到了她的手里，"这个替我收好了。"

凤仙环顾四周，随后从身上取出钥匙，打开了梳妆台上的一个抽屉，把枪和子弹放进去，又上了锁。

"你我虽是萍水相逢，但早已堪称知己。"蔡锷的脸上显出了伤感的神色，"能够与你相识，乃是一桩幸事。"

"其实您早晚会远走高飞，我心里也早有准备了，只是今天您突然坦言相告，一时还是承受不住，此刻我心乱如麻。"说到这里，凤仙已经泣不成声了。

"不必伤心，我们未来的日子还很长远。"蔡锷用手绢拭去了她脸上的泪水，"过去你常要我留下几幅字，今天我倒是要写副字，留给你做个纪念。"他说罢便牵着凤仙的手直奔书房。

脱去西装上衣，蔡锷便在书案上铺开了宣纸，他一面磨墨一面思忖，随后挥笔写下了一副对联：不信美人终薄命，古来侠女出风尘。下面落款：宝庆松坡。

他又嘱咐凤仙："这副联儿和堂屋里墙上挂着的那副联儿，落款都是我的名字，等我走后，一定要藏起来，免得给你惹来灾祸。"

凤仙点了点头，"等这宣纸上的墨干了，我就把它收起来，日后您成了民国伟人，这便成了难得的墨宝了。"

蔡锷摇了摇头，又从怀里掏出一块打簧金表，打开盖子看了看，随后递到了凤仙手里，"这是一块法国表，是我在昆明的一家法国洋行里买的，已经用了几年了，留给你吧！"

凤仙双手握住了这块怀表，缄默无语。

"走，我陪你去散散心。"

"您说去哪里？"

"凤仙，我们先去六国饭店吃饭，晚上就在那里跳舞。"

"等我换件衣服再走。"

33

六国饭店的西餐厅里正是华灯初上。侍者举着一个托盘走过来，将一瓶法国红酒、两个冷盘还有冰桶一一放到了桌子上，接着便开启酒瓶子倒酒。

等侍者退下之后，蔡锷才对餐桌对面的凤仙说道："你知道我有喉疾，平日不饮酒，但今天不同，你我一定要快活一把，就算是为我饯行吧！"他说罢执杯在手。

凤仙身着一袭浅绛色缎子夹旗袍，颈下戴着一副珍珠项链，一脸浓妆，神情郁悒，"说是饯行还早了一些，今天咱们先不谈离别之事吧！"

"人生总是聚少离多，身为军人，聚散乃是寻常之事，吉凶祸福更是难以逆料，'对酒当歌，人生几何？譬如朝露，去日苦多。'来，干杯！"蔡锷说罢举起了酒杯。

凤仙踌躇了一下，才缓缓地举起了酒杯，"还是应该我来敬酒，您少喝一点。"她声音有些哽咽："来，祝愿您一路平安。"

二人举杯相碰，各自饮了一口。蔡锷放下酒杯，压低了声音：

"最让我内心不安的是未能为你赎身。"他又嘱咐道："等我走后，你先尽快'摘牌子'，脱离云吉班，在京城里隐居下来，以免日后有人找你麻烦。"

凤仙低下头，想了一想才开口："就依您的主意。"

侍者又端上了菜肴和面包，蔡锷手执汤匙说道："过一会儿，蒋百里夫妇就到这里来找我们，一起去跳舞。"

凤仙眉头紧锁，未动餐具，"远行之事，我越想越怕，心里一直沉甸甸的。"

蔡锷并未答话，一汤匙接一汤匙地喝完了汤，又用餐巾擦了擦嘴，方才开口："闯过了这一关，将来我们还会有相聚的日子。"

"一旦到了海外，恐怕就难以再回北京了。"凤仙的脸上显露出了迷茫的神色，"万里迢迢，人事难料，我们又如何能够相见？"

蔡锷正待回答，忽然看见蒋方震携着夫人左梅，向他们走了过来，连忙起身招呼道："百里兄，用过晚饭了吗？"

凤仙也起身问好，蒋方震笑着点点头，"我们已经吃过了，你们先慢用。"

蔡锷又问道："你们要不要也喝一杯？"

"不用了，我们先去舞厅里面等你们。"蒋方震摆了摆手，便挽着夫人转身离去。

蔡锷坐下后匆匆地吃完饭，凤仙只是勉强地喝了几匙汤，面前的菜肴和面包却一动未动。

"没有胃口？"蔡锷关切地说："等跳完舞之后，我们再去吃夜宵。"

"我不太饿。"凤仙忙说道："还是不要让蒋大人久等了。"

二人遂起身去舞厅。宾客们正往舞厅里络绎而来，大都是男女相伴，还有不少洋人间杂其中，服饰形形色色，有人西服革履，有人中式袍褂。蔡锷在舞厅的一角找到了蒋方震夫妇，大家一起坐在沙发上谈天。

蒋方震靠近蔡锷，压低了声音："听说你以喉疾为由，给大总统递了一份请假报告，昨天大总统已经准了假，到底打算去哪里养病？"

蔡锷也低声答道："过两天再给大总统递一份请假报告，我准备就此请长假了。"

蒋方震颇有意外之感，"松坡，难道你也要效法徐菊人，以请假为名，要急流勇退不成？"

蔡锷摇了摇头，淡然一笑，"近日喉疾加重，必须赴日本就医。"

"依我看，你患的应该是政治病。"说到这里，蒋方震踌躇了一下，接着又开门见山地问道："松坡，是不是有事情瞒着我？"

蔡锷左右顾盼了一番，"等事情有了眉目，我一定会告诉你。"他的声音压得更低了："到时候还要请你一同来干一桩大事。"

蒋方震转过头看了看蔡锷，随即握住了他的手，"好！一言为定。"

突然之间，音乐声大作，西洋乐队已经奏起了当晚舞会的第一支舞曲。蒋方震的夫人左梅随即起身，"蔡大人，快来邀请凤仙跳舞吧！"她说罢便转身与蒋方震相携走进舞场。

蔡锷也起身携着凤仙走进翩翩起舞的人群，缓缓地跳起了四步舞。凤仙一面随着舞曲移动脚步，一面悄声说道："我想在您走后也离开京城,到天津去找您,我们约定一个地方,随后一起走。"

蔡锷听罢,默然无语,揽着凤仙的腰肢继续迈动舞步。一支舞曲奏罢,他挽着凤仙走出舞厅,又回到西餐厅,坐下之后,叫过侍者,要了两杯咖啡。

凤仙靠在蔡锷身边,"我若是受到了株连,未能逃脱牢狱之灾,也就罢了,否则我必定要追随着您。"她的声音十分沉着:"我虽是个弱女子,但却是天足,将来一直陪伴您浪迹天涯。"

沉思片刻,蔡锷附在她的耳边说道:"我到天津之后,还要以去日本看病为由再度请假,到了日本还要接着请假,你若要帮我脱险,就先不要离京出走,免得打草惊蛇。我的家眷也不能与我同行,侧室已经有了七个多月的身孕,还带着两个孩子,一路上全都由我的副官护送。"他又格外叮嘱道:"你留在京城,可能会受到株连,要准备为我受些苦了。"

"我不能辜负了您的信任。"凤仙的脸色异常苍白,"只要您能一路平安,受什么样的苦,我都能挺得住。"

默然半晌,蔡锷才开口:"凤仙,真难为你了。"

说话之间,侍者端上了咖啡。等侍者走后,凤仙神情落寞地说:"天下没有不散的筵席,既然如此,不如先避开这尘世困扰,索性削发出家,倒不失为一条出路。"

"何苦如此?"蔡锷立刻皱紧了眉头。

"您先别为我的事费心了。"凤仙的一对双眼皮望下一垂,长长的睫毛不停地跳动,"没有过不去的火焰山,我们最终会有相见之日。"

"你居然如此有勇气,有担当,也不枉你我相识一场。"蔡锷又十分愧疚地说:"让你一个弱女子,为我承受如此重负,真是于心不安。"

"您言重了。"凤仙的声音忽然变得凄凉了:"你我之间就不必说这些了,不过有了您这番话,我已经是很知足了。"

"两载京华,说不尽的灰心、失望。"蔡锷凝视着凤仙的眼睛,声音有些沙哑:"值得欣慰的却是结识了你这么一个红颜知己。"

凤仙神色赧然地摇了摇头,"您能平安出走,我就念阿弥陀佛了!"她又哽咽着说道:"只盼望着您日后不要忘了我。"

"好在我们还都年轻,来日方长。"蔡锷的声音十分沉重:"只要缘分未尽,虽隔千山万水,终有相见的一天。"

34

袁世凯一面从床上坐起来,一面召唤:"来人啊!"

杨氏应声而入。她穿一件浅青色贡缎氅衣,娉娉婷婷地走到了黄花梨木罩式架子床前面。随后两个丫头各自端着面盆、茶盘子也进了卧房,杨氏从一个丫头手里接过一碗热茶,递给袁世凯。

等袁世凯漱过口,杨氏又端上了一碗参汤,随口问道:"大人,下午还有公事?"

"一会儿就得下楼。"袁世凯一面喝着参汤一面说:"下午要会好几拨人。"

一个丫头递上一块热手巾,杨氏接过手巾来给袁世凯细细地擦拭着脸和脖子,"您马上就要登九五之位了,千万要保重身体,不能过于劳累。"

袁世凯几口喝完了参汤,把碗又递给丫头,"近日各房都有些什么议论?"

"各房都在等着您登基之后金册加封呐!"杨氏放下手巾,双手搀扶着袁世凯坐到太师椅上,"近来大家议论的尽是封号的事儿。"

袁世凯向丫头们挥了挥手，等她们退出去之后才开口："我给你透个底，先不要对外面说去，登基之后，除了太太册封皇后之外，你和老大、老二、老三都册封妃子，老六、老八、老九封嫔。"

杨氏听罢，满脸堆笑，"我先得向您行个大礼。"她转身冲外面喊了一声："取红毡子来。"

"算啦！"袁世凯矜持地笑了笑，又摆了摆手，"等正式册封之日再谢恩吧！"

杨氏咯咯地笑了，笑完了才悄声问了一句："登基的日子定下来了吗？"

"要等到国民代表投票决定了国体，参政院上表推戴之后，才能定下来登基的日子。"袁世凯嘿嘿一笑，伸手拉住了杨氏的手，"先不必性急，封号自然少不了你们的。"

"这回由民国改帝制了。"杨氏依偎在袁世凯身旁问道："当初'石室金匮'里面密藏的'承继书'，是不是也要重新改写啦？"

袁世凯不觉一愣，想了想又点点头，"'石室金匮'里的'承继书'是民国所立，当下既行君主制，自然应当废弃。"

"按照前清的规矩，储君人选要藏于乾清宫'正大光明'匾的后面。"杨氏妩媚地眨了眨眼睛，"您心里一定早已有了储君的人选了。"

"妃嫔倒是好封，立储却是个难事。"袁世凯叹了一口气，"我跟你说过，老大六根不全，怎么能够君临万民？老二是个假名士，老三是个土匪，其余的还都年幼，怎能托付天下？"

杨氏看了看袁世凯的脸色，声音更加温柔："不过克桓倒是靠得住。"

克桓是袁世凯的六公子，为杨氏所出，年方十六岁，曾同五哥克权、七弟克齐赴英国留学，"欧战"爆发后，三兄弟又一同归国。

袁世凯摇了摇头，"国赖长君，克桓上面有五个哥哥，难以服众。"

"克桓的年岁也不小了，又留过洋。"杨氏紧紧握住了袁世凯的手，又扭了扭腰肢，"前清以来，都是择贤而立，古往今来，帝王家的弟兄之间还不都是彼此不服，一旦立了储，自然是君臣有别。"

过了半晌，袁世凯才开口："我也准备效仿前清制度，一旦登基，暂不立储，日后再将储君人选藏诸'石室金匮'，留待身后公布。"

"公开立储，反倒少了许多是非，可以避免骨肉之争。"

"兹事体大，容日后再从长计议。我该下去会客了，你先帮我换套衣服。"

忽然侍从官在门外禀告："大总统，有贺长雄顾问已在'大圆镜中'等候。"

35

城外的一条土道上,四匹快马疾驰而过,首尾相衔,马蹄声、銮铃声杂沓作响。

"已经快到北苑啦!"蒋方震猛然喊了一声。

蔡锷蓦地勒住缰绳,胯下的白马一声长嘶,随之双蹄一掀,幸亏他手疾眼快,双手抓住缰绳,全身往前一扑,才把马压住了。

蒋方震也勒住了缰绳,他骑的是一匹枣骝马,配着簇新的皮鞍,浑身都是汗水。

"百里,"蔡锷跳下马招呼了一声:"就在这里歇息一下吧!"

两个人把马都交给了随行的副官,并肩缓步而行。

"久离鞍马,髀肉复生,日月蹉跎,功业未成。"蔡锷叹了口气。

"松坡,"蒋方震压低了声音:"今日相约,郊外试马,一定是有事情。"

蔡锷并未答话,转过头来向身后的副官使了个眼色,副官们便牵着马止住脚步。他和蒋方震两个人都默然不语,又往前走了百余步。

"百里，我要走了。"蔡锷突然停下了脚步，"一半天内就要动身。"

蒋方震愣了一下，颇为意外，"究竟要去哪里？"

"这一趟可远了。"蔡锷诡秘地笑了笑，"从海上先去日本，最终是到云南。"

一听这话，蒋方震猛然醒悟，"松坡，你是要到云南兴兵举事。"

"今日之局势，皆是袁世凯叛国所致，当初民国肇始，袁世凯曾经信誓旦旦，宣称共和为最良之国体，世界之所公认，今由帝制一跃而跻及之，亦民国无穷幸福云云，并保证永不使君主政体，再行于中国，而今竟然利令智昏，叛国称帝。民国主权属于国民全体，只是将权利让渡于政府，政府元首一旦背叛民国，国民亦可以收回权利。"蔡锷毅然决然地说："不愿重做奴仆，惟有兴师起义，我辈所争者不是个人的权力地位，而是四万万同胞的人格。"

"没想到你要干这么一桩惊天动地的大事业。"蒋方震的脸上露出了钦佩的神情。

"百里兄，正要借重你这位军事长才。"蔡锷的目光愈发沉毅，直截了当地问了一句："我们一同来干这桩大事如何？"

"松坡，"蒋方震沉吟了一下，又问了一句："你是不是早已经做了通盘的谋划？"

蔡锷点了点头，"滇、黔方面都已经联络好了，一旦举事，滇军首先面对的是四川驻军，双方兵力并不悬殊，北洋军主力距离云南路途遥远，难以迅速投入作战。"

"仅滇、黔两军，势单力孤。"蒋方震皱紧了眉头，"与北洋军较量,以小博大,只能逐一分化北洋诸将及川、湘、桂、粤,局势方能有所改观。"

"袁世凯称帝,自然会与段祺瑞、冯国璋这两位北洋大将发生利害之争,势必引起他们不满,眼下只要能够说服冯国璋,使他统辖的部队保持中立,北洋军最终一定会分崩离析。"蔡锷毫不犹豫地说:"此番南下,志在必得,讨伐逆贼,就在此一举。"

"只怕一旦兴兵反袁,势必群雄蜂起。"蒋方震长叹了一口气,"中国又要遭受一次大劫难了!"

蔡锷斩钉截铁地迸出了一句话:"我辈既处千年未有之变局,亦应建千年未有之伟业。"

"好!护卫共和,我辈军人义不容辞。"蒋方震一把抓住了蔡锷的胳膊,"家里稍做安置,我便寻找机会南下,我们云南见。"

"一言为定。"蔡锷一面说,一面拍了拍蒋方震的肩头,"我先行一步,在云南等着百里兄。"

"松坡,"蒋方震神情肃然,"'万里赴戎机,关山度若飞。'眼下这台戏里,你唱的这出才是大轴。"

举目西眺,落日衔山。蔡锷默然许久,"时候不早了,我们往回骑吧!"他转过身去,向大约百步之外的副官招了招手。

副官们牵着马赶了过来。蔡锷抓住缰绳,腾身一跃上了马,身手十分矫健,两手分开缰绳,两腿一夹,拿马鞭子一敲马镫子,胯下一色纯白的坐骑,便亮开了四蹄。

蒋方震和两个副官也上了马,一行绝尘而去。

第八章·正阳楼

36

听到敲大门的声音,女佣连忙赶去开门,"云仙姑娘回来啦!"

进了院门,杨度一面往里走,一面问道:"夏大人来了吗?"

女佣摇摇头,"夏大人还没到。"

花云仙接着问了一句:"广和居订的菜送来了吗?"

女佣忙答道:"广和居的菜倒是已经送来了。"

花云仙又吩咐道:"等夏大人来了就开饭。"

一行人进了正房堂屋,花云仙指了指八仙桌,转脸叮嘱拎着包袱的丫头:"包袱先放桌子上,千万要仔细。"

丫头放下了包袱,杨度挽起袖子来,小心翼翼地打开了包袱皮,又揭开了里面包着的几层高丽纸,才露出了一只褐釉的壶形瓷器。

"在琉璃厂逛了那么多个铺子,那些青花、五彩的瓷器都不买,"花云仙娇媚地问道:"您怎么就看上这件瓷器了?"

"那些青花、五彩的瓷器,都不过是前清年间的,在古董行里,并没有太大的行市。这件瓷器却是元代之前的,从器形、釉色、分量上看，年份应该是辽、金，回头再让夏大人给掌掌眼。"杨度刚说到这里，忽然听到外面有人敲门，便吩咐丫头："快去开门，看看是不是夏大人？"

他说罢转身迎了出去，一见到夏寿田，忙问道："午贻，怎么这个时候才到？是不是有事耽搁了？"

"皙子，进屋再说。"夏寿田一面说，一面拉着杨度，径直进了堂屋。

进了屋还没落座，杨度又急着问道："到底出了什么事？"

"夏大人，坐下说。"花云仙随手关上了屋门，又给两个人都斟上了茶。

"三个钟头以前，总统府接到了一个密码电报。"夏寿田神情沮丧地说："上海镇守使郑汝成今天中午遇刺身亡。"

"大总统痛失股肱。"杨度叹了一口气，接着问道："刺客是什么人？"

"刺客已经被上海工部局拿获，还在审问，眼下上海已经全城戒严了。"夏寿田接着说道："郑汝成死在了苏州河的外白渡桥上，当时他正要前往日本领事馆，参加日本天皇加冕庆祝会。大总统获悉后十分痛心，下令照会工部局，要求引渡凶犯，还要追封郑汝成为一等彰威侯，封上将军军衔，爵位世袭罔替，另外准备在上海和原籍设立专祠，赐予家属三千亩天津小站营田，两万元治丧费。"

"国体未改，帝制未成，大总统怎么就先封了爵？"杨度摇了摇头，"这倒是性子急了一些，显得乱了方寸。"

"这是民国以来头一回封爵，却封到了死人头上。"夏寿田忽然放低了声音："这可不是个吉兆。"

"煌煌上海，青天白日，竟然刺杀了镇守使，刺客决非等闲之辈，这真是个大新闻。"花云仙的神色十分惊恐，"两年前宋教仁也是在上海遇刺身亡的。"

杨度猛然醒悟了，"午贻，云仙的话倒是提醒了我，杀郑汝成的刺客会不会是孙文的党徒？"

"孙文之徒大都已流亡海外了。"夏寿田惊诧地反问了一句："难道他们又卷土重来了不成？"

"这帮亡命之人，今天在上海杀了镇守使，明天还不得杀进北京城？"花云仙依然惊惶不已，"二位大人忘啦？民国二年，京、津两地曾经闹过'暗杀团'、'血光党'，当时连女学生都时兴参加暗杀团，专门刺杀政坛要人，后来刺客自首，说是由革命党和黄克强在幕后指使，供给他们炸药、手枪和费用。杨大人、夏大人，今后出入可要多留神！"

"北京不同于上海。"杨度不以为然地摇了摇头，"治安总是要稳定一些。"

"可您的名声太大了，又一直鼓吹帝制，与孙文的政见不同，您千万要小心。"花云仙又叮嘱道："还是叫警察厅派几个警察过来，随身保护才好。"

"云仙的话有道理。"夏寿田点了点头，"对这些亡命之徒，真不能掉以轻心，郑汝成就是个教训。"

"午贻，"杨度若有所思地问了一句："哪一天为郑汝成举办追悼会？"

"这还没定下来。"夏寿田一面端起了茶碗一面说："单是封爵和恤典之事，就忙了半天，因封爵依法无据，还要呈请大总统核示，所以忙到这会儿才来。"

"不过借着封爵，大总统也表明了态度。"杨度猛然一拍桌子，"封爵一事，说明帝制只是迟早的事。我们先为郑汝成写一副挽联,以备追悼会上用。"他说罢便站起身来,拉着夏寿田一起到东面书房去。

进了书房,花云仙在书案上铺开宣纸,又赶忙磨墨。杨度提起笔来,思忖了片刻,便写下了两行字:男儿报国争先死,圣主开基第一功。

夏寿田看罢,沉吟了一下才开口:"这'圣主开基'的辞句,放到追悼会上,会不会显得太无忌惮了?"

"这副挽联就是要扣题,开宗明义,倡言帝制。"杨度放下了笔,吩咐花云仙:"叫丫头去寿衣铺子里买副挽联和花圈来,回头就写上这副联。"

花云仙一直紧锁着眉头,突然忍不住说了一句:"杨大人,您还是不要去参加追悼会。"

"当然要去追悼会。"杨度诧异地问道:"为什么不能去?"

"追悼会上,会不会也有刺客?"花云仙焦急地盯着杨度,"到时候大总统和政要们都要参加追悼会,由此再引来刺客,二位大人,可要当心啊!"

"云仙,你怎么闹得风声鹤唳?"杨度笑着摇了摇头,"若是大总统来,追悼会上肯定更要戒备森严。"

"我看大总统不一定亲自去追悼会。"夏寿田想了想,接着又说:"自从大总统进了西御苑,就再也不肯轻易地出去了,两年当中,我记得只出过四回西御苑。一回是民国二年的双十节,在太和殿就任正式大总统;一回是去年九月赴孔庙祭孔;另一回是去年的双十节,上天安门阅兵;最后一回是去年年底,在天坛祭天。"

"大总统深居简出,肯定是出于安全考虑。"花云仙又说了一句:"哪回都是戒严净街。"

丫头忽然在堂屋里问道:"饭已经准备好了,现在要不要端进屋来?"

"杨大人、夏大人,我们还是先来用饭吧!"花云仙说罢便转身出了书房,杨度、夏寿田也跟了出来。

"午贻,"杨度一面走一面对夏寿田说:"有件瓷器,回头还要请你给掌掌眼。"

37

听到门外的脚步声,凤仙转过脸对着帽镜看了一眼,拢了拢鬓角,便匆忙赶去开门。

蔡锷已经推门径直而入。他穿一袭天青色洋布夹袍,上身套一件黑呢子对襟马褂,戴了一顶毛呢礼帽。

"您这是从哪里来?"凤仙接着又问道:"刚才是从哪里打的电话?"

"从西御苑来。"蔡锷转身关上了屋门,"就是在那里打的电话。"

"您脸色不太好。"凤仙仔细端详着他,又问了一句:"是不是又熬夜了?"

蔡锷没答话,径自进了卧房。等凤仙跟进来之后,他又关上门,拉上了窗帘。

凤仙悄声问了一句:"有什么事啊?"

蔡锷压低了声音:"把手枪拿出来。"

一听这话,凤仙便愣住了,顿觉手脚冰凉,脸色也为之一变。

"我今天就要走了。"蔡锷上前握住了她的双手。

"随身的东西都准备妥当了吗？"凤仙咬住嘴唇，强忍住了眼眶里的泪水，"盘缠够不够？"

蔡锷点了点头，掏出手绢递给她。凤仙再也忍不住了，眼泪夺眶而出，她一头扑到了蔡锷的怀里。

"当初你曾经问过我，为何要反对袁世凯当皇帝，现在我可以明白地告诉你，自古百姓从未享有过权利，只是苟全性命而已，民国肇建，国民觉醒，既成为国民，自应行使权利，亦应承担责任，眼下举国若狂，争相请愿劝进，皆为利禄熏心所致，民国总统原本是国民的公仆，如果袁世凯做了皇帝，全体国民又成了奴仆，辛亥年赶走了一个皇帝，乙卯年又冒出来一个皇帝，中国的皇帝总是阴魂不散，中国人便只有做奴才的命了。"说到这里，蔡锷的神色肃穆，"这是关系到四万万同胞的人格与权利问题，我一定要为同胞们争这个人格，争这个权利。"

听完这番话，凤仙止住了抽泣，"您既然已经与我肝胆相照，我也一定披肝沥胆，只是您此次海天万里之行，又要经受一番血雨腥风，未来的日子真是难以逆料。"

"我走之后，你先离开云吉班，找一处僻静的房子，暂时隐姓埋名，少则半年，多则一年，我一定在京城里各家报纸上刊登寻人启事，到时候你可要多留心报纸。"蔡锷一面说一面轻轻地抚摩着她的肩头，"你我重新聚首之日，我们就可以尽情享受自由之身了。"

"今后仙凡路隔，只有在梦中相会了，是不是能重新聚首，就看你我的缘分深浅了。"凤仙抬起了一双泪眼，"回头我再送您一程。"

蔡锷紧紧地抱住了她，"你不单是为我尽了心，而且是为民国尽了力。"

"我可没想那么多，只是为了帮您脱身。"凤仙用手绢擦了擦眼角，"您说，到底怎么走？"

"中午十二点钟的火车。"蔡锷掏出怀表来看了看，"现在已经快十点了。"

凤仙走到梳妆台前，拿钥匙打开抽屉，取出手枪和子弹，又拿钥匙开了另一个抽屉，从里面翻捡出来两枚金戒指，再用手绢包上，转过身来把这几样东西一并放到了蔡锷手里。

"实在是用不着。"蔡锷摇了摇头。

"带上吧，备不住能派上用场。"凤仙打开梳妆台上的打簧金表盖子看了一眼，"工夫不早了。"

蔡锷点点头，随即把子弹装进弹仓，又将手枪和手绢包一起揣进了夹袍。

凤仙从衣架上面取下一件大红缎子面斗篷披上身，一面系着纽扣，一面跟着蔡锷往外走。

院门外停着一辆双套四轮包厢马车，蔡锷吩咐车夫："去前门外正阳楼。"

坐上马车之后，凤仙悄声问了一句："还有工夫上正阳楼吃饭？"

蔡锷突然抬高了声音："眼下去正阳楼吃涮锅子正是时候。"他又附在凤仙耳边，压低了声音："卓如先生派人在前门东车站等我。"

凤仙伸出涂红了指甲的食指按在嘴唇上，轻轻地嘘了一声，又指了指包厢外面的车夫，两个人便沉默不语。

正阳楼是一家山东风味的饭馆，道光年间开业，坐落在前门外路东的肉市街，居京城"八大楼"之列，以涮锅子和海味闻名，离前门东车站不到一里的路程。

马车出了陕西巷，往东直奔珠市口，然后转向北面就是前门大街。不到半个钟头，已经到了正阳楼，蔡锷撩起帘子，挽着凤仙下了马车。

一进门，伙计便迎上来了，蔡锷一面往楼上走一面说："找个单间。"

两个人随着伙计进了一个单间，靠着南面的窗子坐下之后，蔡锷吩咐道："要个涮锅子，两斤羊肉，外加佐料、烧饼。"

一会儿工夫，伙计端上了铜火锅，随后又端来羊肉和一应佐料。

蔡锷掏出怀表看了一眼，随后用手绢包起两个烧饼揣进怀里，又向凤仙使了个眼色，"我去方便一下。"他说罢就匆匆下楼了。

出了正阳楼，蔡锷回头望了望楼上，凤仙正倚窗向他凝望。他猛然转过身来，戴上一副墨镜，便朝着京奉铁路正阳门东车站的方向疾步而去。

38

杨士琦夹着皮包走进了总统办公处,袁世凯摘下了眼镜,抬起头来问道:"杏城,祭文和挽联都拟好了吗?"

"大总统,"杨士琦从皮包里取出两份文稿,放到了袁世凯面前的紫檀木书案上,"祭文和挽联都在这里,请您过目。"

袁世凯又戴上了眼镜,拿起文稿。头一张文稿上面,拟了一副挽联:出师竟丧岑彭,衔悲千古;愿天再生吉甫,佐治四方。

"这个典故用得好!千军易得,一将难求。"袁世凯沮丧地摇摇头,"郑子敬太可惜了!"

遇刺身亡的上海镇守使郑汝成字子敬。袁世凯又草草浏览了一遍祭文,"就用这篇祭文,回头我亲自书写挽联。"

"大总统,"杨士琦问了一句:"追悼会的日子定了吗?"

"追悼会还要等两天。"袁世凯顺手摘下眼镜,"要等子敬的遗体运到北京。"

谈话之间,夏寿田匆匆而入,看到杨士琦后连忙点头,随后给袁世凯呈上一份电报稿,"大总统,刺杀郑将军的凶犯已经查清身份了,确属孙文党徒。"

"果然不出所料，的确是孙文的党徒所为，命令上海方面即刻引渡凶犯，就地处以极刑。"袁世凯一面把书案上的一份文稿递给夏寿田，一面说："我这里写了一个手令，马上给上海和松江两个镇守使衙门以及陆军第四师、第十师分别发电报。合并上海和松江镇守使署，改设淞沪护军使署；任命松江镇守使、第四师师长杨善德为淞沪护军使，兼江苏军务会办，第十师师长卢永祥为淞沪护军副使；命令驻守松江的第四师进驻上海。"

驻防松江的第四师和驻防吴淞口的第十师，皆属北洋嫡系，两个师的师长杨善德、卢永祥，都是袁世凯旧部。杨善德曾率第四师参加"癸丑之役"，卢永祥的第十师原来驻防济南，不久前才调往吴淞。

夏寿田接过手令，便转身出去了。杨士琦伸出了大拇指，"大总统这一步棋下得高妙，上海既为东南重镇，又为乱党渊薮，必须用重兵弹压。"

袁世凯如数家珍地说道："眼下徐州的'定武军'近两万人，南京、苏州、扬州、常州、镇江、淮安等地有两个师、六个旅，近四万人，上海、松江的第四师和第十师，一万余人，彼此各不统属，成立淞沪护军使署，直接隶属中央，可以使宁、沪、徐成鼎足之势。"

"定武军"驻防徐州，归长江巡阅使张勋统领。南京、苏州、扬州等处的驻军，归督理江苏军务的冯国璋节制。

"正是一石投二鸟之法。"杨士琦连连点头，"更可以防备南京尾大不掉。"

"华甫总不至于与我离心离德。"袁世凯抬头看了看杨士琦。

华甫是指冯国璋。杨士琦压低了声音："孙文一党大都流亡海外，上海的乱党乃是癣疥之患，南京才是肘腋之患，芝泉告病之后,北洋的实力人物就数冯华甫了。"

袁世凯半晌无语,忽然话头一转:"杏城,郑子敬的追悼会,由你代我去赐祭。"

39

梁启超的神情十分焦急,在楼下的客厅里来回踱步。忽然听到叩门的声音,他立刻停住了脚步,吩咐佣人:"快去开门。"

蔡锷一身西装,刚一进门,梁启超便迎上前去抓住了他的手,"松坡,随我来。"

两个人携手上楼,径直进了二楼"饮冰室",梁启超一面指着地板上放着的两个皮箱子,一面说:"行李都已经准备好了。"

他又转身拿钥匙打开了书桌的一个抽屉,从里面取出了一本护照,"你现在的身份是日本驻天津领事馆的外交官,这是护照,上面有你的日文名字。一会儿便从这里去海河码头上船,搭乘一艘运煤的日本货轮,这只船叫'山东丸',由曹福送你去,船上有人接应。"

曹福是梁启超的老家人。蔡锷接过了护照,打开看了看,"先生生平,可谓精彩纷呈。"

"你的家眷南下之事,我已经做了安排,过两天就动身,请放心吧!把你送走之后,我也准备离开天津了,行期大约是在十二月中旬。讨袁檄文、起义通电等各类文稿,都另外准备了一份,已经交给了可靠的朋友,约定在云南举事之日,一起由他们在北京、天津、上海的中西文报纸上刊发。这些日子,你在医院中静养,北京城里可是好戏连台。"梁启超莞尔一笑,接着又说道:"帝制闹剧已经愈演愈烈,'国民代表大会'的全体代表居然一致赞成'君主立宪',还全体上书推戴袁世凯为皇帝,真乃举国一致。外交部长陆征祥在与日、英、俄、法四国公使举行会谈中公开声明,今年内中国不准备变更国体,这都是为了应付四国的敷衍手法,袁世凯真是个天生的好戏子。"

"好!我们也奉陪到底,接着把这出戏唱下去。我前天又发了一封电报,托经界局周秘书长代呈请假报告,说明自己病情不断加重,请求赴日本治疗,并请求派人署理经界局的职务。"蔡锷一面说,一面从皮包里拿出一帧一尺左右的照片递给梁启超,"这是前几天我与循若一起照的,特地换上了一身军服,以此表示不成功便成仁的决心。其他的一应文件、勋章、照片都交给张孝准先行带到日本去了,临歧无以相送,这张照片就给先生留做纪念吧!"

梁启超手捧着蔡锷和戴戡身着军礼服的照片,端详了一下,"诀别之际,我回想起了戊戌年那一幕,在百日维新功败垂成之际,与复生相拥而别的情景,今天依旧历历在目。复生留下的辞章一直铭刻心头:'望门投止思张俭,忍死须臾待杜根,我自横刀向天笑,去留肝胆两昆仑。'戊戌年初秋,我便是从天津去国离家,亡命天涯,从海河至大沽口,这条水路至今铭心刻骨。回国才三年,又要浪迹天涯。"他把手中的照片放在了书桌上,"松坡,这回你也要踏上这条亡命之路了!"

"戊戌六君子"之一的谭嗣同字复生,籍隶湖南浏阳,湖北巡抚谭继洵之子,甲午之后,倡立新学,鼓吹维新,创立"南学会"，出任学长。戊戌年，光绪皇帝"诏定国是"，变法维新，征召谭嗣同入京，擢任军机章京行走，参预新政。军机大臣俗称"大军机"，军机章京俗称"小军机"，承办军机处日常事务，谭嗣同等四名军机章京被称为"军机四卿"，特开懋德殿办公，凡有上谕和奏章，一概由"军机四卿"拟稿、阅览。谭嗣同密奏光绪皇帝，建议破格擢拔统率"新建陆军"的直隶按察使袁世凯，用以掌握兵权，由此晋升袁世凯为侍郎候补。政局突变，谭嗣同又秘访袁世凯，出示光绪求救的密谕，劝他举事，尚未有结果，慈禧太后便已回宫训政，立即幽禁光绪，拿解"军机四卿"。

被捕之前，谭嗣同曾去日本使馆见梁启超，托付家书、文稿，并借《史记》中"赵氏孤儿"的典故，以公孙杵臼自诩。春秋时期，晋国大夫屠岸贾率兵诛灭大夫赵朔全族，闻赵氏有遗腹子，大肆搜捕。公孙杵臼为赵氏门客，程婴为赵氏友人，为救护赵氏遗孤，都不惜牺牲性命，公孙杵臼对程婴表示："子强为其难者，吾为其易者，请先死。"两人定计，以公孙杵臼携他人婴儿藏匿山中，程婴告发，屠岸贾部下杀死了公孙杵臼和婴儿，赵氏遗孤由程婴抚养长大。

戊戌年八月十三日，谭嗣同等六人被斩首于京师刑场菜市口，史称"戊戌六君子"。当时京城杀机四伏，梁启超身为朝廷钦犯，由天津踏上了去国离家的亡命之旅。当时正值捕猎野鸭子的季节，梁启超换上行猎的装束，肩背猎枪，乘火车逃离京城，军警一路追捕，他在天津海河码头搭乘上"快马"号帆船，又在塘沽港登上了日本兵舰"大岛"号。

蔡锷缓缓地吟诵道："'古人往矣不可见，山高水深闻古纵，潇潇风雨满天地，飘然一身如转蓬，披发长啸览太空，前路蓬山一万重，掉头不顾吾其东。'这篇《去国行》乃先生当年逃亡途中的血泪之作。"

"松坡，初相识时，你尚在总角之年，弹指之间，已近二十年了。"说到这里，梁启超的泪水夺眶而出，"但长沙、东京的前尘往事，却仍旧恍如昨日。"

"事成之后，一定解甲，随侍先生左右。"蔡锷十分伤感地说："望先生为国珍摄。"

"唤醒人心，抗衡强权，只有凭借精神信念，民国命运，眼下系于你一身。还是《少年中国说》里那几句话：'故今日之责任，不在他人，而全在我少年。少年智则国智，少年富则国富，少年强则国强，少年独立则国独立，少年自由则国自由，少年进步则国进步。'"忽然间条案上的座钟响了起来，梁启超忙转身看了看，"已经快四点钟了，该上路了，山高水长，一路保重。"

"锷为先生之马前卒，先行南下，惟愿天佑中华，不久便与先生重新聚首。"

"此时此刻，此情此景，使我又想起了复生的两句诗：'愿将此身化明月，照君车马渡关河。'"

"光绪二十五年，先生离开日本赴檀香山前，做《壮别》一诗：'丈夫有壮别，不做儿女颜，风尘孤剑在，湖海一身单；天下正多事，年华殊未阑，高楼一挥手，来去我何难。'今日读来，感同身受。"

40

一位老中医正在外书房给段祺瑞切脉。切完脉之后,他从身边的药箱子里取出了纸、笔、墨盒,一面写着药方子一面说:"脉象有些紊乱,中气不足,应该还是胃里的毛病。"随后又嘱咐道:"先吃这三剂药,千万别劳神。"

段祺瑞面无表情,默不作声。大夫放下了药方子,抱起药箱子起身告辞。

"有劳大夫。"段祺瑞吩咐副官:"替我送送大夫。"

大夫走后,徐树铮推门而入,"芝公,刚才那位大夫又是项城派来的?"

"打着为我看病的幌子,其实是在探我底细。"段祺瑞皱了皱眉头,"项城还经常派人送来药物和补品,我一口都不敢吃,但只好敷衍一下。"

"雷霆雨露,兼行并至,真乃天威莫测。"徐树铮脸上显露出了揶揄的神色,他隔着书案坐在段祺瑞对面,"陆军部的消息,巡洋舰'肇和'号在上海叛乱。"

徐树铮所说的"肇和"号,本是清朝的"遗腹子",却未因为改朝换代而胎死腹中。

　　甲午战败，北洋舰队覆灭，朝廷裁撤了海军衙门，遣散北洋水师官兵。事隔十四年之后，宣统登基，醇亲王载沣以监国摄政王名义代掌朝政，又谋划重新振兴海军。宣统元年，颁布上谕，宣布皇帝为大清国陆海军大元帅，未亲政之前由监国摄政王代理，设立"筹办海军事务处"，陆军部遂将江南水师、长江水师、广东水师、福建水师、浙江水师以及金陵船厂、湖口船厂、汉阳船厂都划归"筹办海军事务处"管理。宣统元年和宣统二年，筹办海军事务大臣载洵、萨镇冰先后两次奉命率团出国考察海军，购置新式舰船。他们遍访英国、德国、意大利、美国、日本等国，总共订购了三艘巡洋舰、四艘炮舰、五艘驱逐舰。朝廷于宣统二年设立海军部，任命载洵、谭学衡为海军正、副大臣兼正、副都统，萨镇冰为海军副都统兼巡洋、长江两只舰队统制。当时海军部制订出一个庞大的筹办海军七年规划，准备购置舰船五十余艘，总吨位达一万六千吨。海军部与陆军部、度支部会商，为海军筹集开办费一千八百万两白银，宣统元年已筹开办费一千一百万两，另外还有常年经费二百万两，四年之内拨付购置舰船经费一千六百五十万两，两年之内拨付开辟军港经费一百五十万两。

　　武场起义爆发后，朝廷颁布上谕，命海军部从各地调集军舰，赴鄂镇压起义，巡洋、长江舰队的舰只悉数布置于长江中下游。长沙、九江、岳州接连独立，一时风声鹤唳，至辛亥年十一月初，驻泊吴淞、南京的军舰相继反正，驻泊武昌的海军亦开始厌战，以补给燃料、弹药和修理舰只等理由要求返回上海基地，陆续航行至九江、镇江、上海等地，先后易帜起义。

　　宣统退位之后，民国政府承认清政府与各国所订条约，其中包括宣统年间签订的购置舰船合同。英、法、德、日、俄五国银行向民国政府贷款，垫付订购舰船款项，从英、德、日订造的舰船陆续下水来华，先后共有九艘交付中国海军使用。从意大利、奥匈帝国、美国订造的舰只，则因为购船款项发生纠葛而未能交付。民国元年，"肇和"号由英国阿姆斯特朗公司建造完工，经过万里航行，驶抵上海。当时已经革故鼎新，这艘二千七百五十吨级的巡洋舰，未能升起大龙旗来，便被民国政府接收了。

民国海军部将海军舰船重新编为三支舰队。第一舰队有巡洋舰、炮舰、驱逐舰近二十艘，分驻上海、烟台等港口；第二舰队皆是小型炮舰、炮艇，分驻长江沿岸各港口；另外一支舰队则是练习舰队，驻上海港，"肇和"号巡洋舰隶属于该舰队。

徐树铮的话，令段祺瑞倏然一惊，立刻皱紧了眉头，"驻沪海军向来就不稳定。"

"'肇和'号等一批驻沪军舰原定今天南下广东，参加海军检阅，昨天傍晚六点，'肇和'号突然向江南制造局发炮，据说当时舰上已潜入乱党。"徐树铮接着讲述："上海各路乱党还分头向警察局、电报局、电灯厂发起进攻，先后占领了淞沪警察署及各处要冲。"

他的话还没说完，段祺瑞便插了一句："乱党必定是孙文余孽，上个月刺杀郑汝成一定也是这伙人。"他接着又问："驻防淞沪的第四师和第十师怎么样了？"

自从上个月上海镇守使郑汝成被刺之后，新设淞沪护军使署，驻防松江的第四师和驻防吴淞口的第十师，都归其统辖。

"刺杀郑汝成之后，驻防松江的第四师已经进驻上海市区，这回自然首当其冲。"徐树铮接着又说："据海军部的消息，这回多亏了萨鼎铭。"

海军总司令萨镇冰字鼎铭，籍隶福建闽侯，福建马尾船政学堂毕业。光绪二年，作为中国首批海军官费生，远赴英国格林尼茨皇家海军学院留学，归国后担任过南洋水师炮船大副、天津水师学堂教习、北洋水师管带等职务。甲午战争中，萨镇冰亲身经历了威海卫战役，北洋海军全部裁汰之后，他回到福州。光绪二十五年，开复革职处分，萨镇冰又历任管带、总兵、提督，宣统年间主持重建海军规划，亲自购置新式舰船。武昌起义爆发，他受命督率舰队赴鄂，支援北洋陆军，各舰官兵临阵倒戈，他只身离舰出走。"癸丑之役"后，萨镇冰再次受到重用，被袁世凯任命为肃威将军、陆海军大元帅统率办事处办事员、参政院参政。

段祺瑞打断了他的话："萨鼎铭在上海？"

"萨鼎铭正在上海督办舰队赴粤检阅事宜。"说到这里，徐树铮从书案上端起茶壶，给自己倒了一碗茶，一口气便喝干了，"'应瑞'号、'通济'号上一部分官兵也勾结叛党，准备与'肇和'号一同起事，萨鼎铭亲自登上'应瑞'号，下令将'肇和'号击毁，他当即犒赏各舰官兵十万银圆，并答应平定叛乱之后再重奖有功人员一百万元，'应瑞'号、'通济'号这才平息骚乱，今天凌晨，转向"肇和"号开炮，炮战持续了半个时辰，'肇和'号的主炮台和锅炉均被击中，船上爆炸起火，挂起了白旗，陆上攻占各处要冲的乱党也相继溃败。"

"刺杀郑汝成在前，'肇和'号叛乱于后，国民党又卷土重来，怕是要重现癸丑年那场大乱了。"

"昔日癸丑之役，芝公砥柱中流，主持全局，也倚仗冯华甫、张绍轩等北洋宿将前方用命，方才勘平大乱，眼下江南要是再出乱子，坐镇东南的冯华甫、张绍轩却未必肯出力气。"

张绍轩是长江巡阅使张勋,光绪五年投军,光绪二十一年入新建陆军。"庚子之乱"中奉命勤王,护卫銮驾。辛丑年"两宫回銮",张勋留京宿卫紫禁城,担任随扈。辛亥岁末,他驻守南京,率巡防营与新军激战,败走徐州。张勋及其部下始终留着辫子,表示效忠清室,人称其为"辫帅",称其部属"定武军"为"辫子军"。"癸丑之役"中,张勋奉命进攻南京,因纵兵抢掠,转调徐州,任长江巡阅使。

"说到华甫、绍轩,他们的态度始终不明朗。"段祺瑞皱着眉头,面色沉重,"这一直是项城的心腹之患。"

"冯华甫与芝公同为北洋干城,如今芝公退隐,他也不免唇亡齿寒。张绍轩这个保皇派一直暗中联络清朝宗室,密谋复辟。"说到这里,徐树铮起身踱蹀,"前一阵子,段香岩联络二十省将军劝进,冯华甫、张绍轩未曾列名,还给政事堂和大元帅统率办事处发了联名密电,声称对于私人团体号召不敢附和,如政府决意改变国体,则应由国务卿定稿、领衔,提交参政院公议。冯华甫、张绍轩明知徐菊人对国体问题态度暧昧,却要求他领衔劝进,这是他们给项城出的一道难题。日本报纸披露帝制活动的内幕消息之后,冯华甫、张绍轩不得不通电辟谣,表示受恩深重,决无异心,为此冯华甫又给项城发专电,表明作为地方军政官员不便轻率建言劝进。他们二人的这套把戏,项城自然洞若观火,但因为是北洋实力人物,又居要冲之地,因此只能安抚,否则局势便不可收拾了。"

"帝制未成,已经出了乱子。"段祺瑞忽然冷笑了一声,"袁项城若是一意孤行,恐怕还要激出大变故来。"

第九章・体元殿

41

洪宪梦

节气临近了大雪,体元殿外的大水缸里已经结了薄冰,殿门挂着棉门帘子,殿里左右摆着两个黄铜大炭盆,炭火烧得通红。

体元殿曾是慈禧太后的寝宫,光绪八年,她由长春宫搬到体元殿,两年后又迁至早年住过的储秀宫。

瑜太妃、瑾太妃与醇亲王载沣、总管内务府大臣世续、贝勒衔贝子溥伦,正隔着一道明黄纱八扇屏风"垂帘议事"。

瑾太妃他他拉氏是光绪皇帝的遗孀,庚子年殉难的珍妃是她同父异母的妹妹。光绪十五年,姐妹俩一同入宫,他他拉氏最初的名号为瑾嫔,又获封瑾妃,一度受妹妹珍妃的牵连,被慈禧太后降为贵人,日后又恢复了妃子名号。她入宫后一直住在永和宫,由于体态丰满,宫里都称为"胖娘娘"。宫里的四位太妃,瑾太妃最年轻,宣统即位之后,尊封为瑾贵妃,隆裕太后去世后,尊封瑾贵妃为端康皇太妃,并主持清室事务。

两位太妃头戴朝冠,都是一身黄色袍褂,端坐在纱屏风后面的御座上。

"伦贝子,"瑜太妃的目光转向了溥伦,"上次四位太妃和亲贵大臣一起'垂帘议事',公推你为皇室代表,眼下与民国方面交涉得怎么样了?"

前些日子,四位太妃召集宗室王公讨论修改'清帝辞位优待条件'事宜,多数人主张皇室对国体变更置之不理,实在不得已再迁居颐和园。溥伦却另有主张,他认为应该赞成国体变更,这样可以保障皇室安全。溥伦是道光皇帝的嫡派曾孙,袁世凯亲自任命为参政院参政员。

溥伦先清了清嗓子,"我已经去参政院表明了皇室的态度,现在还需要拟一道上谕,再由内务府正式发一份咨文给参政院。"

瑜太妃听罢,思量了一下,"如何拟这道上谕?"

"无非是表示赞成变更国体,推戴袁世凯为新朝皇帝。"溥伦跟着又加了一句:"这个意思,上回四位太妃'垂帘议事',基本已经议过了。"

瑜太妃沉着脸回了一句:"发了这个上谕,这不成了向天下公开表明,皇室也推戴袁世凯当皇上?"她接着又抬高了声音:"咱们总要为皇上留些面子。"

一听这话,溥伦很不以为然,"这不过是个顺水人情而已。"他接着又解释道:"眼下这个局面,皇室不能不对国体公开表明态度,惟有如此,才能保障皇室的安全。"

沉默了一会儿,瑜太妃才又问道:"给参政院发了咨文,能不能保住皇上的帝号?'清帝辞位优待条件'还能保住哪些条款?还要不要再让出紫禁城和御玺、銮仗?"

"'清帝辞位优待条件'究竟能保住哪些条款,这还需要一番折冲。"说到这里,溥伦迟疑了一下,"可从眼前的局势看,紫禁城和御玺、銮仗恐怕是要让出去了。"

站在一旁的载沣开口了:"既然已经公开推戴,为什么还不能保住紫禁城和御玺、銮仗？"他又加了一句："总不能一味地拱手相让啊！"

　　载沣是醇贤亲王奕譞之子，光绪皇帝载湉的异母弟弟，排行老五，又是宣统皇帝溥仪的生父，隆裕皇太后和瑾太妃的小叔子。同治无嗣，崩殂之后，奕譞之子载湉入继咸丰为嗣，承续大统，赐醇亲王"世袭罔替"。光绪十六年，奕譞薨逝，载沣八岁，承袭醇亲王爵位。光绪二十七年，载沣受命任钦差专使大臣，赴德国访问，觐见德皇威廉二世，同年十一月，慈禧太后指定载沣同文华殿大学士、军机大臣荣禄之女瓜尔佳氏婚配，次年八月完婚。"丁未政潮"爆发后，军机大臣瞿鸿禨开缺回籍，载沣奉旨入军机处，转年任军机大臣。光绪三十四年十月，慈禧太后立载沣世子溥仪为嗣皇帝，命进宫教养，授载沣为摄政王。光绪崩殂，宣统登基摄政王监国，主持朝政，代行陆海军大元帅职权。武昌起义后，重新起用袁世凯，载沣颁布《罪己诏》，撤消皇族内阁，免除载洵、载涛的职位，解除党禁，颁布《宪法重大信条》，最终辞去监国摄政王位，上缴印章，退归藩邸，不再干政。民国二年正月，隆裕太后崩殂，留下遗命，由载沣主持清室事务。

　　溥伦显得有些不耐烦了，"要让出来的御玺，只不过是交泰殿里的二十五方国玺。"他接着又跟上了一句："寿皇殿里列祖列宗用过的御玺不用交。"

　　交泰殿与乾清宫、坤宁宫是紫禁城的后三宫。自乾隆年间，将"大清受命之宝"、"皇帝奉命之宝"等二十五方传国御玺藏在交泰殿，每逢岁末、年初，皇帝都要驾临这里，焚香九叩，进行一番缄封和开启国玺的仪式。清朝历代皇帝自己的御玺另外藏在寿皇殿。

　　庚子年间，慈禧太后和光绪皇帝出逃，交泰殿和寿皇殿以及慈禧太后的玉玺，都由当时的瑜贵妃掌管，历经战乱，无一遗失，功不可没。当下要把祖宗留传下来的御玺拱手交给袁世凯，瑜太妃实在难以甘心。

"已经丢了祖宗传下来的江山，传国御玺竟然也要沦于外人之手。"瑜太妃不禁神情凄楚，长叹了一口气，"若是在我们的手里再断送了皇室，以后有何面目见列祖列宗啊！"

溥伦赶忙向世续使了个眼色，世续却顾左右而言他："依照'清帝辞位优待条件'，皇上退位后，暂居紫禁城，日后移居颐和园。紫禁城本不是久居之地，为了长治久安，只好委曲求全。"他踌躇了一下，接着又说："眼下宫里是支出浩繁，入不敷出，难以为继，借此迁出紫禁城，倒可以减缩开支和人力，不失为一条革故鼎新的出路。"

"目前政象纷纭，倘若民国方面非要进占大内，皇室也实在无力抗拒。"溥伦无可奈何地摇了摇头，"眼下能消灾避祸才是正理。"

听到这里，瑜太妃看了看世续，"世中堂，你一向老成谋国，这等大事儿是否还应参酌宗室王公的意见？"

"眼下还得由太妃替皇上做主。"世续的脸色十分沉郁，"不能再议而不决了，否则便于大局不宜。"

载沣突然插话道："上谕是否应以太上皇的口气，以示新朝源自于清室授受，以免将来再要修正优待条件，这样也可以为皇上留些体面。"

溥伦不客气地反驳了一句："何必多此一举。"他随之抬高了声音："这要再惹闹了袁世凯，反倒弄巧成拙了。"

始终没开口的瑾太妃忽然冲载沣问了一句："五爷，你说怎么办吧？"

"事已至此。"载沣万般无奈地叹了一口气,"也没有别的法子了。"

瑜太妃从载沣又端详到世续,"世中堂,上谕和内务府的咨文都由你来拟,拟好了再呈上来。"她接着又吩咐溥伦:"伦贝子,等拟定了咨文,你再带去与民国交涉,头一条是要保住帝号,迁宫之事还是要尽力斡旋,即使是非迁不可,也要尽量拖延工夫,以观其变。另外,既然咱们发了咨文,也要换回来民国方面的一纸承诺才是。"

听完这番话,瑾太妃突然哽咽了,"今天皇室竟然落到了这般处境,皇上又年幼,这如何是好啊!"她匆忙用袖子遮掩住了脸面,随即便泣不成声了,"眼下宫里由敬懿皇贵妃和我主事,此番丢尽了皇室的脸面,实出于万不得已,你们都是亲贵重臣,日后可要为我们说句公道话啊!"

42

"制治保邦,首推大信。民国初建,本大总统曾向参议院宣誓,愿竭能力,发扬共和。"参政院秘书长林长民操着一口福州官话,站在会议厅主席台上宣读袁世凯回复参政院的咨文,会议厅里坐着几十位参政。

按照《中华民国约法》,参政院既是咨询机构,又代行立法院职权。参政院于民国三年六月组成,参政的官称是参政员,七十名参政员都由总统直接任命,其中既有满清的资政院总裁溥伦、军机大臣瞿鸿禨、陆军大臣荫昌、东三省总督赵尔巽、云贵总督李经羲、蒙古扎克萨亲王那彦图等遗老耆旧,亦有陆征祥、周学熙、梁士诒等显宦新贵,"筹安会"的理事杨度、孙毓筠、严复、刘师培以及进步党头面人物梁启超、熊希龄、蔡锷等政界名流也被罗致其中。参政院院长由副总统黎元洪兼任,副院长是曾任过平政院院长的汪大燮。

参政院平时开会只有四十余人,一些清朝遗老从不到会,眼下梁启超、熊希龄、蔡锷等人已经先后离京。三个月以前,黎元洪就请辞院长职位,从此一直称病告假,参政院会议都由汪大燮代为主持。

"今若帝制自为，则是背弃誓言，此于信义无可自解者也。本大总统于正式被举就职时，固尝掬诚宣言，此心但知救国救民，成败利钝不敢知，劳逸毁誉不敢计，是本大总统既以救国救民为重，固不惜牺牲一切以赴之。但自问功业既未足言，而关于道德信义诸大端又何可付之不顾？在爱我之国民代表当亦不忍强我以所难也。尚望国民代表大会总代表等熟筹审虑，另行推戴，以固国基。本大总统处此时期，仍以原有之名义及现行之各职权，维持全国之现状。除咨复代行立法院，并将国民代表大会总代表推戴书及各省区国民代表推戴书等件，送还代行立法院外，合行宣示，俾众周知。"林长民尚未读完咨文，会议厅里已是一片窃窃私语。

读罢咨文，孙毓筠便站起身来高声说道："元首盛德谦冲，固有此咨文，但既然是举国一致推戴，元首必定不会拒绝民意，本院理应以国民代表大会总代表之名义，呈递第二次推戴书。"

会场中有人附议，有人沉默不语。林长民望了望大家，"各位参政，若无异议，便由秘书厅起草推戴书。现在暂时休会，等推戴书拟定之后，再宣读通过。"

杨度、孙毓筠一进秘书室，林长民迎上前来，"晳子，受累啦！"他随后压低了声音："就等着你的推戴书了。"

"这篇文章着实下了番工夫。"杨度递上了一个信封。

林长民连忙从信封里取出一份稿纸，展开之后一面读，一面点头，"大手笔！大手笔！"

孙毓筠急着嚷了一句："赶快请诸位参政署名吧！"

"先别忙。"林长民摆了摆手，"还要在会上宣读，等表决通过之后，再请诸位署名。"

"推戴书是按照奏折的格式写的。"杨度略想了想,"呈递仪式也应该仿照清朝的大内仪注,奏折要用黄面红里的匣子呈送,表示喜庆。"

"马上派人去置办黄面红里的匣子。"林长民接着问了一句:"过去呈送朝廷的奏折,都是送到宫内奏事处,如今应该送到哪里?"

"眼下只能是呈递到总统府。"杨度催促道:"工夫不早了,赶快署名吧!西御苑里正等着推戴书呢!"

孙毓筠插了一句:"回头我来召集各省的请愿代表,明天一早,一起去新华门劝进。"

"好!这可是请愿劝进的大轴戏。"杨度又嘱咐了一句:"少侯,这出戏一定要演得漂亮。"

"放心!"孙毓筠诡秘地笑了笑,"这回我领着请愿代表在新华门前下跪,一定要皇上俯顺民情,早正大位。"

43

居仁堂西头客厅里面,几名侍从正在伺候袁世凯穿戴龙袍、衮冕,内务总长、大典筹备处处长朱启钤和袁乃宽也围在他身边。

一名侍从给袁世凯戴上了衮冕,朱启钤慢条斯理地介绍道:"登基、祭祀的吉服型制,皆承袭古制,取法周、汉、唐、宋各朝服饰,主要沿袭明朝。衮冕上方的冕綖,前圆后方,玄纱裱裹,冕綖前后各垂挂十二旒,每旒垂挂珍珠十二颗,上缀彩玉,帽圈包镶纯金,帽卷为皮革骨架。"

另一名侍从帮袁世凯脱下袍褂,罩上一件白绸夹袍,又套上了龙袍。朱启钤清了清嗓子,接着又说:"衮服用料为金织云龙锦,上衣下裳,衣为玄色,裳为纁色,高领、大襟、右衽、宽袖,织绣十二章纹饰。"

袁乃宽上前躬了躬身子,"衮冕、龙袍等一应登基大典的吉服,还有后妃、皇子、公主的服饰都由'瑞蚨祥'承办,上面镶的珍珠、宝石,都是取自宫里内库。"

侍从们抬过穿衣镜来,扶持袁世凯走上前去,上下端详了一番。

"头阳历年底,所有的吉服都赶制完毕。"袁乃宽又禀告道:"决不会耽误了登基大典。"

袁世凯满意地点点头,"洪宪年号既定,也要重新设置国旗。"

"设置新国旗,有几派意见。"朱启钤接着禀告:"一派意见是仍旧使用五色旗,但既改行帝制,应将黄色置于上方,依次为黄、红、蓝、白、黑;另一派意见,是将黄龙加于五色旗左角;还有一派意见,是在五色旗上斜着加双五色,这是仿照英国国旗。"

"这个仿英国国旗的方案倒是新旧兼容,中西并蓄。"袁世凯问了一句:"这是谁的主意?"

"这个主意是出自海军总长刘冠雄。"朱启钤踌躇了一下,又说道:"这面国旗,中西合璧,如同英国之姊妹国旗,昭示'洪宪帝国'和大英帝国一样国运昌盛。"

"就按照这个方案办。"袁世凯吩咐道:"先制作出个样子看看。"

正说到这里,杨度、杨士琦、夏寿田匆匆赶了进来。

"皙子,"袁世凯问道:"参政院开完会了?"

"这是刚出炉的第二次推戴书。"杨度双手递上了一个黄匣子,"在京参政员均已署名,请大总统过目。"

袁世凯打开匣子,取出推戴书,侍从赶忙送上眼镜。他戴上眼镜,一面读一面问:"这是出自谁的手笔?"

夏寿田答道:"与中午送来的推戴书一样,都是出自杨度的手笔。"

"真也难为了皙子。"袁世凯点了点头,"初次推戴,辞让未受,此番推戴,情词愈加迫切,却如何是好?"

"天与人归,毋庸再谦让了!"杨度又禀告道:"明天早上,各省的请愿代表要聚集新华门劝进。"

"请主公正位登基。"杨士琦上前躬了躬身子,"以慰国民之渴望。"

"臣侄叩贺皇上!"袁乃宽抢前一步,跪下身去,"请皇上早登大宝!"

杨度、杨士琦、朱启钤、夏寿田等人随即躬身拜贺。

"午贻,马上代我拟一道申令,就按照上谕的格式草拟。"袁世凯把手里的推戴书交给夏寿田,一面踱步一面说道:"要立言得体,务必要表明我的心迹。天下兴亡,匹夫有责,但亿兆推戴,责任重大,予德薄鲜能,难以负荷,前此掬诚陈述,本非故为谦让。国民责备愈严,期望愈切,竟使予无以自解,并无可推委避让。"

夏寿田手捧着推戴书连连点头。袁世凯停住了脚步,又吩咐道:"另外再拟一道申令,为尊重人道,重视人权,袪除陈规陋习,永远革除太监和采选宫女制度,改用女官。"说到这里,他思忖了一下,"选任女官的章程另议。"

袁乃宽忽然往前膝行了两步,仰起头来高声说道:"臣侄已经查过皇历,明天、后天都是黄道吉日,奏请皇上就在这两天接受百官朝贺,再择吉日登基。"

44

东厂胡同一大早便冠盖云集，各式马车、骡车络绎不绝。

副总统黎元洪府邸挤满了前来致贺的人们，为首的是代理国务卿陆征祥。一个多月前，袁世凯批准徐世昌休假，由陆征祥暂代国务卿，兼任外交总长。

黎元洪一身青布袍褂，从垂花门里迎了出来。

此人字宋卿，原籍湖北黄陂，十九岁考入天津北洋水师学堂管轮班，毕业后先后在北洋水师的"来远"舰与粤洋水师的"广甲"舰任职。甲午年，中日战争爆发，"广甲"在黄海海战中触礁搁浅，黎元洪侥幸逃生，光绪二十一年赶赴南京，投效两江总督张之洞，颇受器重。海军出身的黎元洪，此后在陆军中崭露头角，从两江至湖广，仕途一帆风顺，三次赴日本考察军事，一直升到混成协协统，兼辖长江水师十艘舰艇。武昌起义，风云际会，黎元洪竟然被起义军强行推举为鄂军都督，摇身一变成"首义元勋"，各省代表筹组临时政府，经过一番折冲，他又争得了大元帅头衔，随后当选临时副总统，兼任湖北都督。南北议和成功，袁世凯取代孙中山，黎元洪膺选连任。

辛亥之后，武汉报业空前活跃，言辞激进，为钳制舆论，黎元洪以危害民国罪名相继查封《大江报》《民心报》《震旦民报》《民国日报》，捕杀持不同政见者，首义之区，一时腥风血雨。"癸丑之役"爆发，北洋军假道湖北进入江西，袁世凯为利用黎元洪，让他兼领江西和湖南都督。战局甫定，又拉开了总统选举帷幕，黎元洪再度当选副总统，段祺瑞随后抵鄂，逼他赴京，并取而代之接任湖北都督。黎元洪进京后，被安置在曾经是光绪皇帝幽禁之所的西御苑"瀛台"，袁世凯又与他结为儿女姻亲，以示笼络。至此，黎元洪已无可奈何，只能终日沉默，从民国四年九月起，他便不再出席参政院会议，一再请辞副总统、参政院长、参谋总长职位。到了十一月初，"国体投票"开始，黎元洪再次请辞本兼各职，拒领各项薪俸和办公费，并呈请裁撤副总统办公处。"瀛台"冬季寒冷，他以不宜居住为由，请求迁居，袁世凯用十万银圆买下了东厂胡同荣禄的故邸相赠。

陆征祥先冲黎元洪深鞠一躬，"圣上以阁下推翻清室，功在国家，故明令晋封为'武义亲王'以酬庸，特率领在京文武首领，恭谨致贺，恳即日就封，以慰全国之望。"致完贺词，他双手奉上一个紫檀木匣子，"亲王阁下，这是册封令。"

"无功不敢受爵。"黎元洪的脸上毫无表情。

"在京文武简任以上官员都来了，门外还排着上千人哪！"杨士琦趋前两步，"请王爷受封！"

黎元洪思忖了一会儿，"大总统虽明令发表，但鄙人决不敢领受。盖大总统以敝人有辛亥武昌首义之勋，故优予褒封。然辛亥起义，乃全国人民公意，及无数革命志士流血奋斗，与大总统主持而成。我个人不过滥竽其间，因人成事，决无功绩可言，断不敢冒领崇封,致生无以对国民,死无以对先烈。各位致贺,实愧不敢当。"说罢这番话,他转身就走。

眼看着黎元洪进了垂花门,陆征祥愣住了,无可奈何地摇了摇头,便默然退了出去,满院子的人随后鱼贯而出。

45

黎元洪和他的两位幕僚围着一张大理石面的黄花梨木圆桌,鼎足而坐。

副总统办公处副秘书长瞿瀛捧着一份呈文稿子念道:"武昌起义,全国风行,志士暴骨,兆民涂脑,尽天下命,缔造共和。元洪一人,受此王位,内无以对先烈,上无以誓神明。愿为编泯,终此余岁。"

呈文稿子尚未念完,秘书长饶汉祥便站起身来,高声喊道:"这不成!眼下是什么局面?岂能不顾副总统的安危?"

饶汉祥举人出身,擅长骈体文,武昌起义之后,被黎元洪罗致入幕。自南北议和,他替黎元洪撰写了许多电报,电文俱为骈文,大都迎合舆论,呼吁和平,首义元勋的这番"菩萨心肠",当时的确赢得了人心。

放下了手里的呈文稿子,瞿瀛反问了一句:"以副总统之身份,居然接受袁项城的册封,这成何体统?"

一听这话,黎元洪赶忙冲外喊了一声,"来人!"

副官应声走入外书房,黎元洪吩咐道:"外人一律不准进垂花门，下人也都退出去，由你在垂花门外看着。"

等副官出去之后，饶汉祥又转过脸劝黎元洪："还是那番话，虽然从道理上讲，不应接受册封，但从安全计，又不能不迁就，不妨权且容忍一时，再从长计议，免得吃这眼前亏。"

"这可迁就不得。"瞿瀛冷笑了一声，"袁项城的册封令里表彰副总统首义之功，乃是表明辛亥之变至今两度国体变更，皆是顺应民意，册封'武义亲王'，则是偷梁换柱，顺便免去副总统的职位。重提'癸丑之役'，也是为了嫁祸于人。"

"癸丑之役"爆发后，江西、江苏、安徽、广东、福建、湖南、上海、重庆等地纷纷独立，袁世凯遂兴兵讨伐南方独立各省。黎元洪落井下石，对北洋军援之以手，自此与反袁的国民党人反目。最终南方独立各省落败，然而兔死狗烹，黎元洪也落得个幽禁的下场。重提"癸丑之役"，袁世凯是在向世人宣示，也是告诫黎元洪，他们已经把祸福荣辱结为一体，所以瞿瀛有嫁祸于人之说。

"宦海波深，覆雨翻云，我实在不愿看到副总统做出个人牺牲，从安全上着想，不妨先敷衍一下。"饶汉祥说罢，方才落坐。

"袁项城虽属枭雄，但马上要登基称帝，尚不敢冒天下之大不韪，加害副总统。即使今天接受册封，将来也难以免祸。"瞿瀛又加重了语气："副总统之安危，举世瞩目，如能保持《民国约法》上的名义，宠辱不惊，反倒更为安全。"

听到这里，黎元洪起身踱步，面无表情，默然无语。

饶汉祥也站起身来，冲瞿瀛厉声问了一句："眼下若是不肯迁就，这一关又如何能过？"

"此次变局，结果尚未可知，未必没有转危为安之日。"说到这里，瞿瀛起身，冲着黎元洪声泪俱下："副总统为创造民国之元勋，应与民国共始终，您不能不顾全民国和武昌首义同志的面子，眼下是中外观瞻所系，况且还要顾及到千秋史笔。"

"不要再说了！"黎元洪挥了挥手，"我意已决。"

正在这时，副官推开门匆匆而入，向黎元洪禀报："'永增军衣庄'的掌柜，带着裁缝到府上来了，说是奉皇上之命，要为副总统量裁亲王制服。"

黎元洪转过脸来，怒喝了一声："我不是什么亲王！也用不着制服！"

第十章·东厂胡同

46

仆人进屋禀报,总管内务府大臣世续、贝子溥伦登门拜访,载沣吩咐道:"在'宝翰堂'接见。"

待换上袍褂,穿戴整齐,载沣便由后院"思歉堂"顺着抄手回廊穿过"九思堂",往前院"宝翰堂"而去。

醇亲王府原在宣武门内太平湖畔,醇亲王奕譞之子载湉承续大统后,王府便成为"龙潜之地"。光绪十五年,醇亲王府前院改为祠堂,后院作为"潜龙邸",皇帝另赐什刹海后海北岸原成亲王府,又先后赏银十六万两,修葺新邸。载沣承袭醇亲王爵位后,举家移居新邸,太平湖畔的"潜邸",便称为"南府",又称做"老府",新邸遂称"北府"。光绪皇帝崩殁,载沣之子溥仪承嗣穆宗,兼祧德宗,载沣加封监国摄政王,"北府"又成了"潜邸"。摄政王新邸选定在西御苑西侧的"集灵囿",修葺费用估算五百五十万两银子,正在大兴土木之际,武昌起义爆发,载沣只得退隐"北府"。

"宝翰堂"面阔五间,东西耳房各两间,东西厢房各五间,这里是醇亲王府的外客厅及书房,又称做"大书房"。

一进院子，看到一色石青色朝服、红宝石顶子冠帽的世续、溥伦，在正房的滴水檐下迎候，他们一起冲着载沣请了个双安。

"王爷，"世续一面说一面呈上一个黄匣子，"内务府致参政院咨文刚发过去，袁世凯的申令便下来了。"

"世中堂、伦贝子，"载沣挥了挥手，"到书房里说吧！"

进了屋，尚未落座，世续便打开手里的黄匣子，展开了申令，"申令倒是说得很明白，'清室优待条件永不变更，将来制定宪法，继续有效。'袁世凯还亲笔在申令上写了这么一段话，'先朝政权，未能保全，仅留帝号，至今耿耿。所有优待条件各节，无论何时，不许变更。容当列入宪法'。"

"总算是保住了'清帝辞位优待条件'。"载沣接着又问道："可是还要不要再让出紫禁城和御玺、銮仗？"

世续叹了一口气，"容日后再商量吧！"

载沣招呼道："坐下说。"

宾主依次坐定，仆人端上了茶水。世续接着禀告："袁世凯原要尊皇上为'懿德亲王'，位在诸侯王之上，但不合'清帝辞位优待条件'，最终还是保全帝号不变。"他又指了指溥伦，"今天还发下来一个申令，特任伦贝子为参政院长，赏食亲王全俸。"

载沣转过脸问溥伦："这么说，你是接了黎元洪的差使？"

溥伦点点头，也呈上一个黄匣子，"这是特任的申令，黎元洪另外封了'武义亲王'。"

"眼下的参政院和当年资政院差不多，袁世凯也没变出什么新花样来，还不就是君主立宪的药方子而已。"载沣摇了摇头，"不过参政院长既然换了皇族，'清帝辞位优待条件'总不能再变了。"

资政院是清朝预备立宪的咨议机构，宣统二年成立，主要职权是议定法规和国家财政预决算以及弹劾大臣等。资政院章程规定，总裁由王公大臣特旨简派，议员分为钦选、民选两种，钦选议员出自王公宗室、部院官吏，民选议员出自各省谘议局议员。光绪三十三年，慈禧太后钦命溥伦、孙家鼐为筹备设立的资政院总裁。宣统三年，世续接掌资政院。

"五叔，袁世凯的登基大典定在公历元旦，邀请各国公使出席。"溥伦接着禀告："'清帝辞位优待条件'既然规定待皇上以外国君主之礼，皇上应派钦差大臣参加大典。"

"就派你当钦差大臣吧！"载沣又吩咐道："既是代表外国君主，冠以全权大使的头衔，再递交一份国书。"

"王爷，另有一桩事。"世续又禀告道："袁世凯托人来说亲。"

载沣问了一句："给谁说亲？"

"自然是给皇上。"

"女家是谁？"

"就是袁世凯的女儿。"

一听这话，载沣连连摇头，"不行！不行！怎么能娶他的女儿？"

"王爷，"世续连忙问道："怎么给袁世凯回话？"

载沣仰起脸思忖了一下，"袁世凯的女儿多大年纪？"

"这是袁世凯最小的女儿，不过六、七岁。"

"是嫡出还是庶出？"

世续踌躇了一会儿才答话："袁世凯的正室已近六旬，不会是嫡出。"

"庶出怎么能立为皇后？"载沣皱着眉头又问："大清哪有这

个规矩？"

碰了个钉子，世续一脸的尴尬，"还是听听四位太妃的意思，再给袁世凯回话不迟。"

"太妃也不会答应。"载沣又摇了摇头，绷着脸说道："别说是庶出，而且是汉人，就冲是袁世凯的女儿也不行。"

"五叔、世中堂，"溥伦插话道："不必急着回话，即使回话也要委婉，袁世凯若是再问，就说皇上尚在冲龄，先不忙着定亲。"

载沣默然半响才开口："就按伦贝子说得办吧！先不急着回话，拖拖再说。"

47

丫头打开了院门，"是杨大人啊！"她转身喊了一声："云仙姑娘，杨大人来啦！"

杨度匆匆穿过院子，径直推开了正房堂屋的屋门，却闻到了一股奇异的烟味。等他进了正房西屋，便看到满屋子里烟雾缭绕，床铺上的烟盘子里面放着烟灯、烟枪。身穿藏青色贡缎棉袄的花云仙，已经起身下了床铺。

"云仙，"杨度板着脸问道："你怎么抽上了这个？"

"不过是为了解闷罢了。"花云仙赧颜一笑，说罢从炕几上端起了茶壶，给他斟了一碗茶水。

杨度沉默不语，与她隔着炕几在床沿上坐了下来。

"来！也给您烧一口。"花云仙转身又上了床铺，端过来烟盘子，"您躺下吧！"

"我可没有这口累。"杨度连连摆手，"你快别糟蹋东西了。"

"我也没有瘾，只是心中有些烦闷。"花云仙一面说，一面观察他的脸色，"我看您的神色也不好。"

"一言难尽！"杨度长叹了一声。

花云仙试探着问道："莫不是因为蔡锷出走的事情？"

杨度有些诧异地看着她，"你可是从报纸上看到的？"

"蔡锷出走的新闻，头几天报纸上就登出来了。"花云仙又悄声问道："这事会不会牵连上您？您与他既是朋友，又曾经举荐过他。"

"蔡锷的事会不会牵连上我，先暂且不论。"杨度沉着脸说道："他这么做，也辜负了大总统和大公子的厚望。"

"我听说京畿军政执法处抄过他的家。"花云仙迟疑了一下，又轻声说了一句："既然如此，蔡锷岂能不走？"

"据说抄家之事是个误会，他此次铤而走险，不单是为了这桩公案，看来是蓄谋已久了。"杨度皱了皱眉头，"蔡锷之精悍，远在一干国民党军人之上，他此次南下，恐怕又会掀起一场波澜。"

花云仙忽然由床铺上下来，掩上了屋门，转过身来劝道："最近官场上不断地传出新闻，辞官的辞官，出走的出走，难道您就看不出来帝制未必能得人心？何必还为袁家卖命？何不就此急流勇退，以求明哲保身。"

"见风使舵，乃是投机政客所为，政治家自然应始终抱持自己的信念。"杨度摇了摇头，"何况大总统与我有知遇之恩。"说罢，他端起了茶碗。

花云仙就势坐在床沿上，"杨大人，也可能是我的见识肤浅，您自有您的道理，我们且不论这些国家大事了。此番蔡锷得以脱身，听说倒是'云吉班'的凤仙帮了大忙，书里和戏文里，都常说英雄救美人，这回居然演了一出美人搭救落难英雄，外面都传说凤仙是个'侠妓'。"

"这桩公案的来龙去脉，外面传闻很多。"

"如果真是像外间传闻的那样，凤仙姑娘冒着风险搭救了蔡锷，这倒是个有情有义的。"

"没想到当初'会贤堂'一聚，竟然成就了这么一段传奇，说起来始作俑者却是我。"

"我想日后蔡锷也不会忘了凤仙，她总算是终身有靠了，也不枉同甘共苦一场。"

"我看你是戏文看多了，想入非非，蔡锷亡命天涯，生死未卜，难道还能成就一番事业？他尚且自顾不暇，又哪里能顾及到凤仙？日后凤仙恐怕要另找归宿了。"杨度说罢，便站起身来，在屋子里来来回回地踱步，"这个中甘苦，正如佛家所说，'如人饮水，冷暖自知'。"

"即便是如您所说，他们尚有许多坎坷艰辛，凤仙姑娘的侠义之举，也是不能不令人钦佩。"花云仙一面说着一面也站了起来。

"一个青楼女子还能有什么侠义之举？"杨度冷笑了一声，"这都是文人编的一些故事，再加上百姓的谣传，皆属无稽之谈。"

话犹未了，花云仙神色大变，"照您所说，既然青楼出身的女子不会有什么侠义之举，也就无信义和情义可言了。"她越说越伤心，"罢了！有些话在我心里也搁了很久。"

"云仙，"杨度停住了脚步，转过身来说道："但说无妨。"

"常听到您说起，早年太夫人一个人抚养你们兄妹三人含辛茹苦，我向来就对太夫人十分敬重，眼下她老人家已近暮年，您理应尽一番人子之孝。"花云仙的神情十分凄楚，"既然太夫人一直不应允接我进门，若我们继续来往，必然闹得家里不和睦，您便要背上不孝的名声，会徒增许多烦恼，也会陷我于尴尬的境地，让我惶恐不安。"

"就不必说这些话了。"杨度把手搭在了她的肩头，"总要再容些工夫，况且你也说过，只要能长相厮守，可以不在乎名分。"

"我虽是个苦命之人，可也得找个归宿。"花云仙的声音显得有些悲凉："人争一口气，佛争一柱香。既是这般结局，云仙也不便在京城里久留，只好另找出路去了。这一程子，跟着您参禅礼佛，虽说悟性不高，但还是明白人生聚散皆是缘分这个道理，凡事不可勉强，只要能够及时丢却烦恼便好。"说罢，她已是泪流满面。

"两年来我花了多少心血？"杨度猛然拍了一下炕几，"你竟然说分手就分手。"

"若是有缘，来日方长。"花云仙掏出手绢，慢慢擦去了脸上的泪水，"记得《石头记》中有一首曲子说，'自古穷通皆有定，离合岂无缘？从此分两地，各自保平安'。"她说罢，便转过身去，取出钥匙来打开了一个箱子，"这两张存单就留给您吧！也算是补报您这两年花费的心血。"她将银行存单递给杨度。

杨度看着她愣了一下，又一跺脚，便转身径自推门走了。

48

万字廊后面一个僻静的院落里，传出了婉转的昆曲唱腔，还有一支笛子伴奏。

袁世凯的三女儿袁叔祯手里拿着一沓子报纸拾阶而上，走到正房门口停下了脚步，听到屋里二哥袁克文正唱得声情并茂："孙楚楼边，莫愁湖上，又添几树垂杨。偏是江山胜处，酒卖斜阳，勾引游人醉赏，学金粉南朝模样。暗思想，那些莺颠燕狂，关甚兴亡！"

她轻轻咳嗽了一声，便径直推门进屋。

看到袁叔祯急匆匆的样子，袁克文颇感意外，"叔祯，你怎么来了？"

"三妹来啦！"袁克文的姨太太随之放下了手中的笛子，也起身招呼："难得！难得！快请坐。"

袁叔祯先冲她点了点头，便转身冲袁克文说道："二哥，有一件事要向您请教。"她把手里的报纸递给了他，"您先看看这两张报纸。"

姨太太端上了茶水，袁叔祯脱下了身上的玄狐皮袍子，随后才坐下。

袁克文翻了翻报纸，抬起头来问她："你到底看出了什么破绽？"

"二哥，您注意看这两份《顺天时报》的日子，都是同一天出的。"袁叔祯指着袁克文手上的报纸，"一个丫头探家，带回来一包五香蚕豆，我吃蚕豆的时候，无意中发现这张包蚕豆的《顺天时报》，竟然和平日所看的《顺天时报》不同，就赶忙找到同一天的报纸来查对，结果发现日期虽然相同，可内容却大不一样，您说奇怪不奇怪？"

袁克文不露声色，反问了一句："叔祯，依你看，内容上都有什么不同？"

"一张报纸上说日本人支持中国改行帝制，另一张上又说日本人已经对帝制提出了警告。"袁叔祯诧异地问道："同一天的《顺天时报》竟如此矛盾，您说这是怎么一回事儿？"

袁克文起身从书架子上取下了两沓子报纸，放到八仙桌上，一面指着报纸一面说："我这里的《顺天时报》也有两种版本，一份是府里订的，另一份是朋友送来的，这两种《顺天时报》当中，必定有一份是假的。"

"难道这《顺天时报》还有真伪之分？"袁叔祯眨了眨眼睛，接着又问道："二哥，到底哪一份是假的？"

袁克文莞尔一笑，又反问道："府里订的与外面买的不一样，你说哪一种是假的？"

袁叔祯思忖了一下，"看来府里订的报纸是假的。若是大街上卖假《顺天时报》，日本人一定追查。"她显出了一脸的困惑，"这到底是谁干的？"

袁克文迟疑了一会儿才开口："我看像是大哥干的。"

袁叔祯愈加不解，"您说大哥为什么要这么做？"

"一言难尽！"袁克文摇了摇头，背着手来回踱步，"大哥鼓吹帝制，是为了要当太子，《顺天时报》是日本人办的，上面自然都是日本人的论调，日本人若是反对帝制，爸爸就会犹豫不决，可能是大哥找了一帮子人另编了一份假《顺天时报》，蒙骗爸爸，好圆他的太子梦。"

"这不是欺父误国之罪吗？"袁叔祯脸都吓白了，愕然不知所措，接着又问道："这么大的事，您怎么不向爸爸禀告？"

"怕惹他老人家生气，因而不敢禀告。"袁克文转过脸来，盯着她问道："叔祯，你敢不敢去跟爸爸说？"

袁叔祯犹豫了一下，袁克文冷笑了一声，"你也是不敢吧？"

"我敢！"袁叔祯说罢，捡起了八仙桌上的几份《顺天时报》，便起身出了屋门。

"来！"袁克文转身招呼姨太太："咱们接着唱。"

"二爷，还唱哪？"姨太太神色愕然，"要闹出大事来了！"

49

杨氏穿着一件银狐皮袍子,款款地进了居仁堂楼上东头的卧房,后面跟着两个丫头。

一进里屋,她先冲着坐在床上的袁世凯妩媚地笑了笑,"大人,您叫我?今儿个可是老九当值。"

袁世凯哼了一声,"我不想见她,已经让我撵走了。"

杨氏脱下了身上的皮袍子,里面是一件明黄革丝氅衣,"还是让我来伺候您吧!她们几个后进门的,封了嫔还不知足,还闹着要封妃,居然说出若不能封妃就要带着孩子回彰德老家的话,这也太让人寒心了!别让她们闹了,都给她们封了妃吧!日后她们愿意称呼我什么都行,反正封了妃嫔之后,我也管不了她们了,各房的事务也不用我操心了。"她一面说着一面给袁世凯脱去了马褂,换上一双棉拖鞋,又给他在背后倚上了一摞被子,转身吩咐丫头:"快去叫我屋里的丫头们送被褥和衣服过来。"

"她们不用闹,不是要回彰德吗?那就和我的灵柩一块儿回去吧!"袁世凯摇了摇头,长叹了一口气,"当初在彰德,我就说过,一旦出去了,怕是不能好好回去了!"

"千万别说这种不吉利的话，天下的大事儿，都让您操不完心，眼下又要忙着登基，就不要再为家里的事儿烦恼了，我来给您擦擦脸。"杨氏又向外屋召唤道："快把热水端进来。"

两个丫头各自端着面盆、水壶应声而入。杨氏从面盆里拧了一个热手巾，又向丫头们使了个眼色，她们便退了出去。

杨氏一面为袁世凯擦脸，一面问道："大人，您看这两个丫头怎么样？"

袁世凯愣了一下，杨氏忽然咯咯地笑了，笑停了才说："她们两个都是扬州人，等着由您册封哪！这是我出的主意，各房都挑出四个丫头，一共挑了二十八个，备选后宫，等您选定之后，再增补为嫔妃。"

袁世凯颇有意外之感，随即畅快地哈哈一笑，"'德、言、工、容'，你是兼备一身。"

"您过奖了。"杨氏嫣然一笑。

"既革除太监和宫女制度，宫里事务便以女官替代，女官分四个级别，进宫后三年为期，三年后可以出宫，选任女官的章程已经拟订出来了。"袁世凯吩咐道："等女官进了宫，还得由你管教。"

"臣妾遵命。"杨氏笑着点点头，"女官几时进宫？要选多少人？"

"正在选拔之中。"袁世凯答道："人数未定。"

杨氏又俯在他的耳边悄声说道："依我看，眼下立储才是桩大事。"

"以后不要再提这件事了，已命日籍顾问参酌日本皇室规范，拟订本朝皇室条例。皇室条例将禁止册立储君，以避免立嫡立长之纷争；将选择有德之皇子，名字藏诸'石室金匮'，留待日后由顾命大臣当众开启公布,承继大统;不允诸皇子封王,也禁止参政;不允母后佐治嗣帝,永远废除垂帘听政。"袁世凯说罢,便往后一靠,闭上了眼睛。

一听这话,杨氏不再做声。又有丫头送被褥、衣服进来,还端来了水壶、脚盆,随后就退出门去。杨氏一面往盆里倒水,一面用手试水温,接着蹲下身去,自己先换上一双红缎子面绣花拖鞋,又给袁世凯脱掉了脚上的棉拖鞋和袜子。

忽然响起了叩门的声音,袁世凯高声喝道:"是谁?"

"爸爸,"袁叔桢推门进了外屋,"是我。"

杨氏闻声迎了出去,袁叔桢冲着她叫了一声:"五妈。"

"是叔桢啊?"杨氏诧异地问道:"这么晚了,有什么事儿吗?"

"是有重要的事情告诉爸爸。"袁叔桢一面说着一面进了里屋。

"有什么事明天再说吧。"袁世凯挥了挥手。

"这事不说出来,我睡不着觉。"袁叔桢说罢,又看了看杨氏。

"到底是什么事啊?"袁世凯有些不耐烦。

杨氏看了看父女两个人的脸色,便转身悄悄地退了出去。袁叔桢这才把一直藏在身后的一沓子《顺天时报》拿了出来。

"这是什么?"袁世凯眼皮子也不抬。

"您看看就明白了。"袁叔桢走上前去,把报纸递给了袁世凯,"这才是真的《顺天时报》,您平日看的《顺天时报》都是假的。"

袁世凯惊诧地接过了报纸,又起身取过眼镜,他一面看一面问:"这报纸是哪里来的?"

袁叔祯一面指着报纸，一面说："这份是丫头从外面带进来的，这份是府里订的，这两份报纸的日子虽是一样，可内容却不一样。《顺天时报》有两种版本，府里订的是假的，外面买的才是真的。"

袁世凯摘了眼镜，抬起头来问道："这是谁告诉你的？"

袁叔祯支支吾吾了一会儿才答道："是二哥说的，他还说府里订的那份假《顺天时报》是大哥编的，是为了蒙骗您。"

袁世凯立刻皱紧了眉头，踌躇了一会儿才开口："叔祯，这件事不要对外面说，你懂不懂？你先回去吧！"

50

　　黎元洪低着头在内书房里来回踱步，二姨太太黎氏一直跟在他身后，"老爷，今天登门贺喜的已经来了三拨，袁二公子把亲王的金匾都送来了，您总得给个面子吧！这个局面僵持下去总不是个办法。"

　　黎元洪的二姨太太本名危文绣，出嫁后改名为黎本危，汉口"书寓"出身。早期"书寓"，是指设在寓所中的书场，咸丰初年，始于苏、沪。"书寓"姑娘必须经过名师指点才可以挂牌献艺，对外标榜只卖艺而不卖身，日后"书寓"演变成了头等风月之所，"书寓"姑娘皆亦伶亦妓。当年危文绣凭借着容貌和唱工在汉口大红大紫之时，黎元洪正在湖北新军协统任上，用三千银洋替她赎了身，危文绣甘愿屈居侧室。

　　"我已经打定主意了。"黎元洪突然停住了脚步，脸色显得异常沉重，"袁项城若是再来逼我，我就走。"

　　一听这话，黎氏愣住了，"走？"她跟着又问了一句："老爷，去哪里？"

　　黎元洪压低了声音："逃出京城。"

"到底是去哪里？"黎氏两眼直怔怔地瞅着他，又追问了一句："您倒是说啊？"

黎元洪不由得叹了口气，"等我脱离了险境，再想办法接你走。"

"不行！"黎氏上去一把拉住了他的衣袖，"我跟您一起走。"

"你跟我一起走？"黎元洪摇摇头，"办不到。"

"您想丢下我不管啊？"黎氏的眼眶里已经噙满了泪水，"我可不答应。"

"你不明白我的处境吗？"黎元洪摊开了两手，"你怎么跟我走？"

"我不管那个！"黎氏哽咽着说了一句："您抬腿走了，我们怎么办？家眷必定受株连，您要不答应带我走，我就不活了！"

"你先别闹！"黎元洪拍了拍她的肩头，"你知道要去哪里吗？"

"不管去哪里，我都跟着您！"黎氏说罢，便扑到了他的怀里。

黎元洪皱皱眉头，随口唱了一句"点绛唇"："好教俺有国难投。"

这是昆曲《夜奔》里林冲的唱腔。黎氏嗔责了一句："您还有心情唱！"她说罢推了黎元洪一把，又抽出手绢，一面擦眼泪一面问："到底是怎么走啊？"

"此番出走要冒风险，还是得请洋人帮忙。"黎元洪叮嘱了一句："这可千万不能走漏了风声。"

"由洋人夹带出京？这我可不放心，何必冒这么大风险？留得青山在，不怕没柴烧。"黎氏使劲摇着他的胳膊，"老爷，不如委曲求全吧！"

"先说正事吧！"黎元洪推开了她，从写字台的抽屉里拿出了一把钥匙，转身打开了保险柜。

保险柜里摆着几个红木匣子，黎元洪躬身取出了一大一小两个木匣子，放到写字台上，"保险柜里有几个印盒，装着副总统、参政院长、参谋总长的印信，眼下已经没用了，要紧的是这两个匣子。"

"老爷，"黎氏诧异地问道："这都是什么要紧的东西？"

黎元洪指着一个红木匣子说："这里面是东厂胡同正宅和周围几处宅院的房契，先由你保管，尽快把房契存到花旗银行去。"他又指了指另一个红木匣子，"这里面是汇丰银行、花旗银行的几张存单。"随后又取出两把钥匙递到黎氏手里，"这两个匣子的钥匙，全都交给你了。"

"您非走不可？"黎氏一把抓住了他的手。

"我要顾全脸面！"黎元洪说罢，长叹了一口气。

"您听我一句话，千万不能冒险！"黎氏一着急，声音又哽咽了，"凡事退一步海阔天空。"

"我身为民国副总统，接受袁项城的封赏，便是背民国而附逆贼。"黎元洪猛然两手一拍，"这让我如何向国民交代？"

"我的老爷！"黎氏反问了一句："眼下哪里还有民国？我再劝您一句，识时务者为俊杰。"

"不用再劝我了，我已经看穿了，袁项城的皇帝梦做不长。"

"人们都管您叫'黎菩萨'，今天怎么变成了怒目金刚？"

第十一章 · 府学胡同

51

花云仙吩咐丫头上前叩门，敲了几下门钹，里面有一个女人问道："找谁呀？"

丫头急忙高声问道："这是杨大人的府上吗？"

大门随之打开了，一个女佣人站在门里问道："你们二位有什么事？"

花云仙上前答道："听说杨大人病了，特来看望他，您给通报一声，就说是花云仙求见。"

女佣打量了她一下，随即说道："杨大人病了，恐怕不能见客，您先等等，等我先去通报一声。"她说罢转身进去了。

过了一会儿工夫，女佣出来了，"二位，请吧！"

花云仙主仆二人便随她进了院子。这是一所三进的院子，一行人进了垂花门，到了里院正房的堂屋门前，女佣隔着屋门轻声通报："杨大人，客人来啦！"

屋里面杨度的声音略有些嘶哑："快请！"

女佣推开门，打起了棉门帘子，冲花云仙点点头，"您请吧！"

屋里弥漫着一股药味儿,进了堂屋,女佣又把花云仙让进右手的东屋,看到杨度穿着一件薄棉袍子,倚坐在靠东墙的椅子上面。

花云仙趋前几步,冲杨度摆了摆手,"您不用动,听说您病了,就冒昧地到府上来探望,还望见谅。"她的丫头将手里提着的水果篮和点心匣子,放到了茶几上面。

"快坐下吧!"杨度打量了她一下,"你是怎么听说的?"

花云仙坐下之后,仔细打量着他的气色,"前两天我去了一趟您的衙门,本想是去辞行,没想到衙门里的人说您病了。您到底是什么病啊?"

"也无大恙,不过是肝阴不足,虚火上浮而已。"杨度说罢,转头吩咐女佣:"快给客人上茶。"

花云仙又问道:"看了大夫了吗?"

杨度点了点头,"大夫只说是要静养调理。"

花云仙接着问道:"都吃了些什么药?"

"不过是些人参、甘草、麦冬、甘菊之类。"杨度接着说:"刚才听你说,你上衙门是去辞行,到底要去哪里?"

"这回到府上来,既是探望,也是辞行。"花云仙垂下了眼睛,"眼下准备先去上海。"

"怎么说走就要走?"杨度又问:"为什么非要离开京城?"

"请您不必问了,一半天我就要启程南下了。"花云仙抬起头来望着他,"以后还望您多多保重。"

"难道真是缘分已尽?"杨度长叹了一声。

忽然女佣隔着屋门通报:"杨大人,夏大人来啦!"

话音未落,夏寿田已经进了堂屋,转身看到花云仙,他十分诧异,"云仙姑娘也在这里!"

"夏大人，"花云仙冲他鞠了一躬，"听说杨大人病了，特来看望。杨大人，代我问太夫人好，您多保重！夏大人，我先告辞了！"她说罢又冲两个人分别鞠了一躬。

杨度愣了一下，"云仙，等我送送你。"

"您不用送了。"花云仙连忙摆手，"杨大人，后会有期。"

等杨度扶着椅子站了起来，她已转身出了堂屋，丫头也跟了出去。

目送着花云仙的背影，杨度流露出怅然若失的神色。夏寿田坐下后，隔着茶几探出身子，压低了声音："皙子，祸起不测，我是来通报一声。"

"午贻，"杨度显出错愕的神情，"到底是什么事？"

"下午大总统把我叫去了，拿出了两封电报给我，一封是唐继尧给总统的电报，要求取消帝制，并诛除帝制祸首十三人。"夏寿田无可奈何地摇了摇头，"这十三个人里头，为首的就是你。另一封是蔡锷、唐继尧给各省的通电，和上一封电报内容大致一样。"

"蔡锷竟然如此狠毒？"杨度皱着眉头，惊愕不已，"真是出人意料。"

"大总统大骂蔡锷利欲熏心，造谣惑乱。"夏寿田又吞吞吐吐地说："最后还牵连上了你。"

"蔡锷谋反，与我何干？"杨度一脸的惊异。

夏寿田欲言又止，杨度急得直跺脚，"午贻，既然已经是祸到临头了，还不快说？"

"大总统已经气急败坏了，大骂蔡锷长了反骨，是阴谋家，还让我把这两封电报拿给你看看，说你简直就是蒋干。"夏寿田叹了口气，从怀里掏出了一沓子电报递给杨度。

"这是什么话？大总统竟然迁怒于我？"杨度一把拿过了电报，展开一份看了看，立刻皱紧了眉头，不禁念出声来："比者代表议决，吏民劝进，推戴之诚，虽若一致，然利诱威迫，非出本心，而变更国体之原动力，实发自京师，其首难之人，皆大总统之股肱心膂，盖杨度等六人所倡之筹安会，煽动于前，而段芝贵等所发各省之通电，促成于继，大总统知而不罪，民惑实滋。查三年十一月四日申令，有云：'民主共和，载在约法，邪词惑众，厥有常刑，嗣后如有造作谰言，紊乱国宪者，即照内乱罪从严惩办'等语。今杨度等之公然集会，朱启钤等之秘密电商，皆为内乱重要罪犯，证据凿然，应请大总统查照前项申令，立将杨度、孙毓筠、严复、刘师培、李燮和、胡瑛等六人，及朱启钤、段芝贵、周自齐、梁士诒、张镇芳、雷震春、袁乃宽等七人，即日明正典刑，以谢天下。"念到这里，他的脸都气白了，"人心莫测！蔡锷竟然先拿朋友开刀。"

"晳子，识时务者为俊杰。"夏寿田一面说，一面观察他的脸色，"眼下或是离京出走，或是远赴外洋，还是先避过了这场大祸再说。"

"说我是帝制祸首，君主、民主，无非各抒己见。"杨度气急败坏地说："我既不委过于人，也不逃祸避罪。"

"晳子，先不必理论这些了，这个紧要关口，千万不能使气。"夏寿田拍了拍杨度的肩头，"蔡锷谋反，必然牵连上你，眼下大总统对你的误会很大，况且一旦西南有变，兵连祸接，马上就要有一场大乱了。"

默然半晌，杨度才开口："虽洒遍万斛杨枝水，吾知其不能尽度世人也。"

"赶快准备准备，先去天津租界也行。"夏寿田又焦急地劝了一句:"尽早起身离京吧!"

"先不忙,沉住气,看看再说。"杨度摇了摇头,又指着手里的电报问道:"大总统究竟准备如何答复?"

"大总统准备召见朱尔典公使,请求英国驻昆明领事以个人名义从中斡旋,劝说唐继尧收回这封通电。另外,由政事堂回复云南,列举唐继尧劝进之电报,指出来回反复必系他人捏造,这是留下转圜的余地。"

"这套戏法未必能够奏效。"

52

仆人突然走进外书房,冲段祺瑞禀报:"老爷,段芝贵将军到了,已请到客厅了。"

两位棋士马上说道:"芝公,您有客人,就不必复盘了。"他们便要起身。

"先不要走。"段祺瑞连连摆手,"等我一会儿,马上就回来。"他说罢与仆人赶往客厅。

段祺瑞和段芝贵一见面,相互拱手。两个人既是同乡,又是同族,段芝贵岁数上略小,辈分上却长一辈,段祺瑞名气大,人称之为"老段",反而称段芝贵为"小段"。他们早年都投效淮军,又是天津北洋武备学堂同学,段祺瑞是一期,段芝贵是二期,又先后入"新建陆军",分别充任炮兵和步兵统带,成为北洋袍泽。"癸丑之役"中,"小段"任第二军军统,率部入湖北、江西、湖南,平定讨袁军后,"老段"奉命南下敦请黎元洪进京,随后取而代之,兼任湖北都督,一旦局势稳定,又由"小段"接掌湖北。

段芝贵穿一套宝蓝色上将军礼服,配带着勋章、绶带。北洋将领当中，段芝贵自始至终秘密参与帝制活动，被人称为袁世凯的"干殿下"。八月底，他与内务总长朱启钤、农商总长周自齐、税务督办梁士诒、盐业银行总经理张镇芳、参谋次长唐在礼、军政执法处长雷震春、总统府内史监阮忠枢、拱卫军军需长袁乃宽等人秘密成立"大典筹备处"，向各省将军、巡按使发出密电，告知用各省公民名义向参政院呈送请愿书，并联络二十个省的将军、巡按使、都统、护军使，联名呈请袁世凯"速正大位"。

袁世凯自发布申令接受帝位之后，便接二连三地册封爵位，除去册封黎元洪为武义亲王之外，十二月二十一日又颁布赐爵令，一口气封了公、侯、伯、子、男各等爵位一百二十八个，另封了轻车都尉七十余人。各省将军大都封侯爵，边远省份将军封伯爵或子爵，各省巡按使、护军使、镇守使则酌其资历及所摄军权，分别封赐伯爵、子爵、男爵，师长、旅长等武职大都封轻车都尉。一等公爵一共封了六个，段芝贵位列其中。

"芝泉，皇上让我来看望你。"段芝贵一挥手，一个随身侍从捧过两件皮袄，"这两件皮袄，一件是貂皮，一件是狐狸皮，是皇上叫我带给你的。"

"无功受禄。"段祺瑞又拱拱手，让仆人接过了皮袄。

甫一落座，段芝贵便开门见山："芝泉，过了阳历年，就是洪宪元年了，再不上份贺表，何以让皇上安心？何以让天下安心？"

段祺瑞反问了一句："如今我一介布衣，天下又如何不安？"

"在北洋军人中，你资历最深，门生故旧，遍及天下。"段芝贵委婉地劝说："就算是顾及北洋团体，也要出来表明态度。"

"我曾率北洋将士通电拥护共和。"段祺瑞冷笑了一声，"如今再上贺表拥戴帝制，日后史书上我是何等人物？"

段芝贵愣了一下才开口:"史书总是要由人来写。"

"史书是要由后人写的。"段祺瑞的话直截了当。

"总之,不要让皇上误会了。"段芝贵踌躇了一下,"有什么话,可以单独面奏。"

"我曾经几次求见项城。"段祺瑞沉着脸回了一句:"他都以身体不适为由拒绝见面。"

段芝贵连忙应允:"我一定向皇上面奏,请皇上拨冗召见。"

"香岩,不必麻烦了!"段祺瑞摇了摇头,"我早已宠辱不惊。"

"先安心养病。"段芝贵陪着笑安慰道:"日后皇上必有重托。"

"承蒙关照。"段祺瑞意味深长地说了一句。

段芝贵起身告辞,段祺瑞送至前院,转身又回到外书房,两位棋士还在屋里等候。

正待复盘,徐树铮手里拿着一份报纸,匆匆而入。两位棋士起身拱手,"徐将军来啦!"

徐树铮顾不上与棋士们点头答话,"芝公,头号新闻!"

"什么新闻?"段祺瑞从棋盘上抬起头来。

"今天的《顺天时报》。"徐树铮将手里的报纸递给段祺瑞。

两位棋士连忙说:"芝公,您先忙公事吧!"他们随后拱手告辞。

"您看看吧!"徐树铮一面说一面指着报纸,"上面登了云南方面要求取消帝制的电报。"

一听这话,段祺瑞神色大变,赶忙戴上了眼镜,"又铮,这消息可靠吗?"

徐树铮随即答道:"刚才问过陆军部和日本使馆了,都证实了这个消息。"

段祺瑞看完报纸，连连摇头，"云南叛乱，已成定局，既发了电报，滇军就必定做好了准备，一场像民国二年那样的大乱子，看来再所难免。"

"芝公，敦促撤消帝制的电报，云南已经转致全国，请求各省军政长官联电劝告，只怕还会有响应者。"徐树铮转身坐在了书案的另一端，"听说蔡锷已经到了云南，想必唐继尧是受了他的鼓动。"

段祺瑞沉吟良久，才开口说话："想不到蔡锷还真是个人物，当初倒没看出来。若要像蔡锷、唐继尧一般，反叛项城，以我之为人决然不能，如此翻云覆雨，实在有违于旧道德。"说到这里，他猛然拍了一下书案，"这都是闹帝制惹出的灾祸，在此危急关头，我不能不挺身而出。"

"芝公，不可过于操切。"徐树铮接着又劝道："在此紧要关节，千万不能铤而走险。"

"谅项城还不会对我下手。"段祺瑞接着说道："刚才段香岩来过，替项城给我送来两件皮袄，又劝我上贺表。"

徐树铮问道："您是如何答复的？"

"我是宠辱不惊，已经给回绝了。"段祺瑞的语气异常果决，"为了免除战祸，为了天下苍生，这回我要犯颜直谏，一定让项城改弦易辙，眼下局势已经到了这般地步，他若绝情，难道不怕人心丧尽？"

"即使项城不致如此，可是袁云台却不能不防。"徐树铮不疾不徐地说道："当初'民四条约'签约之前，日本提出最后通牒，袁云台竟然公开传言说，芝公曾向总统表示，如发生战事，三天之内便可亡国。他竟然还说：'陆军如此无用，总长所司何事？'这番话既是为项城推卸对日交涉失败的责任，嫁祸于芝公，同时还包藏祸心，想另立炉灶，取代北洋，成立模范团、拱卫军，就是明证。涉及权力，项城可从不手软，与芝公二十年的交情，不是也毁于一旦？袁云台更是有过之而无不及，何况眼下父子俩人各自都在做着帝王梦，芝公决不可大意！"

"我自投身军旅，历经三十余载，早已将生死置之度外。"段祺瑞冷笑了一声，"云台还没当上太子，就比他老子的谱儿还大，难道还要给他们父子两代做奴仆？"

"项城现在已经是鬼迷心窍了，恐怕芝公也难以力挽狂澜。"徐树铮一面说一面站了起来，在屋里来回踱步，"我这里想起了李文忠的两句诗，'秋风宝剑孤臣泪，落日旌旗大将坛'，这倒符合芝公此时的心境。"

李文忠是指李鸿章。李鸿章殁后，清廷予谥号"文忠"。徐树铮念的这首诗，据说是李鸿章临终之作。

"难道就眼睁睁地看着战乱开启？"段祺瑞接着又问了一句："难道就不为北洋军人的出路着想？"

"项城已是众叛亲离，北洋军人也已经离心离德。本月上旬上海的'肇和舰'叛乱，举国震动；中旬又有日、英、法、俄、意五国公使联袂警告，要求缓办帝制。内外局势如此危急，项城要想武力解决云南，又谈何容易？"说到这里，徐树铮突然停住了脚步，"况且眼下的局势异常微妙，关键不在西南，而在于东南。"

段祺瑞愣了一下，脱口而出："你是说华甫？"

"您与冯华甫共事二十余年，应深知其为人，他一向左右逢源，长袖善舞，眼下又具备左右局势的实力。若对云南用兵，冯华甫的人马未必能为项城所用，到时候该会有好戏看了。"徐树铮又坐了下来,"项城近来在各个军事要地重新部署兵力,他将模范团第一期编成的拱卫军四个步兵旅及其一个炮兵团、一个骑兵团,扩编为陆军十一师和十二师,又将模范团第二期编成的拱卫军两个旅,扩编为陆军第九师,都装备了一色德式武器,先后调出京师。十一师、十二师调往江西,第九师调往河南,另将驻扎山东的陆军第五师一个旅调往苏州。这番调配,显然都是冲着冯华甫去的。"

段祺瑞点点头,"虽说华甫头两天刚加封一等公爵,又任命他为参谋总长,还兼署江苏,表面上看,是圣眷优隆,其实项城对他并不放心,日后必然又是调虎离山,先削去兵权,再打入冷宫。个中玄机,冯华甫当然明白,未必肯轻易就范。"

"李纯、王占元皆为冯华甫旧部,这'长江三督'各自拥兵数万,成犄角之势,都以冯华甫马首是瞻。另外张绍轩与冯华甫也一直暗通声气,一旦联起手来,天下权重东南。云南反叛后,便会出现三分天下,鼎足而居的局面,难保冯华甫不会效法辛亥年项城故事,以其人之道,还制其人之身。西南叛乱,乃鳞甲之患;东南不稳,是腹心之患。"徐树铮苦笑了一下,摇了摇头,"说到封爵,项城更是荒唐。当年曾文正勘平'发'、'捻'大乱,才不过封侯,李文忠亦是死后才追封侯爵。项城为了笼络武人,点缀气象,竟然滥赐爵位,连一帮丘八都封了公、侯,乃是闻所未闻,何况爵位高低,并非依据资历、军功,都是取决于手中的实力,不掌兵权的京官,则概不封爵,'北洋三杰'的'一龙一虎',反倒不如土司出身的龙济光,岂不是笑话?"

"长江三督"指的是冯国璋与督理江西军务的昌武将军李纯、督理湖北军务的壮威将军王占元,他们分别督理苏、赣、鄂三省军务,扼长江中下游要冲,遥相呼应,人称"长江三督"。

徐树铮所说的辛亥项城故事，是指当年辛亥年武昌起义之后，袁世凯利用了北洋军和南方革命党两股力量，迫使宣统退位，取而代之。

曾文正指的是曾国藩，他病殁之后，朝廷予谥号"文正"。"北洋三杰"的"一龙一虎"，是指王士珍和段祺瑞。袁世凯册封爵位，京官暂不赐爵，王士珍属京官，段祺瑞已经下野，均未赐爵。

龙济光是彝族土司世家，籍隶云南蒙自，早年团练出身，光绪二十九年率部入广西百色平叛，任广西右江道，宣统三年升任广西提督、新军二十五镇统制。武昌起义，龙济光与两广总督张鸣岐宣布广东独立，民国元年率部驻广西梧州，"癸丑之役"后，任广东宣抚使，又迁广东都督，兼民政长。民国三年，龙济光任振武上将军，督理广东军务。袁世凯赐他一等公爵，加郡王衔。

徐树铮话未说完，段祺瑞便站起身来，在屋里绕了几个圈子，"连张绍轩这等仆隶出身之人，居然也封了公爵。"他突然停住了脚步，"眼下局势纷乱，我辈岂能作壁上观？"

袁世凯授张勋为定武上将军，册封一等公爵。

"先静观其变，等到了一定火候，项城必定还要借重您，芝公便可就此立下再造共和之功。"徐树铮忽然莞尔一笑，"帝制消亡之日，便是芝公出山之时。"

53

袁叔祯急匆匆地跑进了居仁堂西头的餐厅。看到她惊惶的样子，杨氏和袁克文、袁仲祯兄妹都颇为诧异。

"叔祯，什么事？"袁克文皱了皱眉头，"这么着急？"

她两手捂着胸口，一面喘着气，一面大声嚷道："二哥，大哥正在'福禄居'嚷嚷着要杀你哪！亲妈和三妈都急坏了，打发人到处找你。"

这一番话，使满屋子的人都惊呆了。杨氏突然问道："到底出了什么事儿？克定发这么大的脾气？"

袁叔祯并未回话，走上前去一把便拉住了袁克文的袖子，"二哥，你先躲躲吧！"

"叔祯，你说清楚了！"袁克文吓得脸色煞白，"到底是为了什么事儿？"

袁叔祯脱口而出："都是为了立太子的事儿！"

袁克文听罢，转身便往外走，走到门口又回过头来叮嘱了一句："叔祯，你快去告诉爸爸！"

杨氏插了一句嘴："这可不能瞒着你父亲，真要是出了事儿，可怎么办？"她跟着又叮嘱道："但千万别在吃饭的时候和你父亲说。"

正在这时候，一位身着朱红缎子长袍的女官掀起了门帘，禀报了一声："皇上来啦！"

袁世凯一进屋，众人都站了起来，毕恭毕敬地向他问候请安。

等袁世凯坐下后，杨氏一面端详他的脸色，一面吩咐："先开饭吧！"

袁克文向袁叔祯使了个眼色，她便鼓足了勇气说道："爸爸，咱们家要闹出'血滴子'了！"

康熙皇帝晚年，诸皇子为争夺皇位，展开激烈角逐。皇四子胤禛在其雍亲王府邸里网罗一批杀手，专司搜集情报和暗杀之职，他登基后，改雍亲王府为雍和行宫，其中设立"上虞备用处"，又称"粘竿处"，俗称"血滴子"，称为"粘竿待卫"，名义上司娱乐事务，为其耳目和保镖，里面当差的侍卫，一般由满洲上三旗子弟充任。

袁世凯先愣了一下，跟着便脸色一沉，大声喝道："胡说！"

袁叔祯吓了一跳，但还是忍不住说道："我刚从'福禄居'过来，正看见大哥扬言说要杀二哥。"

袁世凯听罢，用力拍了一下饭桌，两眼直盯着袁叔祯，"你说！他这么闹是为了什么？"

袁叔祯并不畏缩，毫不犹豫地说："听说都是为了立太子的事儿，大哥听说您要立二哥为太子，立刻就发火了，他说如果二哥被立为太子，就要杀了二哥。"

"混蛋！"袁世凯跺着脚骂了一句："这个无父无君的东西！"他又厉声喊道："来人！快去把克定叫来！"

54

　　床上堆放着各色衣物，地上摆放着四个皮箱子，花云仙和丫头正在卧房里忙着整理衣物行李。

　　忽然间外面传来敲院门的声音，花云仙吩咐丫头："去看看是谁。"

　　丫头出了堂屋一面走一面喊："是哪一位啊？"她隔着院门门缝向外一看，便转过头来喊了一声："杨大人来啦！"

　　花云仙听到丫头的喊声，赶忙走到梳妆台前，对着帽镜匆匆梳理了一下鬓发，还未及妆扮，已经听见杨度在堂屋连声唤道："云仙！云仙！"

　　"杨大人，"花云仙赶忙迎了出去，"屋子里太乱，正在收拾箱笼行李。"

　　"云仙，我来得太巧了！"杨度四下里打量了一下，"你先不要忙着走。"

　　"先不用说这个了。"花云仙连忙摆了摆手，"想必您早知道了，云南的通电，报纸上都登出来了，十三个帝制祸首里面，头一个就是您，这不是祸从天降吗？"

"先不用惊慌。"杨度摇了摇头,"云南成不了气候,不过是以卵击石。"

"您可千万不能大意。"花云仙焦急地说:"目前除了云南,其它地方是不是太平还说不清楚,这位新皇上可是个枭雄,翻手云,覆手雨,万一为了招抚云南,拿你们这十三个人做了替罪羊怎么办?何况当初您举荐过蔡锷,如今他谋反之事,会不会牵连上您?"说到这里,她上前一把抓住了杨度的手,"于今之计,只能是'三十六计,走为上计'。"

杨度叹了口气,"云仙,眼下一家老小还要安置妥当。"

"眼下您身处险境,已不容再犹豫了。"花云仙抓紧了杨度的手,"赶快离开京城,远走高飞,我们先去上海,住到租界里,暂时避过这一劫,事不宜迟,我原本已经买好了后天去上海的三张火车票,本想带娘姨、丫头一起走,赶快再去补一张票,行李快收拾好了,我们一起走吧!"

杨度凝神注视着花云仙,"难得你能想得这么周全。"

花云仙低下了头,轻声嗔责道:"我早就劝过您急流勇退,明哲保身,您就是不听,这回可不能再固执己见了。"

杨度握着花云仙的手,不觉吟出了宋代岳飞的《小重山》下半阕:"'白首为功名,旧山松竹老,阻归程。欲将心事付瑶琴,知音少,弦断有谁听?'"他突然掏出怀表看了看,"马上我要去'宪政促进会'议事,刚才说的事,等我回来再定。"

十月中旬,"筹安会"已经改了名字,称为"宪政促进会"。

花云仙无可奈何地说:"议完事之后,务必回来。"

55

杨度赶到克勤郡王府后殿，孙毓筠等人都在，大家尚未开始议事，差役又赶进来通报："薛大人到了！"

一进门，薛大可便神情慌张地说："刚刚得到的消息，《亚细亚报》上海分社又挨了炸弹，报社主任受重伤，印刷机器被破坏殆尽。"

"子奇，"孙毓筠忙问："这是什么人干的？"

"沪上传闻四起，据说是'中华革命党'干的。"薛大可颓丧地摇了摇头，"这已经是上海分社第二次遭到炸弹袭击了。"

"从此怕要进入多事之秋了。"杨度神色怅然。

"夏大人来啦！"门外又传来差役的通报。

杨度起身迎了出去，"午贻，什么事这么急？"

"进去再说。"夏寿田急匆匆地拾阶而上。

进了后殿，见到薛大可，夏寿田松了一口气，"正好，子奇也在这里，云台让你赶快停印那张《顺天时报》。"

薛大可一听就愣住了，"出了什么事？"

"今天早晨我刚到西御苑，云台就派人叫我去'福禄居'。"

夏寿田一面坐下一面说:"云台昑咐,先派人去收缴今天送进西御苑的《顺天时报》,又让我赶快找子奇,我打电话到报馆,才知道你来这里了。"

杨度盯着夏寿田问:"这到底是怎么回事?"

"都是那张《顺天时报》惹的祸。"夏寿田压低了声音:"昨天中午,云台被皇上打了一顿,伤得不轻,已经下不了床啦!"

一听这话,众人都神色惊诧。杨度又问:"为了什么?"

"据云台说,辛亥年为了劝说清室退位,皇上和徐相国曾经交付给云台一桩编印报纸的差使,当初是送进宫去吓唬隆裕太后,这回云台又照方抓药,托子奇编印了一份报纸,也叫《顺天时报》,每天送进西御苑,说白了不过是为了让皇上不致受日本人的左右。"夏寿田叹了一口气,"听说是二公子进了谗言,把两种《顺天时报》都给皇上看了,还说因为立太子的事,要闹出'血滴子'来。"

二公子是指袁克文。大家面面相觑,薛大可摇了摇头,"竟然祸起萧墙。"

默然半晌,杨度才开口:"这倒用不着大惊小怪,皇上是听信谗言了,云台不过是一时蹉跌,眼下先避过了这场风波再说。"

薛大可点点头,"我们和云台一损俱损,一荣俱荣。"

"不管别人如何误会,我的政治主张决无变更,仍然信奉君宪救国,始终认为中国除君宪之外,别无解纷救乱之良方。"杨度意味深长地说:"国人若是讳疾忌医,实为国家民族之大不幸。"

"好!"薛大可猛然一拍桌子,"皙子兄的这番妙论,一定要在报纸上发表出来,由《亚细亚报》作一篇访问,借以推动社会舆论。"

孙毓筠插了一句："正可以此来表明君主立宪人士的襟怀抱负。"

"让我们以无量愿力，付诸君宪，导无量众生，尽登彼岸。"杨度的脸色异常凝重，语气却很平静。

第十二章・居仁堂

56

袁世凯阴沉着一张脸，坐在紫檀木书案后面，"蔡锷有反骨，是个阴谋家，我早就对他有所提防，所以免了他的云南都督，调进京城，只给了个闲差，熊秉三、杨晳子都曾举荐过他，让我任命他为陆军总长、参谋总长或是湖南都督之类，但我始终不放心，总不让他掌握兵权。"他冷冷地笑了一声，"亏得我没听他们的话。"

梁士诒一面端详袁世凯的脸色，一面鼓起勇气说道："云南名曰独立，实则叛乱，不宜实行怀柔安抚，否则将会群起效尤，处理叛乱也不宜旷日持久，要防备外人介入其中，取渔人之利。兹事体大，尚须圣上裁夺。"

"滇军号称两个师，充其量也就十来个团，不足两万人马。对于西南诸省，其实早有防范，早先入川的北洋三个混成旅和驻守岳阳的北洋第三师，便是已经布好的几个棋子。"袁世凯显出了一副成竹在胸的样子，"大元帅统率办事处已经调派第三师由长江水路入川，又调派驻南苑的第七师南下，等这两个师入川之后，再加上驻扎四川的三个混成旅以及川军的两个师，大约将有数倍于滇军的兵力。"

梁士诒连连点头,"当初'癸丑'之役,赣、苏、皖、粤、湘、闽都闹过独立,但前后不到两个月的工夫,乱党就做鸟兽散了,各省独立也就草草收场了,云南不过弹丸之地,简直是胡闹。"

"燕孙,军事上我有把握,只是在外交上还没有底,前几天,日、英、法、俄、意五国联合向外交部提出警告,要求缓办帝制,这明明就是干预中国主权,结果让陆子欣一个软钉子给碰回去了。但如果得不到列强的承认,这帝制又如何办得下去?"袁世凯垂头丧气地摇了摇头,"总不能关起门来做皇帝啊!"

梁士诒从椅子上欠了欠身子,"列强之中,英、日、俄三国与中国的关系至关重要。朱尔典公使与圣上是至交,这回参与'五国警告',显然是因为欧洲战场鏖战正酣,英国希望日本能够尽快赴欧参战,俄国则急需日本的武器援助,两国既有求于日本,势必受其左右。由此看来,上个月英、俄两国提出的中国加入'协约国'之条件,是不是尚可以斟酌?五国的干预也就可以化解于无形了。"

袁世凯摆了摆手,"'欧战'局面尚未明朗,入'协约国'之事,暂不再议,对日交涉,却是当下的关键。"

"大隈首相也曾经提出过期望中国恢复帝制,还表示过希望圣上能早登九五。"梁士诒一副无可奈何的样子,"这回背信弃义,不过是想趁火打劫而已。"

"对日交涉中,最为棘手的是'二十一条'未议定之条款。"袁世凯皱了皱眉头,"十月份大正天皇加冕,日置益公使曾建议中国派遣特使,以最高勋位赠予日本天皇,这倒是个契机,就由周子廙出任特使,前往日本赠勋。"

周子廙是指农商总长周自齐。梁士诒踌躇了一下才开口:"皇上圣明,派特使访日,给天皇赠勋,此举将会开启中日邦交新局面,这个机会难得。"

"赴日赠勋这件事,先不要对外人说,还要与外交部商量一下。"袁世凯沉吟了一下,旋即正色说道:"燕孙,征滇之事,尚须筹集一笔款项,还要借重你这位财神。"

"筹款自然是责无旁贷,若征滇顺利,也会有利于对日交涉。"梁士诒接着问道:"眼下到底需要多大个数目?"

袁世凯略想了想,"征滇军的开拔费用,以及新设置的兵站、粮台都要开销,下一步军队调动,军费开支还会扩大,大约需要三千万元。"

梁士诒一听便愣住了,"那只有从交通银行里提取本金了。"

袁世凯思忖了一下,"交通银行历年来借贷给政府的款项到底有多少?"

梁士诒未加思索,便脱口而出:"交通银行再加上盐业银行、新华储蓄银行,三年多来贷给政府的款项,约有四千万左右。"

袁世凯想了想又问道:"筹备登基大典的费用是怎么个数目?"

"大典的费用大约要两、三千万。"梁士诒不急不徐地说道:"其中犒赏三军的费用约一千余万,各个请愿团体的经费约两百余万,登基大典的工程费用约两百余万,各项御用器物的费用约三百余万,各项典礼制服的费用约两百余万,牌楼、彩棚、帐幔、国旗等项费用约一百余万,参加大典人员的薪金、津贴及伙食费用约一百余万。"

袁世凯立刻皱紧了眉头,"粮饷、犒赏,这处处都要钱。"

"列强忙于'欧战',各国军费开支急剧膨胀,对外借款十分困难，不过'公债局'今年通过英国汇丰银行和中国银行、交通银行，一共发行了三千万的国内公债，计划明年再发行两千万。"梁士诒迟疑了一下才又说道："还准备增派'大典筹备费'等各种捐税，另外要挪用国营铁路的收入。"

话音未落，夏寿田匆匆而入，将一份电报放到了袁世凯面前的书案上，"这是云南致全国滇籍军政官员的通电。"

袁世凯草草地浏览了一眼电报，脸色显得更阴沉了，"午诒，马上拟一份申令，褫夺唐继尧以及云南巡按使的本兼各职，由滇军的两位师长分别代理，明天就要发表。"他又吩咐道："再拟一份特任周子廙为上卿的申令。"

57

花云仙端着一个茶盘子走进卧房，盘子里摆放着茶壶、茶碗。她穿一件大红缎子高领棉袄，松松地挽了个髻，斜垂至肩头。

杨度已经脱去了长袍，只穿一身薄棉袍，正靠在床上闭目冥思。花云仙把茶盘子放到了炕几上，又点着了煤油灯。

"东屋的炉子已经烧旺了，刚刚烧上了洗澡水，一会儿水开了，去洗个澡吧？"花云仙一面说，一面提起水壶往脸盆里倒热水，随手拧了一个热手巾递给他，跟着又端上了一碗茶，"今天中午酒吃得不少吧？多喝几杯热茶解解酒。"

杨度擦完脸，接过茶碗来一饮而尽。花云仙又点着了一支烟卷，吸了两口，便递给他。

"你先坐下，我有话和你说。"杨度从身上取出了一个厚厚的信封，递给了她，"这里有五千元，是我让'宪政促进会'的会计下午才从银行里取出来的。"

"我手里银行存单上的钱，也都已经取出来了。"花云仙一面说一面接过信封，"现在手上的钱并不算少。"

"权衡再三，还是先不要忙着去上海。"杨度深深地吸了一口烟,略想了想又说道:"你先去天津,就住德国租界那套寓所,万一局势有变,我就去找你,也可以有个栖身之处,京津之间往来方便,我也可以常去看你。"

花云仙思忖了一下,又眨了眨眼睛,"就依您的主意。"

"明天就去退掉上海的车票,换成去天津的车票,由我来办。丫头、娘姨都一起带去,到了天津,先住到利顺德,等把那套寓所打扫、粉刷一下,添置上一些家具,再搬进去住,德国租界还算僻静,但不要雇当地的女佣,安全尤为重要。"杨度又嘱咐道:"一住进利顺德,就给北京'宪政促进会'来个电话,务必要留下你的房间号和电话号码,以便于和你联络。"

"您说的我都记住了。"花云仙连连点头,"不会出差错的。"

"容我筹措一下,回头再汇一笔款子给你。"杨度又叮嘱了一句:"一定要深居简出,尽量少抛头露面。"

"等到收拾好房子之后,"花云仙冲他嫣然一笑,"您一定要来天津看我。"

"等安置停当了,我肯定要去看你。"杨度踌躇了一下又说道:"下午薛子奇派《亚细亚报》的访员对我作了一篇访问,明天便可以在报上发表出来。"

花云仙马上抢着问道:"您对报馆的访员都说了什么?"

"不过是'中国除君宪之外,别无解纷救乱之良方'云云,主要是借此表明态度,对民众做个交代。"杨度说罢,便掐灭了烟卷。

花云仙一听就急了,"如今这种局面,您怎么还在报上发表这种谈话?"她拉着杨度的袖子,苦苦地劝道:"云南把'六君子'列为内乱罪犯,显然是要拿手无寸铁的文人开刀,您是代替皇上受过，俗话说'树大招风'，都是这场君主立宪，让您名满天下，才招致众人嫉妒。您一向性情耿介，湘绮先生曾经说您过于刚直，不够圆通，还嘱咐您做事要善于把握时机，急流勇退，眼下尤其要谨言慎行。"

"云仙，你先沉住气。"杨度的脸色忽然显得沉郁起来，"因蔡锷造反，让袁项城对我误会很深，这桩公案，要等到百年之后再论是非，其实不管袁家做不做皇帝，我都要鼓吹君主立宪。"

"您就听我一句劝，暂且先三缄其口。"花云仙的声音忽然哽咽了，"否则离开了您，却叫我如何放心？"

"你就放心吧！"杨度掏出了手绢，递给花云仙，"不枉是红颜知己。"

花云仙接过手绢，擦了擦眼睛，"人家就是不放心嘛！"她说罢便双手搂住了杨度的脖子，"说心里话，我见过有才气的人，也见过有英雄气的人，二者兼备者，惟有您一个人。"

听到这里，杨度忽然两眼一闭，眼角已经涌出泪水，"奇女子多出自青楼，惟有青楼女子才有真性情。"

花云仙赶忙拿手绢替他擦去泪痕。杨度突然伸手脱掉了花云仙脚上的红缎子绣鞋，又解开了她棉袄的纽扣。

窗外传来了丫头的喊声："云仙姑娘，洗澡水已经烧开了。"

"先去洗澡吧！"花云仙掩上了棉袄大襟，又起身搀扶杨度下床。

58

杨士琦一走进居仁堂东头的办公处，便看到袁世凯的脸色不好，立在一侧的袁克定、夏寿田也露出了惶惶不安的神色。

"杏城，这是驻日本使馆来的电报。"袁世凯狠狠地摔了一下书案上的电报稿子。

电报稿子一共是两份，杨士琦草草地浏览了一下，"头天日本使馆来电，请暂缓特使行期，令人如坠五里雾中，陆闰生的电报，总算让真相大白了。"他又愤愤不平地说道："特使访日，已定于一月二十四日，给天皇授勋，日方接待按亲照王礼仪，这都是中日双方已经商定的事，日方居然说把行将废弃之民国勋位赠予天皇，是对其不敬，又因英、美舆论捕风捉影，所谓以'二十一条'未议定之条款与日本交换承认帝制之说，以中方未能严守外交秘密为理由，拒绝特使访问，未免过于无理。"

陆闰生是指驻日公使陆宗舆。袁克定迟疑了一下才说："已经是'洪宪'元年了，再用民国勋位给日本天皇授勋，实在也是授人以柄。"他一面指着杨士琦手中的电报稿子，一面问："对日交涉的密件，又是如何落入了英国人的手里？"

"目前先要和英国消除误会,这还需要请朱尔典代为转圜。"夏寿田冲袁世凯欠了欠身子。

"这回一定要好好查一查泄密的事。"袁克定又气冲冲地说道:"非要查个水落石出不可!"

"这个面子丢得太大了!"袁世凯一副失魂落魄的样子,一面说一面有气无力地摇了摇头,"看来要让列强承认帝制遥遥无期。"

"英、俄、法等'协约国',都深陷'欧战',遂使日本称霸东亚,处处为难中国。"杨士琦思忖了一下又说道:"为改变当前局面,不妨先以武器、物资、劳工等帮助'协约国',以此作为其承认帝制的条件。"

"其实一直在帮'协约国'的忙,给英国提供过两万支枪械,还帮助法国招募过战地劳工。"袁世凯无可奈何地叹了口气,"'欧战'双方,眼下还不能轻易下注。"

袁克定趋前两步,"眼下战争不能只看兵力,还要看经济实力,最近英国报纸披露,'欧战'爆发至今,美国已经成为'协约国'最大的军火和粮食供应商,美国银行还为'协约国'各国提供信贷,用于偿付所供应的军需物资,由此美国大发横财,'欧战'已使美国和'协约国'的利益密不可分,英国和美国关系深厚,一旦英国将美国拉入了'协约国',凭借其经济实力,'欧战'的局面就要改观,德国将会处于下风。"

袁世凯皱着眉头问道:"你怎么又变了主意?也分不清哪头炕热了!"他又叹了口气,"自辛亥以来,德国一向对中国保持亲善关系,威廉二世已经承诺,中国实行君主制后,德国将予以承认,还表示将给予财政和武器方面的援助,去年年底,德国公使又两度求见,申明反对中国加入'协约国',于今之计,不如继续维持中立地位。"

杨士琦连连点头,"还是圣上看得透辟,既然外交上遇到了阻碍,可以先缓一缓手,容徐徐图之。近来参政院又奏请圣上速正大位,不如颁赐明诏,暂缓登基。"他接着又加了一句:"兹事体大,伏惟圣上宸衷独断。"

还没等袁世凯开口,袁克定先冷笑了一声,"君主立宪是关乎千秋万代的大事,岂能前功尽弃?"

"当下为了化解外交困局,不妨变通一下,中国可以效仿英国国王兼领附属国大皇帝的体例,圣上也以大总统之身份兼领满洲、蒙古大皇帝。"夏寿田一面说,一面观察袁世凯的脸色,"如此一来,总统与皇帝兼领,民国与'洪宪'共存,对外交涉仍沿用总统身份,其中的阻碍自然也就消除了。"

袁世凯矜持地咳嗽了一声,"这倒不失为一个转圜的法子。"

"这个法子使不得,对外称总统,对内称皇帝,岂不是要闹得不伦不类?"袁克定的声音变得嘶哑了:"自'筹安会'至今,已近半年,其中掷耗几许心血,几许金钱,历经曲折跌宕,方实行帝制,只因日本威胁,便改弦易辙,必然遭外人耻笑,况且徒然增长了称兵作乱者要挟之心,更伤害了拥戴帝制者一番忠心。"

59

在书房里甫一坐定,夏寿田便叹了一口气,"皙子,今天无意中惹了个麻烦。"

杨度仔细地打量了夏寿田一下,"看你的神色,是有些不对。"他接着问道:"到底是什么事?"

"今天上午在居仁堂办公处,还有云台、杏城在场,皇上拿出了两封驻日本使馆来的电报,里面透露了日本拒绝中国特使访问的原因,据说是对日交涉的密件落入了英国人的手里,令大隈首相极为恼火,由此拒绝中国特使访问日本,包括拒绝以民国勋位给日本天皇授勋。"夏寿田停顿了一下又说道:"当时杏城主张颁赐明诏,暂缓登基,使外交上得以转圜。"

杨度当即打断了他的话:"皇上说什么?"

"还没容皇上说话,云台先给驳回了。我又提出了一个变通的法子,效仿英国国王,兼领附属国皇帝,由皇上兼领大总统和满洲、蒙古大皇帝,民国与帝制共存,以此来化解外交困局。"

杨度一听便皱紧了眉头,"总统乃是共和制之元首,皇帝则是君主立宪制之元首,总统岂可兼领皇帝?君宪制与共和制岂可共存？不要把经给念歪了！"

夏寿田一时无话可说，杨度急着又问道："皇上是怎么说的？"

"皇上倒说是一个转圜的法子，可又让云台给驳回了。"夏寿田摇了摇头，"最后也没谈出个结果来，但云台的脸色很不好看。"

"午诒，你这一番话真是惹出了麻烦。"杨度给夏寿田倒了一碗茶，"当前的局面，已经是破釜沉舟，眼下千万不能乱了方寸。"

"事已至此，以后说话更要谨慎了。"夏寿田的神情异常沮丧。

"回头我以云台的名义给皇上上书，陈明暂缓登基的弊端。"杨度又思忖了一下，"由你来带给云台过目。"

夏寿田点点头，"差点给忘了！"他连忙从身上取出来一份报纸，递给了杨度，"这是天津租界出版的《广智报》，按照《报纸条例》，这张报纸在租界之外禁止邮寄发行。"

打开一看，头版上有一副漫画，题目为"走狗图"，画中有一个头戴皇冠、身着龙袍的胖子，御座之前有四条狗，都是犬身人面，显然是在影射杨度等"筹安会"人物。

"欲加之罪，何患无辞。"杨度冷冷地笑了一声，"走狗的帽子敬谢不敏，君宪救国却不改初衷。舆论界尽是势利之徒，给皇上抬轿子的那些军政要人，一个都不敢碰，却只和我们这等无权无势的文人过不去，哗众取宠，落井下石，亦非大丈夫所为。"

"皙子，不必与这类文丐计较。"夏寿田接着又劝道："只不过今后不要太锋芒外露了，以免成为众矢之的。"

默然半晌，杨度才开了口："君宪！君宪！惟愿其如佛家舍利，劫火烧之不灭。"

60

"启禀皇上。"京畿军政执法处长雷震春一身戎装,垂手肃立,"臣已查明,对日交涉密件外泄一案,与法国公使馆有牵连。"

"朝彦,"袁世凯的神色略显诧异,"难道是法国人盗的密件?"

雷震春脱口答道:"法国公使馆华籍雇员重金收买宫内侍从瞿克明等人,盗取内史厅密件。"

"克明从小是在府里面长大的,他母亲是府里的老奶妈,干了几十年了,克明在府里做侍从也有几年了。"袁世凯异常惊诧,皱起了眉头,"怎么能出这等事情?"

"外泄密件收藏在内史厅机要室的保险柜里,钥匙分别由内使、侍从掌管。"雷震春接着禀告:"已将瞿克明及内史厅内史沈祖宪等十余名涉案人逮捕。"

一语未毕,袁世凯便打断了他的话:"你说沈祖宪也涉及此案?"他一面说一面摇头,"他跟随我二十余年了,当年在小站练兵,沈师爷便是文案委员,他怎么会干这事儿?"

"沈祖宪手里掌管收藏密件的保险柜钥匙，自然难脱干系。经缉查取证，判定本案是内外勾结所致，瞿克明现已招供，他私配钥匙，偷启保险柜，誊录密件，然后出卖给法国公使馆的雇员，牟利十余万银圆，赃款业已起获。"雷震春取出一张状纸，双手呈递给袁世凯，"这是瞿克明的供状，请皇上过目。"

袁世凯草草浏览了一下供状，抬起头来问道："其他涉案人都是哪里的？"

"都是内史厅、侍卫处的。"雷震春接着又加了一句："他们正在京畿军政执法处过堂。"

"沈祖宪招供了吗？"

"尚未招供。"

忽然之间，侍从官进来禀报："镇安上将军段芝贵有要事求见。"

袁世凯点点头，侍从官便转身出了西客厅。雷震春赶忙问道："我先回避一下？"

袁世凯摆了摆手。段芝贵与雷震春同年加入"新建陆军"，资历难分伯仲，但段芝贵的官运更顺畅。光绪三十三年，段芝贵署理黑龙江巡抚，雷震春只是北洋陆军第三镇第五协统领。"癸丑之役"后，裁撤都督，设立将军职，全国将领当中，只有七个人授上将军，授段芝贵彰武上将军，授雷震春震威将军。这一"武"一"威"，成色不同，凡是冠以"武"字头衔者，皆是掌握兵权和地盘的将军；凡是冠以"威"字头衔者，大都是内调京城不掌握兵权的将军。册封爵位，赐段芝贵一等公爵，赐雷镇春一等伯爵。

段芝贵一身袍褂，一进屋先摘了礼帽，冲着袁世凯深鞠一躬，见雷震春在场，便显出几分踌躇，"皇上，有桩要事，臣要密禀。"

"香岩,"袁世凯随即说道:"朝彦毋庸回避,有事但说无妨,你们先坐下。"

段芝贵趋前几步,掏出几张信笺,双手呈到了书案上,"这里有两封信,一封是张雨亭写给臣的,告发袁绍明的次子袁瑛;另一封是袁瑛约张雨亭反叛皇上的信,张雨亭转给了臣,这便是袁瑛叛逆的证据。"他说完之后方才落座。

袁绍明就是袁乃宽。张雨亭是指驻防奉天的二十七师师长张作霖,他字雨亭,早年投军,甲午战败,成立民团,光绪二十八年受招抚,改编为巡警前路游击马队。日俄战争中,协助俄军,接受其枪械、犒赏,因剿除胡匪、蒙患有功,东三省总督徐世昌擢升张作霖为奉天巡防营前路统领。武昌起义爆发后,奉天成立国民保安公会,他任军政部副部长,入民国后,所辖巡防营编为二十七师。帝制风潮当中,张作霖率先劝进。

当年招抚张作霖的是奉天营务处总办张锡銮,张作霖拜他为义父。民国元年,张锡銮由直隶都督改任奉天都督,民国三年裁撤各省都督,又改任镇安上将军,督理奉天军务,兼节制吉林、黑龙江军务。此时张作霖已成为关外实力人物,对义父表面逢迎,暗地排挤,张锡銮不得已多次请辞。湖北也是闹得不可开交,当初"癸丑之役",北洋第二师师长王占元率部入湖北,自居有功。黎元洪离鄂之后,段祺瑞、段芝贵先后督鄂,王占元不满,与段芝贵势同水火,甚至忿而辞职,袁世凯只得一方面派人调和,一方面晋升王占元为湖北军务帮办。

民国四年八月,袁世凯命张锡銮与段芝贵对调,调张锡銮督理湖北军务;调段芝贵督理奉天军务。当初张作霖受朝廷招抚,按照规矩要有人作保,替他作保的就是段芝贵的父亲、奉天总兵段有恒。段芝贵调任奉天，做张作霖的顶头上司，应该相安无事，张、段对调，可谓一举两得，袁世凯自认为这是一着妙棋，结果事与愿违。张作霖自以为能够封侯，却仅仅封了个二等子爵，赐爵之后便称病请假，段芝贵亲自登门问候，竟被拒之门外。奉调湖北的张锡銮也因为受王占元排斥，一直未能赴任，只能滞留京城。

　　雷震春是张作霖的旧长官，光绪年间，他担任奉天行营翼长，张作霖为其属下。民国四年夏天，张作霖奉召进京，由雷震春引领，晋见袁世凯。

　　"张雨亭大事上倒不糊涂。"袁世凯一面看信，一面沉下脸来，"乃宽知道这事吗？"

　　"我一接到信就来禀告皇上。"段芝贵接着又加了一句："应该马上逮捕袁瑛，这是个祸害。"

　　"这个混蛋小子！"袁世凯放下了手里的信问道："乃宽的儿子眼下是什么差使？"

　　"他在拱卫军里当差。"雷震春赶忙回答。

　　"朝彦，"袁世凯吩咐道："马上把他抓起来。"

　　雷震春起身立正，马靴一磕，"臣即刻去办。"他转身正要出门，侍从官匆匆赶了进来。

　　袁世凯厉声问了一句："什么事？"

　　"皇上，"侍从官疾步走到袁世凯身旁，俯下身去禀报："侍卫们刚刚在宫里发现了炸弹。"

　　屋里的几个人闻听之后，都大惊失色。

第十三章·广和居

61

"三大殿和西御苑的大修工程,已经基本完工了。""样式雷"不慌不忙地说:"望袁大人拨冗去查验查验。"

"好。"袁乃宽点点头,"明天我们就一道去查验。"

"顺便也去看看您那所宅子。""样式雷"踌躇了一下才又说道:"袁大人,这次大修工程都是按您的吩咐,依照古法营造,修缮三大殿和西御苑用的砖瓦、油漆,都是专门制作的,眼下这批工料的款项还没有着落。"说到这里,他停顿了一下,"另外还有您那所宅子所用工料的款项,也等着付帐。"

"眼下大典筹备处已经正式挂了牌子,总揽登基大典一应事务,由我负责办理财务会计,回头你算笔帐,我便拨付给你。"袁乃宽又思忖了一下:"新皇宫虽不设在紫禁城,但新朝伊始,出入观瞻所系,宣统又要出宫,紫禁城里主要的宫殿、宫门,理应重修,回头你再给查一查,紫禁城里各个宫殿、宫门都是哪一年大修的?"

"袁大人,这个我大致清楚,虽说宫里总在修修补补、油漆粉刷,可最近的一次大修还是在嘉庆年间,当时主要修葺了乾清宫、交泰殿、养心殿、重华宫、午门、太和门、贞度门、昭德门等。""样式雷"又想了一想,接着说道:"算起来都已经有七十年了。"

"都七十年了?"袁乃宽又说道:"是该重新大修了,不过工程太大,可以先修明面上的,其余的一步一步来,明天查验大修工程的时候,一并再查验一下紫禁城里主要的宫殿、宫门,该修的地方便定下来,你再给估算一下,还需要多少款项,好尽快向大典筹备处申报。"

"我一定尽快办。""样式雷"看了看袁乃宽的脸色才问道:"袁大人,听说登基大典要延期?"

"尽是些谣言。"袁乃宽又抬高了声音:"当今皇上已经宣誓承受帝位,并受了百官朝贺,爵位也封下去了,登基大典岂能延宕?"

"外面有此传闻。""样式雷"迟疑了一下,才又小心翼翼地问道:"报纸上已经登出来了,云南造反了,眼下会不会打仗?"

"区区云南,能翻起多大的浪来?"袁乃宽冷笑了一声,"一支小小的滇军,怎么能抵抗得住北洋军?"

"样式雷"愣了一下,又低声解释:"袁大人,我是怕一旦要打仗,延误了登基大典。"

正说到这里,仆人突然赶进来通报:"京畿军政执法处的人来了,现在外院客厅里等候。"

"他们什么事?"袁乃宽皱起了眉头,"叫他们进来吧!"

62

一进居仁堂办公处,袁乃宽便"扑通"一声跪了下去,"犬子已经由天津警察局缉捕,昨天押送到京,现关押在京畿军政执法处。"他又往前膝行了两步,"犬子忘恩负义,丧尽天良,罪该万死!"

"闹得太不成体统了!"袁世凯沉着脸叱责道:"竟然不顾全袁家的脸面,传出去岂不要传为笑柄?你懂不懂?"

"臣侄无地自容。"袁乃宽跪在地上战战兢兢,又结结巴巴地说了一句:"请皇上按律治罪。"

"把你儿子带回去吧!"袁世凯忽然收敛了怒容,"一定要严加管教,让他悔过自新。"

"皇上天高地厚!"袁乃宽摘掉军帽,伏在青砖地上,"砰、砰"磕着响头,"臣侄一家感戴不尽!"

袁世凯一面摆了摆手,一面冲外面喊了一声:"来人!"

侍从官闻声进屋,袁乃宽赶忙起身,袁世凯吩咐道:"叫雷将军来。"

片刻工夫,雷震春赶了进来,先向袁世凯行了个鞠躬礼,随后又向袁乃宽点点头。

"朝彦，让乃宽把他儿子带走吧！由他来管束，小孩子胡闹，用不着大惊小怪。"袁世凯想了一想，又问了一句："密件外泄的案子审得怎么样了？"

"正要向皇上禀告此事，这桩案子仍然在审理之中，牵扯的人越来越多，涉案之人都是宫里的。"雷震春又加了一句："炸弹的案子尚未有眉目，必定也是内奸。"

"新朝肇始，岂能大兴牢狱？"袁世凯不以为然地摇了摇头，"尤为不宜在宫里大动干戈，免得激出乱子，外面又要生出许多谣言。"他又沉吟了一下，"罢了！先释放涉案之人，交由家属具结领回，暂开去差使，不许在宫里行走，这两桩案子，还是要再仔细查询。"

"是！臣马上去办。"雷震春转过脸又对袁乃宽说："绍明，皇上圣明仁厚，法外施恩，回头跟我领儿子去吧！"他说罢又趋前一步，向袁世凯说道："臣还有要事，向皇上禀告。"

"乃宽，"袁世凯冲袁乃宽挥了挥手，"你先下去吧。"

袁乃宽深鞠一躬，谢恩告退。等他出去后，袁世凯冲雷震春略点点头，"朝彦，坐下说吧！"

甫一落座，雷震春便禀报道："自从宣布改元'洪宪'以来，京畿军政执法处、步兵统领衙门、京师警察厅便派人四处清查，将京城里大街小巷和所有买卖店铺的牌匾、楹联、告示上面有关共和的字样全部清除，大典筹备处也已经发过通告，要求所有公文今后一律署'洪宪'年号。但是眼下'洪宪'年号只是见于政府的文件、文告，以及在京城出版的报纸上面，上海等南方城市的各个报馆却只是敷衍应付，它们或是将民国年号改为了公元纪年，或是只用小字号印刷'洪宪'元年的字样。"

话犹未了，袁世凯便沉下脸来，"这不是乱套了吗？由内务部、交通部向所有报馆、书局发通告，再不采用'洪宪'年号者，将依照《报纸条例》和《出版法》予以取缔，在租界出版的报刊，一律禁止邮局发行、邮寄。"

63

"皇上,今天已经是腊月十五了!后天就是大寒,'小寒大寒,又是一年。'"杨氏给坐在床上的袁世凯递上一碗茶水,"今年可不比往年,仰赖皇上的洪福,天下太平,海晏河清,可巧过年和登基又赶到一块儿了,喜上加喜,实在是要好好地操办。"

等袁世凯用茶水漱完口,杨氏又接过丫头递上来的热手巾,上前给他擦脸,"日子可是不多了,不知道大典筹备得怎么样了?"

听到这里,袁世凯便气冲冲地说道:"哪有个太平祥和的样子?四川丢了横江,贵阳乱党也在闹独立,简直是乱了套了!"

"登基是头等大事,普天之下,无不仰仗皇上的庇佑,这决不能等闲视之,至于边陲之地闹些乱子,并不妨碍大局,您忘了?当初癸丑年,孙文、黄兴闹出那么大的乱子,不出两个月,还不就让您给降伏住了。"杨氏一面说着一面妩媚地笑了笑,又给袁世凯套上一件黑呢子制服,"内廷朝贺仪典的排练一直就没耽搁,大家都等着除夕子正时辰册封六宫哪!"

"物力维艰,仪典不必过于糜费。"袁世凯换完衣服站起身来,又接过了杨氏递给他的一顶貂皮帽子,"我得赶快下去了,燕孙他们正等着向我禀报大典事宜。"

袁世凯下楼后便直奔居仁堂西头的会客厅。一进屋,梁士诒、张镇芳二人起身迎候,袁世凯坐下之后,打量了他们一下,"你们也坐下吧!"

张镇芳是袁世凯表弟,光绪十八年进士,庚子之乱,两宫出逃,他追赶至陕西,回京后赏四品衔。光绪二十九年入北洋幕府,光绪三十三年署理直隶总督,进入民国后,任河南都督,兼民政长,民国二年因督剿白朗不力免职,民国四年创办盐业银行,出任银行总理。

等两个人落座后,袁世凯矜持地咳嗽了一声,"当下的事务经纬万端,今天请了你们两位财神,主要是要议一议相关的财务事宜。"他转过头来冲着梁士诒说道:"燕孙,贵州护军使刘显世来电,请求接济军饷,马上从你那里拨出三十万元,紧急汇给刘显世,先要稳住贵州。"

梁士诒连忙点头,张镇芳随后开了口:"修缮紫禁城的花费,已经十分可观,眼下又有人提议,建陪都于洛阳,臣以为圣上应慎重行事,如今大局初定,务求俭约,千万不可劳民伤财,营建陪都原本是要花些工夫,可以慢慢筹划,等财力充裕了再动工。"

突然之间,夏寿田推门而入,匆匆走到了袁世凯面前,递上一份电报。

袁世凯一看便愣住了,半晌说不出话来,屋里一时鸦雀无声。

"你们看看,陆闰生又来电报了。"袁世凯皱着眉头,把电报稿子扔在了茶几上面,"日本内阁竟然又提出延缓帝制的警告,还威胁说要进行实力干涉。"

几个人看罢电报,面面相觑。袁世凯万般无奈地摆了摆手,"眼下闹成了进退失据的局面,算了!滇事不平,暂不登基。"

"千万不能延缓登基,北洋旧人跟随圣上多年,不过是为了加官晋爵,如今犹豫不决,势必人心涣散。古人云:'天与弗取,反受其咎;时至不行,反受其殃。'"梁士诒接着又问道:"为了帝制而筹借的数千万债务,又如何了结?"

"曾文正常说,跟洋人办交涉,有一分力量说一分话。眼下先稳住局势再说。"袁世凯长叹了一口气,吩咐梁士诒:"燕孙,筹备大典的各项费用暂缓发放。"他又看了看夏寿田,"午诒,拟一份通告各国使馆暂缓登基的申令。"

64

张氏斟了一碗茶,端给段祺瑞,"爹既然请老爷出来替他分劳,老爷不能再推脱了。"她踌躇了一下又说道:"都是自家人,不必计较过去的事儿了,您就答应下来吧!"

段祺瑞的脸色沉郁,只是摇了摇头。仆人进来通报:"徐大人来啦!正在内书房里等您。"

段祺瑞听罢点点头,便起身出去了。他赶到前楼的内书房,刚一进屋,徐树铮便起身说道:"芝公,刚才接到了项城送来的委任令,任命我为将军府事务厅长。"

"项城又想叫我们替他卖命。"段祺瑞一面走一面说,"项城已经来过电话了,请我共济时艰,让我代他主持征滇事务。"

一听这话,徐树铮忙问道:"您是如何回话的?"

"照搬当年项城对付清室的那套戏法。"段祺瑞转身坐在了写字台后面的皮转椅上,"我说是宿疾未愈,难以代劳。"

徐树铮点点头,"芝公,回得好!"他疾步走到段祺瑞的面前,"项城已经是穷于应付了,刚从陆军部得到的消息,贵州护军使刘显世通电宣告独立。"

"这一下子，滇、黔联起手来，麻烦就更大了。"段祺瑞抬起头来问道："派去征滇的人马到底有多少了？"

"'征滇军'行军总司令曹锟的第三师先锋已经抵达重庆，第七师、第八师也将陆续入川。"徐树铮接着又说："一旦这几个师都入了川，会同四川的兵马，大概有五、六万人。"

"又铮，"段祺瑞突然问了一句："你看滇军是否支撑得住？"

"北洋军劳师远征，水土不服，乃兵家大忌，未必能占得了便宜。"徐树铮摇了摇头，"此外四川的陈宧并非北洋嫡系，与蔡锷又素有私交，他们两个人的门生故吏，大都分布于川、滇、黔、桂各省，滇、黔已经独立，川军中也有蔡锷的袍泽，势必会敷衍观望，西南之事，仅凭武力，势必难以解决。"

段祺瑞思忖了一下，"云南独立之后，曾经有人建议，请冯华甫出面联合各省将军，共同劝告云南罢兵，眼下不知华甫是否愿意接下这副征滇的担子？"

"我看冯华甫也决不肯在这个节骨眼出来替项城卖命。"徐树铮一面说一面坐下，"他一定又会称病告假。"

"还是你有先见之明。"段祺瑞伸手指了指徐树铮，"左右大局者，不在西南，而在东南。"

"'螳螂捕蝉，黄雀在后。'左右当前局势者，不仅在于东南，还在于东洋人。日本驻华陆军已经达到了三个师团五万余人，驻朝鲜陆军另有三个师团四万余人，同时日军占据着南满铁路与胶济铁路这两条交通命脉，以及辽东半岛至胶东半岛诸多军事要地，尤其是旅顺、青岛这两个重要军港，日本海军约有二百余艘舰只，已经完全掌握了渤海和黄海海域的制海权。驻守直隶、山东、奉天以及京畿等地的中国陆军大约有五、六个师及几个混成旅，约七万余人，中国海军现有四十余艘舰只，大多为小型舰只，千吨级以上的巡洋舰只有七艘，居于渤海要冲的烟台军港早已是孤立无援。一旦战端开启，双方力量高低立判。前年秋天，日本陆、海军分别在山东的胶州湾和德属马绍尔群岛等西太平洋岛屿击败了德国陆、海军，充分显示出了日军的战斗力与军备力量。当初明治维新时期，日本陆军的各项制度都效仿德国陆军，仅仅二十余年功夫，已经是青出于蓝而胜于蓝。"说到这里，徐树铮走到墙上挂着的一张世界地图面前，一面指点一面说："眼下列强无暇东顾，从欧洲的北海至瑞士边境的西线，波罗的海至罗马尼亚的东线，意大利与奥匈帝国边境之间的战线，以及巴尔干战线、小亚细亚战线，'协约国'与'同盟国'同时开战，英、法、俄、德、奥、意大利、比利时、土耳其、保加利亚、塞尔维亚等国皆已卷入战争，双方投入兵力达数千万之众，日本借此便赢得了在中国和西太平洋扩张的契机。"

段祺瑞突然起身，一面搓着手一面在屋里绕着圈子，"今日国家之危，与甲午、庚子无异。"

"日本人还几次三番纠合'协约国'盟友，反对实行帝制。上个月中旬，日、英、法、俄、意五国公使至外交部，再次提出缓行帝制的照会；前几天，又闹出了拒绝中国特使访日的外交事件。这都表明，'欧战'期间，英、俄等协约国在对华关系方面时时受到日本的左右，当下它们都急需日本能尽快赴欧参战，并给予武器援助。日本人才真是心腹之患，出尔反尔，联络列强捣乱，这分明是在玩弄讹诈伎俩。"徐树铮冷笑了一声，"眼看着列强承认帝制无望，项城居然坐起了关门皇帝。据外交部的人说，凡是使用'洪宪'纪年的外交文件，均已被各国政府及驻华使馆、领馆退回，眼下政府外交文件只得沿用民国年号，并仍然使用总统名义签署，此乃古今中外闻所未闻。"

"只要项城答应取消帝制，我便可以重新出山。"段祺瑞说罢，停下了脚步，凝神望着窗外，"帝制撤消，西南自然罢兵息战，共和重生，便可以免除国家颠覆分裂。"

"芝公，眼下出山还不到火候。"徐树铮摇了摇头，"今日之公，犹如辛亥之项城。欲收拾今日之局面，一定要等到项城黔驴技穷，可以断言，到时候必得由您出面，主持和战大局。"

段祺瑞默然无语，若有所思。

"昆曲《桃花扇》里有一套名为《哀江南》的曲子，记得有这么几句。"徐树铮清了清嗓子，便唱了起来："'俺曾见金陵玉殿莺啼晓，秦淮水榭花开早，谁知道容易冰消。眼看他起朱楼，眼看他宴宾客，眼看他楼塌了。'"

65

走进磨砖刻花的门楼,迎面影壁上挂着一块黄铜牌匾,上面刻着"广和居饭庄"五个隶书大字。

看到是几位女客,饭庄的伙计赶上前来招呼:"几位是杨先生的客人吧?"

为首的一个姑娘点了点头,伙计高声喊道:"杨先生的客人到了!"他转身带路,绕过影壁,穿过院子,一直进了东跨院的一个单间。

屋子当中一张圆桌,周围坐着六个人,凤仙刚一进屋,便赶上前去,向杨度道了个万福。

"姑娘们都到啦!"杨度连忙招呼:"你们快入席。"

"杨先生,"伙计问了一句:"喝什么酒?"

"还是老规矩,西山莲花白。"杨度随后又召唤伙计上菜。

六位姑娘放下了随身携带的乐器,又各自宽衣后才纷纷入席。

"凤仙,能把你请来可不容易。"杨度点点头,"荣幸之至。"

"不敢当,既是杨大人叫我,不能不来呀!"凤仙忽然又低声说了一句："不过我已经摘了牌子。"

众人皆显露出了意外的神色，杨度更是深表诧异："什么时候摘的牌子？是不是已经离开了云吉班？"

"也是刚刚摘的牌子，眼下还住在云吉班，找到了合适的房子再搬出去。"凤仙的神态从容淡定，"近日总有人来找我，衙门里的人也常来搅扰，等到搬出去了，就免去了许多麻烦。"

说话之间，伙计端上了一个铜火锅子，随之一道道热菜也上了桌。

"应该恭喜你，快入座吧！"杨度一面招呼凤仙，一面举起了酒杯，"今天是腊月二十三，小年已至，在座的皆是知交，算是一起除旧迎新，干！"

众人皆举起酒杯，一时觥筹交错。薛大可执壶，替凤仙斟了一杯酒，"为凤仙超脱风尘，再浮一大白。"

又饮过酒后，杨度细细打量着凤仙，"你现在可是红了！外面都传说你是'侠女'，与蔡锷这一桩公案，早已经传遍了京城，也算是为青楼又添了一段佳话。"

凤仙低着头轻声说了一句："您别信那些坊间的传闻。"她说罢便起身和姑娘们一起斟酒。

"怎么会是传闻？"薛大可摇摇头，"报纸上说是'美人挟走蔡将军'，若没有你鼎力相助，蔡锷又如何能脱身呢？"

"蔡将军临走前呈送了请假报告，皇上也准假了。"凤仙继续逐一斟酒，"他堂而皇之地离了北京，何需我一个弱女子相助。"

"没想到皇上英明一世，竟然被蔡锷耍弄了。"薛大可跟着又问了一句："蔡锷出走之前，向你吐露过他的打算吗？"

"蔡将军是何等样城府？"凤仙反问了一句，又略略踌躇了一下,"他只是说准备去日本治疗喉疾,至于去云南之事,却从未吐露过一点口风。"

"'不因重做兴亡梦,儿女浓情何处消。'"薛大可叹了口气,"凤仙,看起来你竟是枉担了虚名,终归是红颜薄命。"

凤仙默然无语,杨度瞅着她不由得感触丛生:"自当初会贤堂一聚,不过半年的工夫,世事变幻,竟如同一场大梦。"

"诸般因果,皆由心生。"凤仙淡淡地说了一句,"凡事皆是缘分,眼下只是想过平静的日子,这才是自己的夙愿。"她说罢又端起酒杯来,向杨度等人依次敬酒。

"蔡锷这一走,你们这段缘分,便难以逆料了。"杨度冲凤仙摇了摇头,"但不知你能否参悟透彻,丢却烦恼。"

听到这里,薛大可不胜感慨:"'残山梦最真,旧境丢难掉。'"

"子奇,"孙毓筠放下了筷子,盯着薛大可说道:"眼下天津、上海的报纸骂我们六个人是'洪宪'走狗,《亚细亚报》应当马上写文章声讨他们。"

"《亚细亚报》的日子也并不好过,上海分社自从遭到炸弹袭击之后,上海版就停刊了。"薛大可无可奈何地叹了口气,"树大招风啊!"

胡瑛猛然一拍桌子,"癸丑年政府颁布过《报纸条例》和《出版法》,此后查禁了几十家报馆,舆论便大为改观。依我看,倒是应该由参政院敦请政府对舆论严加管制。"

"政府对外都发布公告了,说是登基之事并未定局。"刘师培的脸色异常阴沉,"眼看着一场轰轰烈烈的君主立宪,已成明日黄花,又如何能够弹压得住舆论呢?"

"据海外消息,"薛大可忽然压低了声音:"五六天以前,驻外使节便已经秘密通知各国政府暂缓登基。"他又盯着杨度问道："难道原来订在二月上旬举行登基大典的计划就这样泡汤了？"

杨度并未答话，只是摇了摇头，"皇上竟然在此重大关口上乱了方寸，如此畏首畏尾，必将铸成大错。"

"开弓没有回头箭。"孙毓筠皱起了眉头，"君主立宪决不能半途而废，我们'宪政促进会'也不能偃旗息鼓。"

"当下列强都被日本人牵着鼻子走，除去列强干涉之外，北洋宿将的离心离德，也是使皇上裹足不前的缘由。"杨度又加重了语气，"最可忌惮者，乃是北洋一虎一犬。"

北洋一虎一犬，是指段祺瑞、冯国璋。

"段芝泉自告病退隐之后，已是虎落平阳，不足惧也，倒是冯华甫拥兵东南，鄂、赣皆是旧部，实为心腹之患。"李燮和又愤然说道："潜藏淞沪勾结死党作乱的陈其美，也是一个祸害，前者刺杀上海镇守使郑汝成，后者又夺取'肇和'舰、袭击江南制造局，此逆不除，江南不宁。"

陈其美字英士，籍隶浙江湖州，光绪二十四年赴日本留学，加入同盟会，回国后结交青帮，掌握上海商会、商团，先后兴办《民立报》等报刊。武昌起义爆发，同盟会、光复会在上海响应，光复后陈其美被推举为沪军都督，排挤李燮和。民国元年，陈其美受任工商部长，坚辞不就，"癸丑之役"中，举兵讨袁。

"只要是各路征滇军马效力，平定云南叛乱，本不在话下。"孙毓筠冷笑了一声。

"一旦平叛不利，再加之舆论倒戈，要求撤消帝制，惩办祸首，我辈必成众矢之的。"刘师培忧心忡忡地说道："还是要早做打算，想一想出路，免得成为亡舍亡家之人。"

"军政要人都通电拥戴帝制,其中也有他蔡锷。"说到这里,胡瑛忍不住无名火起,"至今却给我们冠以帝制祸首的罪名,简直是翻云覆雨。"

"当初我们敢为天下先,率先为皇上抬轿子,才兴起一场君宪风潮。"杨度突然叹了一口气,"君主立宪在中国屡屡胎死腹中,难道这回又是一场春梦?"

此言一出,举座怆然。薛大可持杯在手,环顾左右,"昔日负笈东瀛,曾参加过日本友人的'忘年会'。所谓'忘年会',即是岁末之际,知交聚会,借此忘却一年的烦恼。"

"好!"杨度点点头,"让我们先把红尘中事丢诸脑后,开怀畅饮一番。"

姑娘们遂起身斟酒,众人纷纷举起了酒杯。

"凤仙,"杨度吩咐道:"下面还是由你奉献几段词曲吧!"

她略略思忖了一下,起身从携带的琴囊里取出了琵琶,轻轻调了调弦子,"先给各位大人唱一段'苏州弹词',这段书的名字叫《白蛇传》。"

第十四章 · 石驸马大街

66

杨士琦、梁士诒两个人在居仁堂书房里甫一落座,袁世凯便一面指着书案上的几页信纸,一面说道:"张绍轩又发牢骚了!"

取过来一看,是驻防徐州的定武上将军张勋写给袁世凯的一封信,杨士琦一面看一面皱起了眉头,当看到"纵容长子,谋复帝制,密电岂能戡乱?国本因而动摇,不忍一。赣、宁乱后,元气亏损,无开诚布公之治,辟奸佞尝试之门,贪图尊荣,孤注国家,不忍二。云南不靖,兄弟阋墙,寡人之妻,孤人之子,生灵堕于涂炭,地方夷为灰烬,国家养兵,反而自祸,不忍三。宣统名号,依然存在,妄自称尊,惭负隆裕,生不齿于世人,殁受诛于《春秋》。"的时候,他的神色已变得异常阴沉,"张绍轩简直是无法无天了!"

"他是借题发挥。"袁世凯冷笑了一声,"实则是对变更国体不满。"

"张绍轩原本仆隶之流,投效'新建陆军',经您拔擢,才有今天,若不是庚子年派他护卫銮驾,怎么能做到总兵、提督?"杨士琦愤愤地说:"这个兵痞子怕是忘乎所以了。"

"张绍轩不过是系念故主。"袁世凯的语气倒是很沉稳,"派人去安抚一下,以免再生出什么变故。"

杨士琦把手中的信纸递给了梁士诒,又思忖了一下,"还是让斗瞻去趟徐州吧!"

总统府内史监阮忠枢字斗瞻,籍隶安徽合肥,淮军世家,进士出身,小站时期,经李鸿章举荐,入"新建陆军",掌管文案,属北洋幕府旧人。民国二年,阮忠枢出任总统府副秘书长,转年官制改革,裁撤秘书长,总统府秘书厅改为内史厅,他改任内史监。

袁世凯点点头,"先不必说张绍轩了,还是说一说当下的形势。"

默然片刻,杨士琦说道:"当下的形势,主要是应付外交、军事、财政、舆论四个方面。"

"外交方面尚可以控制,英、法、俄、意陷入'欧战',未必能进行干涉,日本人不过是为了攫取权益,必要的时候退让一步,便可消弭外交争端;军事上无非是加派征滇人马,给前方将士加官晋爵;花钱运动报馆,自然就可以掌握舆论;至于财政,却已经是捉襟见肘了。"袁世凯抬眼看了看梁士诒,"燕孙,看看还有什么办法?"

梁士诒想了想才开口:"增加财政来源,主要是加征捐税、发行国内公债和举借外债这几个渠道,眼下国内公债已经发行了三千万。"

袁世凯盯着梁士诒问道:"向美国银行借款的事,到底谈的怎么样了?"

"美国波士顿银行已经答应借款两千五百万元。"梁士诒摇了摇头,"但未必能马上兑现。"

"向美国银行借款,'五国银行团'会不会干预?"袁世凯皱了皱眉头。

"眼下'五国银行团'尚未提出交涉。"梁士诒踌躇了一会儿,"但远水解不了近渴,要想维持军政开支,只能由中国银行、交通银行两行增发钞票,先垫付所需经费。中、交两行流行市面的钞票约有七千万,放出商业贷款约两千万,历年贷给政府约四千万,而库存现金只有两千万,若增发钞票,一旦储户提存挤兑,却又如何应付?"

袁世凯起身踱躞,默然半晌才开口:"我受国民托付,总以除暴安良为天职,岂能坐视分裂,贻祸苍生,眼下只有采用增发钞票的办法,才能渡过难关,一切都由我来承担。"

67

徐树铮推开内书房的屋门,看到段祺瑞正在屋里缓缓地打着太极拳,脸上一副泰然自若的神情。

看到徐树铮,段祺瑞匆匆地收了式,"又铮,快坐下。"

"芝公,"徐树铮连忙问道:"看您的神色,必定是有什么大事?"

"项城又来电话了。"段祺瑞一面说,一面坐到了皮转椅上,"请我接手国务卿。"

一听这话,徐树铮愣了一下,"您答应了吗?"

"我的回话直截了当,若要我出来收拾局面,先答应两个条件。"段祺瑞的态度从容不迫,"取消帝制和宽赦滇、黔军政人士。"

"项城持何态度?"

"他不答应我提的条件。"

"芝公,不必着急,项城早晚会答应这两个条件。"徐树铮莞尔一笑,"今夕何夕?这个残局只有等芝公来收拾了。"

"项城能否取消帝制,关键在于西南的战事。"段祺瑞抬起头来问道："近日战局如何？"

徐树铮从书架上取过一张地图，铺展在写字台上，俯下身去一面指点，一面讲解："二月中旬以来，双方交战的主战场在川南的泸州、纳溪、叙州、綦江一带，战线绵延数百余里。第三师、第七师、第八师一个旅、第二师一部、第九混成旅等，和驻四川的第四混成旅、第十三混成旅、第十六混成旅、川军第一师、第二师一个旅，以及'汉军'，都集结于此，近五万人，组成第二路'征滇军'，第七师师长张敬尧为司令。集结此地的滇军、黔军和反水的川军第二师一个旅，不足万人，蔡锷亲临前线指挥。鏖战多日，互有胜负，双方都伤亡巨大。第六师、第八师一个旅、第二十师一个旅、第二混成旅、第七混成旅，及'安武军'一部，组成第一路'征滇军'，约两万五千余人，已抵达湖南的辰州、芷江一带，拟由湘西入黔，与黔军相峙于湘、黔边境，司令马继增头两天暴亡，已由北洋第六师十一旅旅长周文炳继任。云南查办使兼粤军第一师师长龙觐光率部作为第三路'征滇军'，进犯滇东，威胁滇军后方。'征滇临时军务处'还准备调动徐州的'定武军'、安徽的'安武军'、山东的第五师，作为第二批'征滇军'南下。"

"定武军"就是定武上将军兼长江巡阅使张勋统辖的"辫子军"，驻扎徐州等地；"安武军"是安武将军倪嗣冲统辖的队伍，驻扎安徽、江苏等地。

听罢这番话，段祺瑞思忖了一下，"张绍轩这个前清余孽，未必肯受调遣。"

徐树铮点了点头，"听说项城已经碰了钉子，阮斗瞻到徐州向张绍轩游说，要抽调十个营'定武军'参加'征滇军'，张绍轩反倒说兵力不够用，请求再招兵十个营。'定武军'是指望不上了,看来只有'安武军'肯为项城卖命。"

阮斗瞻就是总统府内史监阮忠枢。段祺瑞问了一句:"各地还有哪些可用之兵?"

徐树铮又俯首在地图上,"眼下驻守京畿的禁卫军、拱卫军及卫戍部队,约两万余人;驻热河的'毅军'各部,约两万余人;驻察哈尔的第一师各部,约一万余人;驻河南的第九师和'镇嵩军'各部,约三万余人;驻山东的第五师和第四十七旅各部,约三万余人;驻江苏的禁卫军一个师、第十九师和直隶混成旅等七个旅,约三万余人;驻上海的第四师和第十师,一万余人;驻徐州的'定武军'近两万人;驻安徽的'安武军'一万余人;驻湖北的第二师各部,约三万余人;驻江西的第十一师、第十二师各部,约一万余人;驻福建的第十混成旅、第十一混成旅各部,近一万人;湖南驻军近两万人;驻陕西的第十五混成旅、第十六混成旅各部,约一万余人;驻奉天的第二十七师、第二十八师、第二十师各部,约三万余人;驻吉林的第二十三师各部,约一万余人;驻黑龙江的骑兵第四旅各部,约一万余人。京畿、直隶、河南、湖南、江西、安徽皆已派兵征滇;苏、鄂驻军和'定武军',一直按兵不动;奉天等关外驻军,则是敷衍推委,乘机索要粮饷和武器;广东、广西、浙江、山西等地,皆非北洋嫡系。"

段祺瑞又问道:"华甫最近怎么样?"

徐树铮答道:"冯华甫遥领参谋总长之后,便一直称病,将江苏将军署公务都交给了江宁镇守使王廷桢和参谋长师景云。项城又任命他为征滇总司令,要一箭双雕,既使其离开江苏地盘,又使其与护国军相互消耗。这回冯华甫推脱久病未愈,难以率部出征,推荐王廷桢代理。"

段祺瑞冷冷地笑了笑,"冯华甫、张绍轩如此推委,再派不出征滇人马,项城怕是要黔驴技穷了。"

"若不是到了山穷水尽的地步,项城也不会请芝公出山。"徐树铮往前欠了欠身子,"前几天,项城居然要授黄陂副元帅职衔,代为统率征滇兵马,可黄陂死活不干,这才作罢。"

黄陂是指黎元洪,他籍隶湖北黄陂。

"项城这回倒真成了孤家寡人了。"段祺瑞接着问道:"云南举事以来,陆荣廷一直接兵不动,广西近来有何消息?"

"自从项城派亲信王祖同入桂,就任巡按使,会办广西军务,陆荣廷便回乡养病。'征滇军'原要假道越南境内的滇越铁路,远袭云南,因法国公使不同意由越南过境,又修改作战计划,改为由桂入滇,但不料广西通电拒绝'征滇军'入桂,项城只得改命桂军入滇,陆荣廷又以缺少粮饷军械为由回绝,几经波折,最后只好请龙觐光率粤军经桂入滇,此人是龙济光胞兄,又与陆荣廷是儿女亲家,出身滇南望族,但陆荣廷未必肯行方便。龙觐光入桂后招兵买马,号称万人,前锋已入滇境。"徐树铮接着又说:"桂军两个师,加地方武装约两万余人,陆荣廷出身绿林,又曾是岑春煊的部属,一旦把他逼上梁山,会有好戏看的。"

岑春煊与西南各省渊源颇深,曾任四川、两广、云贵总督,当初在两广总督任上,陆荣廷是其属下。

听到这里,段祺瑞神情一震,"依我看,不光是陆荣廷靠不住,四川的陈宦也靠不住,驻扎四川的三个混成旅和川军两个师都不稳当。"

"芝公所言极是。"徐树铮不住的点头,"陈宦与蔡锷昔日既有私交,难保眼下不暗通款曲,川军之中,亦有蔡锷旧日的袍泽,自然征滇也不会卖力。"

"眼下只有改弦更张，另谋出路。"段祺瑞皱起了眉头。

"自发出缓正大位的申令后，据说又秘密裁撤了大典筹备处。"徐树铮摇了摇头，"不过项城仍旧倒行逆施，为防止各级官吏离职出走，京畿军政执法处和京师警察厅都派人在火车站把守，简任以上官吏，都有军警随身保护，实则监视看守，请假要有连环保结。"

"这套伎俩也玩不了几天了。"段祺瑞冷笑了一声。

"左右当前大局者，既取决于西南的战事，还在于东南的变局，以及列强的态度，尤其是日本人的态度，更是关键之所在。"徐树铮条分缕析地说："当下欧洲，'协约国'与'同盟国'正相持不下，陷于苦战。'协约国'一方，西线迄今伤亡已超过一百万人，近日在法国军事要塞凡尔登，爆发了一场法、德双方数十万人参战的大决战，据说德军在这一战役中使用了飞艇、毒气弹和喷火器。东线的俄军伤亡已近三百万人，其中阵亡达数十万人，另有上百万人被德军俘虏，俄军的武器、弹药十分匮乏，后勤给养更是混乱不堪。英国海军近四百艘舰船集中在北海海域，对德国进行海上封锁，德国海军则施行潜艇战，派遣大量潜艇在海底封锁和袭击英国商船与运输船只，英国商船承担着全世界海运五成的运量，英伦三岛近七成的粮食需要进口，此举对英国危害甚大。"

段祺瑞突然打断了他的话："你看这场'欧战'，到底鹿死谁手？"

徐树铮的回答毫不犹豫："'协约国'已显败象，去年东线的俄军惨败，丢失了整个波兰，眼下德军已经深入俄国腹地。德国具有诸多优势，不仅具有一流的陆军和军火工业，并且具有欧洲最强大的钢铁和机器制造业，另外，其工业实行军事化管制，铁路、公路交通完备,煤矿丰富,目前又占领了法国、比利时的主要钢、煤工业区,尤为重要的是德、奥等'同盟国'统一军事指挥权。"

"依我看,战争拖下去的话,对'同盟国'不利。"段祺瑞摇摇头,"'协约国'的兵源、资源占优势,美国若是再加入了'协约国',其实力便会大大增强。"

"眼下美国一直在给'协约国'提供战争物资,即使参战,因其陆、海军规模有限,'欧战'局势也不会改观。"徐树铮又话锋一转:"'协约国'多次敦促日本,派兵赴欧洲作战,因而对日本在东亚的扩张,只得采取容忍的态度,鉴于眼下的局势,日本人认为项城已经难以推行帝制,其对华政策近期可能会有重大调整。"

段祺瑞突然一拍桌子,"日本人若要进一步干涉,项城一定会低头,取消帝制便指日可待。"

"一旦局面维持不下去了,项城必然要请芝公和徐菊人出山,以挽狂澜于既倒。平定西南战事,既然不能凭借武力,只有重演民国元年之'南北议和',撤消帝制,自然水到渠成。"徐树铮胸有成竹地说:"民国再造之日,应采取民初之内阁制,主持责任内阁,必定非芝公莫属。"

"又铮,眼下局势不容乐观,西南战事旷日持久,各省势如散沙,东南则已尾大不掉。"段祺瑞皱紧了眉头,忧心忡忡地说:"若是北洋陷于分裂,局面便不可收拾了。"

68

刚进家门,管事便迎上前来,向袁乃宽禀报:"'瑞蚨祥'的孟掌柜等您半天了,现在外书房里头。"

袁乃宽一听,赶忙挥手,"没工夫,让他有事到衙门里去。"

"这两天,孟掌柜已经来好几趟了。"管事苦笑了一下,"今天来了就死活不走了。"

已经关照下去了,见到"瑞蚨祥"的孟掌柜就挡驾,居然还留他在外书房坐等,必是管事又得了门包,但袁乃宽转念一想,'躲得了初一,躲不了十五','瑞蚨祥'这笔债躲不过去。想到这里,他便直奔外书房而去。

一进屋,孟掌柜就起身抢步上前,单腿下跪,一手下垂,请了个安,"袁大人,您一定要救救敝号!"

"孟掌柜,"袁乃宽点点头,"坐下说。"

孟掌柜并未起身,愁眉苦脸地说:"袁大人,您老一向照顾敝号,这回再搭救一把吧!"

"快起来!"袁乃宽一面走上前去,一面安慰道:"有话好商量。"

孟掌柜这才起身，等宾主落座之后，他思忖了一下才开口："大典上用的服饰和宫里用的绸缎、绣品，还有军服、旗号，都由敝号承制，一概垫支垫付，工料都好说，单是购置龙袍等一应服饰上面镶嵌的珠宝，就花费了五十多万，眼下又说要缓正大位，还听说大典筹备处已经裁撤，这却如何是好？"说到这里，他已是声泪俱下："袁大人，您总要给敝号做主，先报销一些费用，否则敝号便无法维持了。"

"孟掌柜，你来的可真是时候！"袁乃宽苦笑了一下，"凭咱们的交情，告诉你一句实底，昨天皇上已经下令，停发了大典筹备费，我刚从税务督小梁大人那里来，为大典而筹借的数千万债务，他都不知道该如何应付。听梁大人说，交通银行提取本金垫付了大典的筹备费用，'公债局'通过英国汇丰银行和中国银行、交通银行，发行了三千万的国内公债，交通部还挪用了国营铁路的收入。"

一听这话，孟掌柜急出了一身汗，"皇上怎么说变就变了？眼下说是缓正大位，但不知大典要延迟到什么时候？"

"眼下真不好说。"袁乃宽摇了摇头，"先要稳住局势，当务之急，是征滇的粮饷，下一步军费开支还会扩大，大概要数千万之数。"

"大典筹备费停发了，敝号的开支怎么办？"孟掌柜的神情愈加颓丧，"袁大人，您这回可不能不管敝号。"

"孟掌柜，"袁乃宽万般无奈地说："'瑞蚨祥'的支出款项，还要缓一缓再说。"

"您无论如何得帮这个忙。"孟掌柜苦苦哀求："大典用的服饰，一应工料都算是敝号报效，宫里的珠宝我马上奉还，但给龙袍等服饰购置的珠宝，您千万想法子给报销了，不然就亏空太大了，我实在无法向东家交代。"

袁乃宽的脸上现出难色，想了一想下才说："回去先拉个清单再说。"

"拉个清单好说，就算处理掉一部分购置的珠宝，所用的开支打个半折，也要二十万左右。"孟掌柜陪着小心说道："袁大人，既然已经发行了三千万公债，梁督办那里应该还周转得开，您费点心，把敝号这点帐目就先给报销了吧！"

"我已经告诉你了，眼下停发了大典筹备费，梁财神那里已领不出银子来了，你这笔帐，得从别的地方拆借一下。"袁乃宽皱着眉头说道："好吧，就按你说的数目拉个清单来，记住了！孟掌柜，到外面对谁都不能说。"

孟掌柜连忙一揖到地，"这个您老放心，跟谁都绝不能说！清单说话便送过来。"他又问道："龙袍以及吉服、绣品、军服、旗号，都已赶制完毕，敝号这就把货送到拱卫军衙门，以备不时之需。"

"先不忙着送。"袁乃宽急忙摆摆手，"一应大典之物，先存放在'瑞蚨祥'，但决不能走露了风声。"

69

楼下的客厅里摆着一色红木家具,一幅手绘白描观世音菩萨像下面放着一张香案,案子上的宣德炉青烟袅袅,满屋子飘散着檀香的味道。

开了一坛花雕,已经烫上了一壶酒,八仙桌上摆了两个冷盘,海蜇拌黄瓜和扒鸡,丫头随后又端上了几个热菜,葱烧海参、酥焖鲫鱼、虾子烧豆腐,还有一个沙锅。

花云仙穿一件藕荷色缎子面薄棉袍,脚上是青缎子绣鞋,摆上了杯、箸,又给杨度斟上了一杯酒,才在他对面坐下,"您早已饿了吧?尝尝天津风味,除了这个沙锅,都是丫头从外面馆子买来的。"

杨度一面点头,一面举箸,"云仙,你也喝杯酒。"

"天津俗话说:'借钱吃海货,不算不会过。'"花云仙一面斟酒一面说:"到什么节气吃什么,天津人绝不会错过了。"

看到杨度频频举箸,花云仙粲然一笑,脸上露出了笑靥,"看来您真是饿了,您若是喜欢天津风味,明天我亲手烧几个,让您尝尝。"

杨度放下酒杯,抬起头细细地打量着花云仙。她脸上一红,匆匆掠了掠鬓发，"快两个月的工夫了，您都不来趟天津，真叫人替您揪心。"

"说了你也不信，终日俗务缠身，几次要来看你，竟不能成行。"杨度叹了一口气，"当下局势变幻莫测，大公子已然六神无主了，天天叫我进西御苑商议，过了年以后就没抽出身来。"

"我天天看报纸，按照报上说的，眼下局势已经大变。"花云仙嗔责了一句："您还在京城里稳坐钓鱼台。"

"与项城相识十载，以往翻云覆雨，他看似是个枭雄，临到登基了，却畏首畏尾。"杨度摇了摇头，"眼看着便要坐失良机。"

"且不说那位袁皇上了，西南军人非要把'帝制祸首'这顶帽子戴到'六君子'的头上。"花云仙苦苦劝道："眼下全国舆论，都沸沸扬扬的，您不能再犹豫彷徨了，还是那句话，'三十六计，走为上计'。"

"项城于我有知遇之感，光绪三十四年，全赖项城和张南皮保奏，才由一名候选郎中拔擢为四品京堂候补，派在宪政编查馆行走。我一向被人称为君主立宪的保姆，本想借着袁氏父子推行君宪，亦可以在政坛上有所作为。"杨度皱了皱眉头，"此番君宪政潮，我既为天下之先，应始终不改初衷，磊磊落落。"

张南皮即张之洞，他籍隶直隶南皮，故称张南皮。听罢杨度的话，花云仙的心往下一沉，"难道您就不想想退路？"

杨度满饮一杯，"这番大变局，实在难以逆料。当初'癸丑之役'，全靠北洋用命，但此一时彼一时，眼下北洋元老添了虚骄之气，只知道权位，那里懂什么国家，与其说项城忌惮西南，倒不如说更忌惮手握兵权的北洋元老。若是征滇之役受挫，只能重演'南北议和'的把戏，我只担心项城一旦把持不住局面，势必会王纲解钮，群雄蜂起，真到了那时候，究竟是共和误国还是君宪误国这桩公案，就会水落石出了。"

"您早已经名满天下了，不用等到水落石出。"花云仙冷冷地笑了笑。

"云仙，只是委屈你了，让你一个人在天津，我又抽不出身来。"杨度从身上取出一个信封，递到她手里，"这是两千元，你再添置些家具，等我手头宽裕了，再汇给你。"

"自从跟了您，就没打算享受荣华富贵。"花云仙掩着嘴忍住笑，"真是一头湖南骡子。"

"曾文正公每逢难处，讲究用个'挺'经，即置之死地而后生。"杨度苦笑了一下，"眼下这一历史责任，只能由'洪宪'诸君子承担，也算是对国人做一番交代。"

"万一京城里有个风吹草动，您就赶快上天津避难来。"花云仙又嘱咐道："千万要谨慎，切莫一意孤行。"

"我自然会审时度势。"杨度点点头，"云仙，好久没有听你唱曲子了。"

"您当年写过一首《黄河》，后来被谱成了曲子，几年前我从当时的学生唱本里面学会了这首歌。"

"以前倒没有听你唱起过这支歌。"

"那就清唱一曲吧！"花云仙的脸颊上露出了笑靥，露出了一口细白的牙齿，又添了几分妩媚，"黄河！黄河！出自昆仑山，远从蒙古地，流入长城关；古来圣贤，生此河干；独立堤上，心思旷然；长城外，河套边，黄沙白草无人烟；思得十万兵，长驱西北边，饮酒乌梁海，策马乌拉山，誓不战胜终不还；君作铙吹，观我凯旋。"

"曲子一经你唱，竟可以让我忘了世间烦恼。"

"菩萨保佑，只要平平安安，一切烦恼皆可以忘却。"

70

卧房里弥漫着药味儿,袁世凯闭着眼睛,背靠着锦衾、绣枕,在床上半倚半坐,杨氏正用热手巾给他擦拭脑门。

"昨天晚上和今天早上,两顿都没吃,大夫开的药也不吃,这可怎么好?"她一面擦一面劝说:"天下事都仰仗着皇上,您可要挺住。"

"冯华甫这封密电,就要我命了。"袁世凯有气无力地摇了摇头,"我们袁家头两辈子,都没活过五十九的,我今年五十八了,怕是也过不了五十九这一关了。"

"皇上,千万别说这种丧气话,全家老小都指望您了,您一准儿是长寿的命。"杨氏放下了手巾,给袁世凯轻轻地揉胸口,"按说后宫不能干政,但您此时心绪不宁,我就帮您理理思路。眼下对发密电的五位将军只能安抚,决不能和冯国璋翻脸,北洋派更不能分裂,为了稳住局面,惟有重新起用北洋旧人,还是得请徐相国、段祺瑞出山。"

听到这里,袁世凯睁开了眼睛,抓住杨氏的手,"你虽是个女流,心胸却不让须眉。"

"谢谢皇上的抬举，这也是情急之中，才不揣冒昧，直言相谏。"杨氏踌躇了一下才说："往后您不必再事必躬亲，一应要务都交给徐相国和段祺瑞，征讨云南的军务也由他们去办，当初癸丑年，还不就是由北洋旧人平定了叛乱。"

"看来这回不同于癸丑年。"袁世凯长叹了一口气，"眼下最要紧的还不是云南，倒是冯华甫更为棘手。"

杨氏刚要开口，一名女官在外屋禀告："左相已经到了，在楼下的客厅里等候。"

她赶忙扶起袁世凯来，给他套上一件狐皮袍子，又戴上一顶貂皮帽子，"下楼不可久坐，不能再过于劳累。"

两名上身穿红缎子绣袄、下身着黑缎子绣裙的女官搀扶着袁世凯，缓缓地下了楼。

进了书房，女官扶持袁世凯甫一落座，杨士琦便推开屋门，"皇上龙体欠安，请了大夫没有？"

袁世凯并未回话，冲女官挥挥手，她们便退出书房。他从书案上检起了两张电报纸，递给杨士琦，"杏城，你看看这两封电报。"

杨士琦上前接过电报纸，一面看一面神色大变，"冯华甫竟然串通李纯、汤芗铭、靳云鹏、朱瑞，请求取消帝制、惩办罪魁，还要元首辞职，简直是反了！"他沉吟了一下，"既然朱经田收到了这封密电，看来各省都收到了这封五个人联名的密电。"

杨士琦所说的五个人，便是冯国璋、李纯、汤芗铭、靳云鹏、朱瑞五名将军，分别督理江苏、江西、湖南、山东、浙江五省军务，除冯国璋之外，其余四个人都曾列名十四省将军上表劝进。朱经田是指直隶巡按使朱家宝，字经田，督理直隶军务，他单独上表劝进。

"若不是朱经田转来这封密电，我还蒙在了鼓里。"袁世凯一面摇头，一面叹息，"真是知人知面不知心。"

默然半晌，杨士琦才开口："皇上，西南战祸惟有和平解决，才不致事态扩大，若要消弭西南战祸，只能取消帝制。"

袁世凯面无表情，默然无语。杨士琦看了看他的神色，"今日天下之形势，重在东南，冯国璋等五人掌握之兵力，已占北洋近半，北洋主力又在讨伐西南，可用之兵，不过直隶、河南、安徽诸省，防御沿海日本驻军尚且不足，又如何对东南用兵，于今之计，只有改弦更张，顺势而为。"

听完这话，袁世凯便泻了气，迟疑了一下，"若是取消帝制之后，西南仍不满足，得寸进尺，要求元首辞职，却如何应付？"

"果真如此，便是我直彼曲。"说到这里，杨士琦趋前一步，"自然会激起北洋同仇敌忾，我们再用兵就有把握了。"

袁世凯思忖了片刻，"罢了！也只好如此了。"他神情颓丧地吩咐道："杏城，请陆子欣和各位总长，以及参政院、平政院院长下午到居仁堂议事，商讨撤消帝制。"

陆子欣便是陆征祥，去年十二月，已经正式就任国务卿，仍然兼任外交总长。

杨士琦点点头，转身正要出门，袁克定、夏寿田赶了进来。

"爸，"袁克定惴惴不安，"您身体欠安，还不歇着去。"

袁世凯瞪了袁克定一眼，皱着眉头冲他挥挥手，转脸吩咐夏寿田："午诒，代我写几封信。"定了定神，他接着又说："以我的名义，分别请黎元洪、徐世昌、段祺瑞，前来西苑议事。"

一听这话，袁克定便愣住了，只是垂手侍立，默不作声。

等到杨士琦、夏寿田相继退出门去，袁克定急忙"扑通"一声跪在地上，"请陛下暂缓撤消帝制，等待时机，最终鹿死谁手，尚且难以逆料，倘若北洋在川、湘等地得手，帝制之存亡，亦未可知。"

袁世凯用手指着袁克定厉声吼道："业障！"他又喘了一口气，"等着和我的灵柩一起回彰德老家吧！"说罢便颓然倒在了椅子上。

袁克定依旧跪着，一动不动。早春的阳光斜照进窗户，居仁堂内外寂然无声。

二零一零年三月六日
旧历庚寅年正月二十一日
惊蛰
初稿